时代出版传媒股份有限公司
安徽文艺出版社

叶 炜，本名刘业伟，1977年出生于山东枣庄。中国大陆首位创意写作文学博士，美国爱荷华大学访问学者，硕士研究生导师，中国作家协会会员。著有长篇小说“乡土中国三部曲”《福地》《富矿》《后土》以及《叶圣陶家族的文脉传奇》《自清芙蓉——朱自清传》等。另在《当代作家评论》《南方文坛》等发表研究论文三十余篇。曾获紫金山文学奖等。

转型时代三部曲

踯躅

叶炜 著

时代出版传媒股份有限公司
安徽文艺出版社

图书在版编目(CIP)数据

踯躅/叶炜著.—合肥:安徽文艺出版社,2019.6(2022.5重印)
(转型时代三部曲)
ISBN 978-7-5396-6604-4

Ⅰ.①踯… Ⅱ.①叶… Ⅲ.①长篇小说-中国-当代
Ⅳ.①I247.5

中国版本图书馆 CIP 数据核字(2019)第 040872 号

出 版 人:段晓静
责任编辑:韩 露　　装帧设计:马德龙

出版发行:时代出版传媒股份有限公司 www.press-mart.com
安徽文艺出版社 www.awpub.com
地 址:合肥市翡翠路 1118 号 邮政编码:230071
营 销 部:(0551)63533889
印 制:北京一鑫印务有限责任公司 (010)61424266

开本:880×1230 1/32 印张:8.625 字数:250 千字
版次:2019 年 6 月第 1 版 2022 年 5 月第 2 次印刷
定价:48.00 元

回不去,进不来。

——题记

目　录

一　嬴氏乱天纪 / 001
二　贤者避其世 / 008
三　黄绮之商山 / 013
四　伊人亦云逝 / 018
五　往迹浸复湮 / 026
六　来径遂芜废 / 035
七　相命肆农耕 / 042
八　日入从所憩 / 047
九　桑竹垂余荫 / 056
十　菽稷随时艺 / 068
十一　春蚕收长丝 / 080
十二　秋熟靡王税 / 097
十三　荒路暖交通 / 106
十四　鸡犬互鸣吠 / 117

十五　俎豆犹古法 / 126

十六　衣裳无新制 / 132

十七　童孺纵行歌 / 147

十八　斑白欢游诣 / 155

十九　草荣识节和 / 165

二十　木衰知风厉 / 171

二十一　虽无纪历志 / 179

二十二　四时自成岁 / 188

二十三　怡然有余乐 / 196

二十四　于何劳智慧 / 203

二十五　奇踪隐五百 / 213

二十六　一朝敞神界 / 219

二十七　淳薄既异源 / 228

二十八　旋复还幽蔽 / 236

二十九　借问游方士 / 246

三十　焉测尘嚣外 / 253

三十一　愿言蹑轻风 / 259

三十二　高举寻吾契 / 266

一 嬴氏乱天纪

我很痛苦。陈敌坐在我对面，慢条斯理地重复着这句话，边说边耸耸肩膀。纠缠于两个女人之间的确让我很痛苦。陈敌以前很少皱眉头，从他痛不欲生的面部表情看，这次他好像真的遇到了什么大麻烦。

陈敌是我的大学同学，说老实话他不是一个风流成性的人。但事实上他身边从来不缺少女人，而且和他沾边的差不多都是优质女人，个顶个地漂亮。这一点，在大学时代就被我们广为传颂了。这小子对付女人很有一套，凡他看上的，几乎从没失过手。在这方面，他就像一头猎豹，下手无比地稳准狠。不同的是，大学的时候，他从来不会厌烦女人，很少能听到他像现在这样痛苦不堪的抱怨。在我看来，这抱怨根本就是一种吃饱了撑出来的矫情。乡下人陈敌什么时候学会城里人的矫情了？

九月的南京有些闷热，气压很低，到处都是潮乎乎湿漉漉的，把手伸入空中随便抓一把都能拧出水滴来。这样的天气即便是待在优雅安静的茶馆里也很不舒服，空调温度已经调到了最低点，女老板好几次过来示意我们不要再折腾空调。好在陈敌和她很熟，她不好意思把不耐烦表现在脸上。在这种令人郁闷的环境里，我实在不愿意听陈敌聊起他现在遇到的那些烦恼事。和这个比起来,他大学时代那些花花草草的故事更能勾起我的兴趣。

大学毕业以后,这是我第三次在南京见到陈敌。这家伙最近几年身体严重发福,他个子本来就不高,现在的他看上去就像一个毛茸茸的大圆球。环境真的能够改变一个人。想当年陈敌刚上大学的时候,我在宿舍见到他的第一眼,还以为他是来送孩子报到的家长,他当时的样子真是太沧海桑田了。皮肤黝黑满脸沟壑不说,衣着也是过于简单粗陋,仿佛不是来自现代社会。哥们你是从桃花源里穿越而来的吧?来我们宿舍串门的一个同学这样问陈敌。陈敌当时只是苦笑,什么也没说。但他改变得很快,上大学不到三个月,浑身上下就焕然一新了。刚开学他和我们一起上课,大家都说他是贫下中农到大学改造来了。现在,大家都说他是成功企业家到大学镀金来了。大学一年级还没结束,他就彻底"进化"成了一个城里人,举止言谈、穿衣打扮,和从前的他简直判若两人。他参加工作以后,进化的速度更是惊人。"就阁下现在这副尊容,你以为还是当年风流倜傥的时候,还会有那么多女孩盯着你不放?"我接过陈敌递过来的"中南海",笑嘻嘻地嘲笑他。

"我也不知道是怎么回事,我出生的时候也没含着块宝玉呀,但我这一辈子就一直没逃脱过女人的纠缠,真是桃花处处开,桃花运儿时常来。"陈敌自己点起一根烟,慢吞吞地说,"但我不快乐,我最近一直在想以前苏北老家的事儿,在男女感情这方面,农村没有乌托邦,城市也不是什么桃花源。"他说完向老板招招手,"王姐,再来一壶龙井!"不得不说,陈敌刚才这番话,把我唬得一愣一愣的,这家伙什么时候变得如此深刻了?难道泡妞也能泡出深刻的哲学来？真是奇了怪了！

女老板端着一个墨绿色的铁盘扭着纤纤细腰无比曼妙地走过来，满面春风地给陈敌斟茶。她的屁股很大，像一尊古希腊的雕塑一样，饱满，圆润，喜庆。她很会穿衣打扮，在一袭半透明的长裙里面，粉红色的内裤依稀可见。“有劳王姐了。”陈敌跟她客套。她笑笑：“你是常客，理当好生服务。”陈敌摸摸已经出现败顶迹象的大脑袋，憨态可掬地嘿嘿笑了两声。“两位慢用啊，有事叫我。”女老板向后退了两步，去了柜台。扫兴的是，她始终没看我一眼。

“你刚才看人家屁股，眼都直了，至于吗？”陈敌眼睛毒。我刚才的小动作被他看见了。这家伙，说话还是这么刻薄。

这座名为“好再来”的茶楼正好位于陈敌公司的对面，陈敌图省事，接待客人什么的都安排在这里。说是茶楼，其实就是一个综合性的娱乐场所，融餐饮、娱乐、休闲为一体。不接待客人的时候，陈敌自己也常来，叫上一杯酽酽的浓茶，找个安静的小角落，坐在那里发上一会儿呆。不知道是怎么回事，最近一段时间以来，陈敌老是会无缘无故地发愣，像是被什么东西附了身，还经常自言自语苦啊痛啊的。照他自己的说法，全都是女人闹的。但大学的时候，他身边的女孩子比这还多，也没见他整天唉声叹气的呀。这才毕业几年，这人就深沉起来了？

应该说陈敌这几年在事业上发展得不错，不说是成功人士，也算是小有成就了，工作在国企，旱涝保收不说，还混了个中层，当上了不大不小的部门小头目，好歹手底下管着五六个员工呢。私家车也有了，房子尽管还没有买，但他手里的钱早就足够付首付的。

他现在的状况，在南京不说中产，也算是小资了吧。这家伙在大学的时候就比我们能耐得多，愣没让家里出一分钱，靠自己一双手读完了四年本科，而且混得有模有样，还当上了学生会的主席。各位可别小看了这个不起眼的职务，在大学里面，学生会主席这个头衔说大不大，说小也不小，你说它是虚职没有什么权力也罢，但这个职务的确实惠多多。况且每逢学生大会，学生会主席必然大出风头。那时候的陈敌经常一袭风衣，手插在裤兜里，走在校园里风风火火，大小也是一道亮丽的风景。在我们这些普通学生眼里，陈敌那时候差不多就相当于精神领袖了。

“你说万一她俩同时出现在南京怎么办？”陈敌的样子越来越认真，表情越来越严肃，不像是在开玩笑。

“你不是说一周接待一个吗？”我喝了口水，茶太酽了，苦口，让我想起了小时候偷偷尝过的我姥爷治胃病的一味中药。

“那也保不准她们自作主张搞突然袭击啊，而且小城那一个已经对我表现出不信任的情绪，说不准她就会不按游戏规则出牌，那样我可就惨了。”陈敌苦笑的样子真像是在哭。

“那也是你自找的，谁让你风流成性呢？”我笑着挖苦他。

他不看我，依然苦着脸坐在那里。

“你这么高的智商，应该应付得来。”我试图安慰他。

“你说得对，都是我自找的。但我哪个都放不下，一个是同甘共苦一起读过大学的老相好，一个是知心俊美的新相知。而且，说实话，女人和女人真是不一样的……得，说了你也不懂，你这个书呆子只顾读书了，咱俩在这方面没共同语言。哎，说真的，你小子还没沾过女人吧？我真是为你感到悲哀！没沾过女人的男人怎么可能了解女人呢？唉！"

"呵呵。你先别为我感到悲哀了,你还是为你自己想想办法吧。"我笑笑,又说了句,"我不像你啊,招蜂引蝶拈花惹草遍地风流。"

"我看出来了,你啊读研究生都快读傻了,也不能给我出什么管用的好主意。"陈敌朝窗外看了一眼,竖起中指对我说,"嘘,她来了!"

我顺着他的目光看去,一个穿着很时尚很潮流的女人正袅袅娜娜地朝茶座走来。因为距离比较远,我看不清楚她的眉眼。

"条子不错。"我尽力装作内行,"会打扮,而且很得体。"

"这就是我在南京认识的那位。"陈敌的面部露出几分暖色。

"那我等会儿叫她什么？嫂子？"

"什么嫂子？还不知道她们两个谁会成为你嫂子呢！叫她李巧或者李老师好了。她是中学老师。"

"这年头,老师也疯狂,特别是女老师。"我低声说。

陈敌只笑不说话。

李巧已经进来了,女老板引导着她朝我们这边走来。

我欠了欠身子。

陈敌一动不动。

"你好。你就是雁南吧？常听陈敌提起你,说你是他大学时候最好的朋友了。"李巧说话细声细气,带着一丝娇喘,典型的南方口音。她的脸很韩版,标准的瓜子形,尖下巴,高鼻梁,樱桃小口,连刘海都是带着一股子韩国风格。李巧在陈敌身边坐下来，对着他粲然一笑。

陈敌咧咧嘴巴："你咋知道我在这儿？"

"我去了你房间，没有人，就知道你在这里会朋友。"李巧看了我一眼，笑了一下，朝女老板挥挥手，"王姐，来杯茉莉花，记在陈敌的账上啊。"

陈敌哈哈笑着对我说："你看她有多熟，我哪里能记账她都知道。"

"是啊，南京才多大地儿啊，你就那么几个定点，我还不清楚？"李巧很会说话。她放下包，对陈敌说，她去一趟洗手间。陈敌咧开身子，顺手摸了一下李巧圆鼓鼓的屁股。

等李巧走远，陈敌低声问我："和郭聪比，你觉得她俩谁更强一点？"

我摇摇头："看不出来。单就长相说，李巧似乎略胜一筹。"

"嗯。她知道我喜欢韩国口味，专门到伊博士韩国 YE 整形医院做了纯韩改脸型手术。"

"那不遭了老罪了吗？"

"她愿意的。"陈敌愣了愣，红着脸说，"不光长相，她床上功夫也好。"

我笑笑："等她回来我就走，给你俩多腾出点时间。"

"不是说好了中午一起吃饭吗？"

"我还是多去泡泡学校图书馆吧，马上就到研究生论文开题的时间了。我们老板要求严格，我可不敢大意。"

李巧从洗手间回来,抱怨里面味道太大,说了句,今天王姐忘记放卫生球了。

陈敌笑。

我站起来,礼貌地向他们道别。

李巧装出一副很无辜很委屈的样子:“我没打断你们吧?”

“没有。下次有时间再和你们聊。”

“雁南要写论文,时间金贵着呢,哪能老和我们这些俗人在一起?!”陈敌挖苦我。

“你们时间比我更金贵。”我嘴巴也不饶人。我看到李巧脸色红得跟火烧云一样。

二 贤者避其世

N大图书馆真是一个适合学习的好地方，这里不但有浩如烟海的图书，更为难得的是还可以无线上网。不像我们以前的那个坐落在小城的大学，图书馆都是盆景式的。别说无线上网了，就是藏书也非常有限，除了马恩列斯毛，就剩下鲁郭茅巴老曹了，好不容易找到一套完整的《巴尔扎克全集》，我如狼似虎地连续读了两遍。不是跟各位吹牛，四年的时间我几乎将那所大学图书馆的所有图书都读遍了。看了N大的规模和设备以后，陈敌说我们那时的生活真不能叫大学生活，那只不过是高四、高五、高六、高七，就那些教育方式，顶多算是应试教育的高级阶段。

陈敌说话很刻薄，但也很深刻，他看待事情的角度与常人截然不同。

我在图书馆找了个靠窗的位置坐下来，打开前几天刚从二手市场买来的东芝笔记本电脑，想从网上查点资料。这年头写论文最方便的资源就是网络，我们老板说了，现在写论文根本不需要去昏天暗地翻阅那些落满灰尘的书籍了，只要充分利用好网络就可以了。网上有各种各样的数据库，只要输入你要查找的关键词，然后轻点鼠标，一切都OK。老板说这话时的神态很得意，他是个做论文的高手,差不多每隔一段时间就会有一篇反响热烈的文章问世,而且向来都是刊发在本学科最顶尖的权威刊物上。他每年因此能从学校社科处拿到一大笔数目可观的科研奖励。

老板做科研发了财以后,新买了一个豪华坐骑——宝马5,常带着我们那个并不漂亮的师母去大卖场购物。

我最常去的地儿是中文期刊数据库,那里面汇集了近五十年所有发表在期刊上的论文,查找起来非常方便。我这个笔记本电脑虽说是个二手货,但现如今电子产品淘汰得太快,这个本子性能完好,无线上网等功能一应俱全。我不亦乐乎地在网上冲起浪来。

时间如白驹过隙。这话用在图书馆里真是再合适不过了。浏览了半天PDF版资料,眼皮发涩,我揉揉眼睛,看看四周,阅览室里还零星坐着几个人。时间已经过了中午,许多人开始犯困。我也想小睡一会儿,打开手机想定个叫醒铃,突然看到陈敌发来一条短信:我最近在写博客,有空来看看。下面附着一个网址链接。我来了兴致,何不去他的博客看看这小子究竟在写啥?大学的时候,陈敌喜欢写小说,曾经在一个青年文学刊物上连发了好几个短篇。如果不是机缘巧合,让他当上了学生会主席和校报记者团团长,他极有可能会成长为一个出色的作家。但据他说他并不后悔。

发展才是硬道理,其他的都是扯淡。陈敌对我说。或许这就是他努力挣钱的主要原因。有一次他问我:“想不想开个加油站?现在加油站很赚钱,黑乎乎的石油转眼就能变成白花花的金钱呢!凡是开加油站的都发财了!”我笑笑:“开加油站需要不少银子吧?咱一个穷学生,哪有那么多钱?”陈敌沉默了一会儿,说他现在最大的理想就是开一家加油站，说别看那些加油站有的很不起眼，有机会他也会开去。

为了钱，陈敌可以离开总公司舒适的办公室，这个我相信。他一直都是一个不太按常理出牌的人，用陈敌的话说，他最善于走的就是野路子。包括对付女人，他也常常是出其不意发大招，让她们根本无法招架，只能乖乖缴械投降。我曾亲眼在操场看到他强行亲吻过一个女孩。那是大二那年的夏天，天气热得让人焦躁不安。我像往常一样，到操场上去跑步。上大学后，我给自己定了两条规矩，一个是读遍图书馆藏书；另一个就是锻炼好身体，坚持每天晚自习以后在操场上跑十圈。我注意到那天陈敌没有上晚自习。大学前两年晚上必须上自习，这是我们系定下来的规矩，凡无故不上者，按旷课处理，一次扣两分。系里每年对我们进行一次综合考评，表现好的加分，违反纪律的减分，到年底算总账，谁的总分高谁就优先入党、拿奖学金。不得不说，这招对我们很管用，而且貌似也很公平。对于那些有特长的家伙，比如陈敌这样的喜欢写小说的人，每发表一篇作品就可以获得积分奖励，视发表刊物的级别奖励不同的分值。以校报为例，发表一篇文章奖励两分，校外省级报刊翻倍，国家级再翻倍。有了这个奖励，陈敌根本不把旷课当回事儿，他发表文章获得的奖励完全可以抵销旷课所扣的分值。因此，陈敌在班级里面是最来去自由的人，这一点，谁拿他都没办法。人家是在游戏规则里玩，没越出边界，你能有啥办法？

已经很晚了，操场上几乎没有人。偶尔会碰到一对情侣，互相搂抱着慢慢地在操场兜圈子。十圈跑下来，我浑身冒汗，心想收工算了,便朝操场大门口走。快走到门口时,我忽然听到一阵压抑的呼叫声,顺着声音朝不远处望去,在一棵巨大的杨树下,有两个身影正靠在树干上。借着操场门口传来的灯光,我看到一个男人正在亲吻一个不停挣扎的女孩,那女孩不时地发出“不要,不要,救命,救命”的声音。我犹豫了一下,还是走了过去。男人听到我的脚步声,停止了动作。我问那个头发凌乱娇喘吁吁的女孩,刚才是在求救吗。女孩点点头,又摇摇头。那个男生气呼呼地对我吼了句:“没有谁在求救!你滚远点!”这声音听上去很熟悉,我脱口说了句:“陈敌?”他转过头:“是你!雁南?这么晚了你在这儿溜达什么?”我笑笑:“刚跑完步,正要回宿舍!”陈敌挥挥手:“赶紧走赶紧走,哥们正在这儿干正事儿呢!”我又看了一眼那女孩,像是隔壁班的班花,心里说陈敌的手真快,下手够早的,也够狠!我转身要走,陈敌在身后说了句:“今晚我可能不回宿舍了啊!要是学生会那帮孙子查房,你替我挡着点!”陈敌虽然已经进入学生会,但他对于他们晚上的例行查房深恶痛绝,对此一直以实际行动来进行抵制。听到陈敌的话,我心里直想笑,这又不是第一次了!看来,今晚那个隔壁班班花要“献身”于陈敌了。

这天晚上,陈敌果然没有回宿舍。

第二天一大早,他拖拉着两条腿回来了,看样子昨天夜里折腾得不轻,路都不会走了。我笑着问他:“你这么胆大妄为,就不怕出事儿?”陈敌笑笑,说:“出什么事儿?能出什么事儿?现在是什么时代?同居时代!同居时代,懂吗?不同居你就 OUT 了!我是过来人,比你懂女人!”面对陈敌的强大自信心,我表示很无语。我只是有些奇怪,既然陈敌从前吃了那么多苦头,他现在怎么转变得如此之快？从前那么“憨厚”的他,如今怎么就突然变“风流”了？除了极强的适应能力,他是不是在用现在的荒唐来消解从前的苦难？

我希望能尽快找到问题的答案。

一个事实是,陈敌后来很快就和隔壁班班花分手了。原因很简单,那个漂亮的女孩子有了新的男友,而陈敌和郭聪的关系也有了突飞猛进的发展。

三　黄绮之商山

陈敌这孩子其实挺苦的。

在小城读大学期间，陈敌曾经多次给我说过他坎坷的生活经历。他以前并不是一个喜欢学习的孩子，也不是一个太有志气的人。是一个女人，彻底改变了他的人生航道。如果没有她，他这辈子也许根本没有机会读大学，更不会与那么多女孩包括李巧发生那么多的感情纠葛。

那年陈敌初中毕业，没有考取任何一所哪怕最差的高中。他自己也早已厌恶毫无生机的学校生活，心甘情愿地回家修理地球去了。他农忙的季节在地里侍弄庄稼，农闲时节就跟着爹在一个建筑队里当小工。他喜欢这份风里来雨里去的活计，一点儿都不感到辛苦。

这样的生活差不多持续了一年，爹便张罗着要给他盖三间瓦房。爹的用意很明显，这是想让他早点成家。在苏北鲁南的农村，男孩子娶媳妇之前，一定要有三间瓦房摆在那里，不然就很难有哪家闺女肯嫁过来。

其实陈敌根本不想结婚，更不想让日夜操劳的爹娘再为自己的婚事操心。但爹说他都干了半辈子建筑队了，还从来没亲手为家里盖过一间房子，他很愧疚，再晚几年他这身子骨可能就完不成这个宏愿了。再说你没考上个学,不像你兄弟,将来还可能留在城里。你要在咱农村娶媳妇,没有个瓦房怎行? 爹说得动情,加上娘三番五次地唠叨,陈敌不得不硬着头皮答应了他们。爷俩一个抹瓦工一个打下手,没找一家建筑队,硬是靠着两双手在老宅盖起了三间大瓦房。看着眼前亮亮堂堂的房子,村里人都竖起大拇指夸爷俩真是牛气冲天。

这边房子一上瓦,那边媒婆就登上了门。

媒婆是专门托一个远房亲戚请来的,是远近闻名的"一张嘴"。这"一张嘴"厉害到能把绿叶说成花,把茄子说成地瓜。经她介绍的对象,据说没有一对不成的。"一张嘴"领了任务,挎了一篮子鸡蛋就去给陈敌物色姑娘了。三天以后,"一张嘴"就传话过来,让陈敌去和姑娘见个面。陈敌磨蹭了半天不想去,被娘训斥了一大通,娘一遍遍说着什么不孝有三无后为大,你身为老大得给你兄弟做一个表率之类的话。陈敌听得烦了,只好晕晕乎乎地换上那身半新不旧的西装,云里雾里地骑上自行车去了媒婆家。陈敌那年19岁,已经有过几次梦遗,但还没有到想女人想得不行的程度。他去和姑娘见面纯粹是为了满足爹娘的心愿。

姑娘长得不赖,高高大大的,大眼睛大嘴巴,一副大手大脚的样子,头上扎了一条红头巾,看人的眼光特别泼辣,一点儿都不害羞。"一张嘴"看他俩差不多对上了眼,乐滋滋地对陈敌说:"我们红颜可是方圆百里出了名的好姑娘啊,赶紧回去把彩礼准备好,早日把媳妇娶回家!"陈敌看看红颜,脸不红心不跳,一副泰然处之的模样。倒是他自己,紧张得要命,心脏快要跳到嗓子眼了!

第一次见面,陈敌几乎没和姑娘说上一句囫囵话。

后来他又和红颜到镇上电影院看了两场彩色电影。过了半年,家里给女方下了彩礼,买了几身衣服。两家互相交换了生辰八字,找村里的识字先生看了属相,择了个黄道吉日,按照苏北鲁南农村的风俗把婚事热热闹闹地办了。

新婚第一夜,闹洞房的大人孩子走了以后,儿女双全的本家哥嫂过来给新人铺床点灯,嘴里念念有词:“太阳出来红彤彤,大哥大嫂来点灯。来个拉弓射箭的,不要烧锅捣蒜的。”说罢,本家一个男孩进来滚床。弄完了这些,三个人一起出去了。娘又送进来一个脸盆和一壶开水,叮嘱他俩,早点歇吧,随手带上了门。

外面越来越安静,陈敌和红颜端坐在床沿,支棱着耳朵捕捉外面的动静。

初春,天气乍暖还寒。新房子没有生炉子,有些冷。两人草草洗了脚,红颜先进了被窝。陈敌去院子里倒掉洗脚水,看爹娘都已经睡下,心里惴惴不安地插上门,脱掉衣服,钻进被窝。红颜面朝里躺着,喘着粗气。陈敌犹犹豫豫扳过红颜身子,红颜打掉他的手:“一边去!”陈敌大腿根热得发胀,不管红颜愿不愿意,一翻身就跃上了她的身体。红颜拿手推他,无奈手劲太小。俩人打了几圈“太极拳”,红颜身子渐渐软了,陈敌终于打开了那道门。借着水汪汪的湿滑,陈敌像一艘漂浮的小船顺风航去。

那时的陈敌,以为自己找到了一处桃花源。

风平浪静以后,红颜下床清洗下身。洗完了让陈敌也下来洗洗,陈敌浑身发软,不愿意下床。红颜脸上掠过一丝不悦。

后来陈敌告诉我，就是从这时候开始，他才真正慢慢了解红颜这个女人。事实上，她那时候已经不是全乎的了，她把自己的第一次给了村里一个做小生意的男人。那个男人叫黄拾来，本来答应娶她，但遭到了家人的反对。他们又给黄拾来介绍了一个比他小三岁的姨表妹，黄拾来没有办法，抛弃了红颜。红颜受到了打击，这才答应嫁给陈敌的。

陈敌从远房亲戚的嘴里听说了这事以后，心里就结下了一个难解的疙瘩。风景优美的桃花源没有了，只剩下饿虎出没的景阳冈。

婚后的陈敌变得更加沉默寡言，他不能把心里的疙瘩告诉别人。白天继续跟着父亲做瓦工，晚上尽量不待在新房，去找村里的光棍汉二狗喝酒。时间长了，红颜开始数落陈敌不顾家。碰上陈敌酒喝得多一点，两人还常常打架。

日子就这样有一搭没一搭地过着。半年以后，红颜有了身孕，脾气变得更加焦躁。此时，陈敌的弟弟正在读大学，为了给他凑学费，家里的日子也日渐紧巴。红颜的牢骚越来越多，最后总是把问题归结到陈敌身上，说他没有出息，挣不到钱，哪像个爷们？每次红颜都会唠叨："你看看村里别的男人，哪个不在想方设法赚钱养家？人家都出去打工，就你还窝在家里！"

这样的话陈敌听得多了，更加心灰意冷。

有一天，二狗神神秘秘地问他："俺一个亲戚在中苏边境做皮草生意，前几天托人捎话过来说正需要两个帮手，你去不去？"

陈敌犹豫了一下："听说那个地方很乱，能赚到钱吗？"

二狗笑笑:“你是不知道,越是乱的地儿钱越是好赚,俺打算这几天就动身,你媳妇怀上了,不去也就算了。”

陈敌咬咬牙:“我去!我在家里整天听那个女人的唠叨,别提有多烦了!去,我和你一起去!什么时候走?”

“后天。俺光棍一个,好走。你拖家带口的,能行吗?”

“能行。那女人巴不得我去呢!我爹更不会拦我,从小他都是让我自己拿主意。至于我娘,顾不了那么多了。等红颜给她生下了大孙子,也不会太顾着我了。”

“好。那就明天一早。咱们先坐火车到东北。那个亲戚在那里等咱们。”

“那就这么说定了!”陈敌很兴奋。

陈敌回家把这事先跟爹说了,爹说:“你再跟你媳妇好好商量商量,她身子重,你合适这时候走吗?”

陈敌不说话,回到新房默默坐在床头吸闷烟。红颜一看他那副模样就来气,说:“你要吸烟到外面吸去!别弄得整个屋里都乌烟瘴气的!”

陈敌苦笑:“我知道你嫌我没出息,我现在就出息给你看看。你不是想让我出去挣钱吗?我马上就走,走得远远的!”

“好啊。”红颜冷笑,“有本事你就走,走得越远越好!最好永远都别回来!就怕你没那能耐!”

陈敌不说话,更加凶猛地抽烟。

第二天一早,陈敌和二狗一起在村里消失了。

他一走就是一整年。

四　伊人亦云逝

陈敌认识李巧是从小城调来南京以后的事儿。

陈敌是我们班最早找到工作的人,也是工作找得最理想的人。靠着做学生会主席和校报记者团团长积累下的各种人脉和资源,他能最先找到好工作是不稀奇的。就业指导科归学生处管,而学生会和校报记者团又分别是学生处和宣传部主管的学生组织,靠着近水楼台的关系,陈敌很早就和中国石化在小城的一家分公司签订了就业协议。就这,他还想再挑拣挑拣呢,不想那么早就把自己"卖"了。学生处的李处为此苦心孤诣地劝告他,千万不要挑花了眼错过了好机会,中国石化是国有企业,而且属于国家垄断行业,今后的社会是能源竞争的社会,谁掌控了能源谁就主宰了世界。我问你美国为什么要打伊拉克?还不是为了争夺石油资源!二十一世纪什么最贵?不是人才,是能源!听我的,你就去中国石化,绝对错不了!经过李处这么一番醍醐灌顶高瞻远瞩的分析,陈敌终于认识到了这份工作的巨大价值,很快就签了那份就业协议。

实践证明,李处分析得没错。陈敌到中国石化分公司上班的第一天,就充分感受到了在国企工作的好处。这里没有工作压力,他所在的销售科一上班就是分析数据,分派燃油销售份额。不久,陈敌就感觉到这是一个美差，为了能多分到一些燃油，下面的那些小公司和加油站的领导都得求着他。他那时在分公司虽然只是一个普通小科员，但那些领导见了他不还得是点头哈腰？

陈敌在销售科的工作因此干得有滋有味有声有色。他还有一个别人无法企及的优势，就是笔头来得快，经常有一些小豆腐块在总公司的内部刊物上发表。你可别小看了这些不起眼的豆腐块，分公司上上下下有200多名员工，能在总公司的刊物上发表文章的寥寥无几。一年算下来，除了分公司的领导，就陈敌发表的文章最多。这样一来，陈敌这个名字就被总公司的领导注意到了。总公司领导趁着去分公司视察工作的机会，顺便问询了一下陈敌的情况。爱才的领导亲自找陈敌谈话，问他愿不愿意到总公司来发展。毕竟是学生会主席出身，陈敌做梦都想升职。他丝毫没有犹豫地表态：无条件服从领导安排！领导对陈敌的这个态度很满意，一个礼拜以后，就给陈敌办完了所有调动手续。陈敌到南京来上班了。

陈敌的工作岗位没变，还是销售科。不过总公司的销售科可比分公司的权力大多了，掌管着全部华东片的燃油分配和统筹呢。

总公司的福利也比分公司好得多，月底有奖金不说，年底还有数目不菲的分红。陈敌初步估算了一下，自从来到南京，他的收入比以前增加了一倍还多。除此以外，公司还时不时地给员工送些福利。他刚来总公司第二个月，就享受到了免费学驾驶的特殊待遇。领导说："现在是经济发展一再提速的年代，火车的速度一提再提，我们石化的事业发展也是蒸蒸日上，我们的员工生活幸福指数也理应越来越高。这时代是人人都应该中产的时代，而中产的标志就是有房有车。公司已经给每个员工发放了住房补贴,现在先免费给骨干员工提供一次学驾驶的机会,等时机成熟了,再给每个人兑现购车补贴。总之,公司要让每一个员工都富裕起来,第一步就是人手一辆小汽车!我们本身是经营石油的,没有车怎么说得过去?”

作为领导讲话精神的第一批受益者,陈敌到六朝松驾校免费学了一个月驾驶,拿到了 C 照不说,还在学车时认识了李巧,拿到了另外一个“特别驾照”。

学驾驶的第一周,教练不急着让陈敌他们上路过车瘾,先要练习倒桩和移库。教练说这是学开车的第一个阶段,必须学会这个,才能进入下一阶段上路驾驶的练习。和陈敌编在一个组的是一个女孩,名字叫李巧,是南京一中的音乐老师。那时候的她还没有现在这么韩式,不过打眼看上去也很出众。正是夏天最炎热的季节,女孩子穿着素雅的连衣裙,衬托着姣好的身材。飘逸的秀发时而垂肩,时而高高地绾起一个发髻,看上去别有一番韵味。陈敌那时候心里装着郭聪,对这个女孩子充其量只是有点好感,没动什么邪念。因为在一个组,每次练车两人都是在一起,一个练车,另一个总是陪着。时间一长,互相都熟悉了。

李巧胆小,倒桩的时候总是害怕,方向盘握不稳,打不到位,不是撞杆就是熄火,免不了会挨教练的训斥。学过驾驶的人都知道,教练训起人来那是不留一点情面的。一个漂亮的女孩子在自己眼前被训来训去,陈敌实在是看不下去。他悄悄告诉李巧一些实用的小诀窍和动作要领,手把手地教她如何找准方位。他告诉李巧,倒桩关键是车速和方向盘的配合。看准标杆，放慢车速，快打方向盘，一倒一个准儿。李巧循此法炮制，果然奏效。

几天下来，李巧进步很快，倒桩移库考试轻松过关。为了表示感谢，她邀请陈敌到南京大鸭林吃烤鸭。陈敌从来不会拒绝别人，很爽快地就答应下来。大鸭林是南京最著名的小吃店之一，其特色菜是一鸭两吃：鸭肉烤焦以后卷山东薄煎饼加大葱丝，嚼在嘴里香气四溢，那真是难得的美味；剩下的鸭架可以熬成汤，味道也是特别鲜美，入口后香气四溢回味无穷。目前为止，来南京后陈敌只吃过一次，还是凑公司同事结婚办喜宴的机会。

李巧见陈敌之前特意到美容店做了皮肤保养，将头发打理得更加柔顺亮丽，敷了浅浅的粉底，衣服上飘着淡淡的清香。她的刻意，陈敌一眼就察觉出来了。只不过他不动声色。李巧点了一鸭两吃，还想加一份羊排。陈敌制止她，说一份鸭子足够了，再多就浪费了。李巧嫣然一笑，露出两颗可爱的小虎牙来，说行，听你的。服务员拿走菜单，李巧笑着对陈敌说，想不到你还这么会体贴人。陈敌笑笑，不是体贴，是环保，节约社会，人人有责。李巧笑，给陈敌斟茶。

第一次吃饭聊天，两人都小心翼翼，怕触到了什么敏感话题。从李巧的言谈举止看，她家庭环境应该不错。从她的穿着打扮看，她收入应该不菲。陈敌知道现在中学的艺术老师私下里都给学生开小灶，现在一个家庭只有一个孩子，都金贵着呢，恐怕耽误了孩子的锦绣前程，现如今谁家孩子不参加几个艺术辅导班那都不正常。钢琴要学，小提琴要会，画画也要接触，跆拳道可以防身，游泳可以塑造体形,你看现在电视上那些孩子,哪个不是身怀绝技,说唱就唱,说舞就舞,口吐莲花,静如处子,动如脱兔?陈敌估摸着李巧这样的音乐老师没少挣这种开小灶的钱。不过,第一次见面,不好问对方收入罢了。那就聊点别的,陈敌知道对女人而言,化妆品、美容店、韩剧和宠物以及车市房市都是绝好的话题。

两人有一搭没一搭地聊着,等热腾腾的烤鸭上来,就不大顾得上说话了,鸭肉实在肥美,赶紧混个肚儿圆吧。

吃完饭,陈敌规规矩矩地把李巧送回了宿舍。参加工作以后,陈敌比上大学的时候老实多了。他说社会不比大学,在大学里面,你犯点错误别说上帝,连辅导员都会原谅;但在社会上不行,一不小心就会掉进陷阱,甚至连饭碗也会丢了。但陈敌毕竟是风流成性的人,真是到了桃花源,他想保持冷静也冷静不了。

在陈敌的帮助下,李巧驾车的技术突飞猛进,两人之间的好感也与日俱增。陈敌本来就是一个经历复杂、情感丰富的人,李巧又是一个思想开通的新时代女性,可以说两人都是属于干柴烈火型的,一旦碰出那么一点点火花,感情的熊熊大火就会燃烧起来。

“你就像那冬天里的一把火,熊熊火焰温暖了我的心窝……你的大眼睛,明亮又闪烁,仿佛天上星星最亮的一颗……”

费翔的这首老歌在此时的陈敌听来,真是深有感触和共鸣。

如果说李巧是那熊熊燃烧的一把火,那郭聪的电话就是浇在陈敌头上的一大盆冷水。郭聪不时恰到好处的电话和短信,提醒着陈敌谨记“虽然已经是百花儿开,路边的野花你不要采”。

可惜的是,实践一再证明:在情感面前,陈敌算不上那种特别有定力的男人。大学时候是如此,现在依然是这样。谁让人家是位经历坎坷情感丰富的主儿呢?

在驾校学车的短短一个月时间里,陈敌和李巧一共吃了十次饭、喝了六次咖啡、看了五场电影、有意无意地拉了N次手……这情形看上去似乎已经到了万事俱备只欠上床了。

如此看来,陈敌和李巧的驾校生活可谓是摇曳多姿风生水起,实现了驾车技术和情感交流的互惠双赢。在这种顺水又顺风的良好态势下,他俩都顺利通过了考试。拿到驾照的第二天,兴奋的李巧邀请陈敌到郊外植物园去野餐。陈敌问她:“要我准备什么?”李巧面带红晕地说了句:“准备好你自己就行了,吃的喝的我都准备好了。”陈敌知道李巧是有备而来,身无彩凤双飞翼,心有灵犀一点通,对李巧那点心思,他自然能够心领神会。

让陈敌意外的是,李巧竟然悄无声息地买了辆私家车,一款漂亮的大红色酷派,甚是气派。陈敌由此推断李巧相当有钱。

陈敌坐上副驾,竖起大拇指称赞李巧:“车很漂亮,真有你的,刚拿到驾照就开上了。”

李巧微微一笑,说:“想不到吧?实话告诉你,我上个月就订好了这辆车,就等拿驾照了。”

陈敌笑笑:“有个性,很中产。”

“中产算不上,顶多算是小资吧。后面有吃的,你要是饿了先垫补着点。”李巧指指后座。

陈敌摆摆手:“不饿,咱们走吧。”

李巧发动车辆,向植物园开去。

植物园在南京城东,是刚向市民开放的天然森林公园,环境幽静,适合郊游。这个季节,正是植物繁盛的时候,成片的树林,颇有几分原始森林的气象。

李巧车子开得不赖,很稳当地把车子停在植物园停车场。两人带上食物,向树林深处走去。

越往深处走树林越茂盛,周围很安静,能听到鸟儿扑闪翅膀的声音,真是一片难得的桃花源。两人来到一片开阔地带,铺上一块餐布,把带来的食品一一摆出来。李巧很细心,买了好多拆袋即食的零食,还带了两份肯德基、几听啤酒。摆完这些,两人面对面坐下来,相视而笑。李巧做了一个邀请的手势:“陈敌同学,开始吃吧。”陈敌笑笑,拿起一个火腿肠:“我先来点肉食啊。”李巧笑,啪啪开了两听啤酒,递给陈敌:“测试一下看你是豪放派还是婉约派!”陈敌哈哈大笑,接过啤酒说:“如果你陪我,我就是豪放派;你让我自己喝,我就是婉约派。”李巧说:“那好,我陪你,但我们先制定一个游戏规则,我喝一听你得喝三听,怎么样?”陈敌笑着点点头:“没问题!”两人开始了竞赛。

啤酒喝多了容易撒尿。几听啤酒下肚,陈敌小腹开始发胀,膀胱逐渐坚硬起来。他看看周围,没有厕所,看起来只有就地解决了,好在周围都是大树,容易遮挡。他刚要站起来,李巧做了个暂停的手势,说:“我先去,你给我看着点儿动静。”

陈敌一愣,笑笑:“这么大树林,你还怕谁能看到啊。”

李巧的脸喝得已经是火烧云一片,她醉眼蒙眬地盯着陈敌:“我不是怕别人,是怕你。”边说边站起来,摇摇晃晃向不远处的树林走去。

陈敌此时已经进入微醺的状态,借着酒力,他看李巧的眼神就有了一股邪劲。李巧带有少许撩拨意味的话,让他忘掉了今夕何夕身在何处。他晃晃悠悠地站起来,跟着李巧走向树林。

李巧撩起长裙,蹲下,微笑着看陈敌一步步走近。

陈敌很会驾驶李巧。

上车。换挡。打开转向灯。鸣笛。看后视镜。松离合。加油门。平稳起步。握紧方向盘。一二三,向前冲。

陈敌一会儿行驶在平原,一会儿行驶在陡坡,一会又回到平原,反反复复几个来回,发动机转速越来越快,车子终于驶进了高速公路。陈敌加足油门,全速前进。十分钟以后,车速达到顶点,发动机发出几声闷哼,车子在最高潮处戛然熄火。

李巧真是一辆难得的好车。

陈敌从李巧身上翻滚下来时,李巧说了两句让陈敌终生难忘的话:“从今天开始,我正式颁发给你特别驾照!从现在起,我这辆车就归你一个人驾驶了。”

陈敌陡然来了兴致,重新上车,换挡,再次出发。

野餐回来的路上,陈敌接到郭聪打来的电话,她说有点想他了。

这句话一下子把陈敌拉回到了那座苏北小城。

五 往迹浸复湮

陈敌跟着二狗去了中苏边境，走了一年杳无音信。他走后八个月，红颜生下一个女孩。陈敌不在身边，她一会儿抓着床帮大哭大叫，一会儿语无伦次地骂陈敌无情无义。因为是第一次生产，宫颈口只开了五指，红颜体力差不多已消耗殆尽。孩子一落地，她就疼晕了过去。好在村里的接生婆经验还算丰富，给她灌了一碗红糖茶，红颜又缓过劲来，长舒了一口气，躺在那里继续有气无力地骂陈敌良心让狗给吃了。

大概是营养不良，孩子身体比较虚弱。红颜奶水不足，只好给孩子买高级奶粉。村里的小商店没有这种奶粉供应，陈敌娘只好跑到镇上买了两袋。回来她又忙着给红颜炖了一锅母鸡汤，对红颜说喝了能下奶，多喝点。为了孩子，红颜一连喝了三大碗。可奶水依旧稀稀拉拉下不来，孩子吸得满脸通红，还是吃不饱。红颜就抱着孩子骂陈敌，说天底下哪有他那样当爹的，还不如死了呢！这话陈敌娘不爱听，心说他还不是被你骂走的，现在倒是想起他了！

孩子快三个月的时候，陈敌灰头灰脸地回来了。他的样子太狼狈，以至于连爹娘都认不出他来了。半夜起来给他开大门的时候,他们被他蓬头垢面的样子吓了一大跳,问他要找谁。陈敌带着哭腔说:“是我啊,爹、娘,我回来了!”爹一把抓住陈敌的衣领,看了半天,确信眼前这个叫花子一样的人正是自己朝思暮想的儿子,照着陈敌的头就打了两巴掌,边打边骂:“你个小兔崽子,说走就走了,走了这么长时间,也不给家里捎个信通个话,你还知道回来啊你?!”娘边抹眼泪边拉爹的衣袖:“别打孩子了!他能平安回来比什么都好,你消消火,让他去洗把脸,回屋看看孩子!”

陈敌一脸茫然:“孩子?”

“红颜给你生了个女娃,都快三个月了,你爹给娃起了个名字叫乐乐。你不在家,可苦了她们娘俩了!”娘说着重重叹了口气。

陈敌一听,赶紧去新房,还没靠近屋门,红颜从里面冲出来,抓住陈敌就劈头盖脸地打,边打边骂:“你这个没良心的,你走了你省心了,丢下我们娘俩熬苦日子,你还是男人吗你?”陈敌不动,任凭红颜打骂。爹娘站在一边抹眼泪。

红颜打累了,回身关上门,不让陈敌进屋。陈敌没办法,到爹娘屋里洗了脸,换下臭气熏天的脏衣服,刮了胡子,这才显出了一点人样。娘给他下了两大碗鸡蛋面,陈敌一口气吃了个底朝天。爹问他怎么弄得这么狼狈,陈敌叹了口气,说不该听信二狗的话,外面的钱哪有那么好赚!他那个狗屁亲戚说话不算数,根本没见着人影。他和二狗人生地不熟,两眼一抹黑,根本无法在那个混乱的地方立足。他们在边境待了三天,花光了身上所有的钱。听当地人说俄罗斯那边的钱好挣,他们合计来合计去,唯有偷渡过去。结果还没过边境线,就差点给毙了。他们没办法,靠乞讨度日。说到这里，陈敌抹了抹眼泪。

爹说："后来呢？你一个人回来，二狗到哪里去了？"

"二狗后来加入了一个贩毒团伙，他拉我入伙，我知道那没个好，坚决不答应。他没办法，让毒贩子给了我五百块钱，让我买火车票回来。哪知道我人还没到火车站呢，钱就被小偷偷光了。去找二狗，哪还有他的影子？后来我在火车站的电视上看到公安机关捣毁一个贩毒窝点，打死了二十几个贩毒罪犯。我看那里面有个人很像二狗，可怜他才沾手没几天。我没办法，在火车站乞讨了大半年，才攒够了买火车票的钱。"

"那你就不能去打份工？"爹问陈敌。

"那地方人杂，太乱了，大街上时常有人被砍伤，我轻易不敢出来。"

院子里的鸡开始了头遍打鸣。娘叮嘱陈敌去敲敲红颜的房门，跟她说点软话，先去歇着吧。

陈敌硬着头皮去敲门，红颜半天不答应。陈敌再敲。红颜甩出来一句话："你去死吧！我们娘俩都不要你了！"

陈敌只好折回来，在爹娘屋里凑合着睡了一夜。

第二天，红颜还是不让陈敌进屋。爹娘都过来劝，她才勉强同意。陈敌到里屋看了一眼正在熟睡的女儿，小家伙粉嘟嘟的，很可爱。陈敌怕吵醒了她，退出来瞅瞅外间的摆设，和他走的时候一个样。他把换下来的脏衣服拿进屋，对红颜说："你要是有空就帮我洗洗。"刚刚平静下来的红颜火气突然又燃烧起来，她一脚把衣服踢出了门外："要洗你自己洗！我才不给你这个没良心的人洗衣服呢!”

陈敌呆住了,继而愤怒了。他指着红颜的脸大声说:“你这个女人,到底想怎么样?当初你嫌我没出息,逼我出去打工,现在我回来了,又这样对我!你到底还是不是人啊?你要是觉得这日子没法过,我们就趁早散伙!”

“散伙就散伙!你以为我怕你不成!与其跟着你这样没出息没本事的男人,还不如散伙呢!”红颜火气更大。

争吵惊动了左邻右舍,大家纷纷过来劝说。无奈红颜就是不松口,吵醒了孩子也不管。陈敌忍无可忍,对爹娘说:“我到城里去打工!”

娘颤声说:“你这回来才一天呢!再说到城里哪有歇脚的地方?”

陈敌恨恨地说:“我去找我兄弟!”

陈敌说走就走了。

他所说的城里就是弟弟读大学的苏北小城。

弟弟叫陈可,是个从小就听话的好孩子,学习成绩天天向上不说,还特别懂事,虽然年龄比陈敌小了两岁,但做起事情来比哥哥老成得多。他今年夏天刚刚从小城大学毕业,在本市一个职业中专教物理。

陈敌奔着他来,给他出了一个不大不小的难题。短时间内在小城找到一份工作很难,小城很小,这几年发展也慢,工作不像那些沿海城市那么好找。经过三十年的改革开放,苏南沿海城市思想解放得快,趁着市场经济的春风迅速发展起来了,搞得全国人民都知道江苏人民有钱。其实这都是误会,江苏总体经济实力是很强,但苏南苏北差距也很大,苏南人民都奔小康了,苏北人民才刚刚解决温饱呢。小城处于苏北的最边缘,基本上接受不到沿海经济的辐射,发展得慢也不奇怪。

不能马上解决工作问题,陈可就得想办法给陈敌解决吃住的问题。为了省钱,陈可只得让陈敌和自己挤一张床,吃饭就在学校食堂,用陈可的饭卡。就这么凑合了半个月,陈敌终于在小城大学附近的一家纯净水公司找到了一个送水的工作。这工作虽然很累,但好歹可以赚到几个糊口钱。一个月下来,陈敌竟然还略有盈余。他把剩下的钱交给陈可,请陈可帮忙保管。陈可知道自己这个哥哥不善于理财,就给陈敌单独在银行开了个账户,陈敌每交给他一笔钱,他就存起来。不到半年的时间,陈敌账户上的数字竟然超过了五千元。

陈可知道哥嫂感情不太好,私下里也常劝陈敌回去跟嫂子多沟通沟通。陈敌不愿意回去,说:“那个女人嫌弃我,老拿我跟别的男人比。她心里有阴影,根本不想和我好好过日子,就她那副德行,我还嫌弃她呢!”

陈可听了陈敌的话就笑,说:“以前她嫌你没钱,你现在有了五千块钱了,你回去试试她的态度,如果还是那样,你再回来也行嘛。”

陈敌看看陈可说:“我不想回去。老实说,在城里待上这么些时间,我突然喜欢上了这里,我想改变自己的命运,最好永远不要再回到那个小村子了。我天天去大学里面送水,看那些大学生可真是幸福,我真想上大学!"

陈可不说话,沉默了半天,说:"哥你要是真这么想,那你就去读书!我们这样的农村娃,要想走出去,除了当兵就只有读大学了。当兵对你来说不大可能了,但你如果有毅力,完全可以读大学,现在高考已经没有什么年龄限制了。"

"那我没有高中学历怎么办?"

"可以自学!我们学校每年都办自修班,你白天送水,可以利用晚上的时间跟着上课。我在学校里教书,这事不难办。"

"那好。从明天起,我就一边送水一边自学。你今晚就把你用过的课本给我找出来!"

"好!我现在就给你找!"

陈敌就这样开始了改变命运的努力。

后来的事实证明,他的努力没有白费,他实现了读大学的梦想,进入他人生的第一个桃花源。迈出了这一步,陈敌就等于跨进了另一道门。这道门不但改变了他的人生轨迹,还由此改变了他的情感生活。

这是后话,暂且不提。

其实陈敌一心想读大学的原因还有一个,这和他供职的那家企业有关。

陈敌供职的纯净水公司是本市一家知名企业,老板王大发,是本省乃至全国有名的企业家,市政协委员,去年又刚刚当选为全国人大代表。他二十年前趁着本市鼓励民营企业的春风,突发奇想地创办了祥发水业有限公司。公司刚创办的时候,受到不少人的耻笑,说这人真是愚蠢,做事真是荒唐,这到处可以找见的水还能金贵到卖钱不成？只不过是机器过滤了一下,换了个好听的名字,说什么纯净水,水烧开了哪个不纯净？如果这也能卖钱,那我就把空气净化净化也卖钱！没过多长时间,说这话的人都不得不开始钦佩王大发了,实践证明,不是人家愚笨,而是自己没眼光。公司运转到第三年,王大发就真大发了。全市几乎有一半的企事业单位都开始使用起了纯净水。陈敌偷偷合计了一下,以每桶平均5元钱计算,其成本不会超过2元,一桶水可以赚到3元,仅他一人每天要送50桶,公司像他这样的送水工一共有1000人,这一天的收入就是15万块。王大发不发财才怪呢！陈敌由此认识到,想赚大钱还是要靠脑子,像他这样一天累死累活地送水,顶多能赚30元。30元和15万,根本没法比。这样的对比更加坚定了陈敌读大学的信心和动力。

陈敌负责送水的地儿主要是公司周围的学校和家属区,相对来说比较集中,而且经过近半年时间的熟悉,他早已经摸清了用户要水的规律,他也善于挑选送水的路线,白天工作时间略有剩余,能见缝插针地看看书。加上夜晚的自修时间也比较充足,他的学习进度由慢到快,不断加速,半年下来,居然将陈可高中的课本都学完了一遍。一遍书读下来,陈敌感觉很有收获。特别是语文、政治和历史,他非常感兴趣,就是英语和理化,他觉得学起来很费劲。陈可告诉他,现在考大学可以选择文理科,要是学文科就可以不考物理和化学,但英语是必须要考的,所以必须学会。陈敌没办法,把主要的时间和精力都放在了英语的学习上。他每天一大早就起来背英语单词，背完 50 个单词天才蒙蒙亮，胡乱吃点早餐就去送水。送水的路上再把早晨背诵的单词复习一遍，到了晚上临睡觉前，再在脑子里把这 50 个单词过一遍。三遍下来，单词基本搞定。晚上自修时间，他主要跟着辅导老师学习语法，做阅读理解的练习。一旦入门，这语言的学习倒也快。又过了半年，陈敌的英语水平就达到了可以和弟弟陈可对话的程度。陈可告诉他，这样的水平应付高考没问题。

陈敌这边忙着工作和学习，基本上把红颜和孩子都忽略了。其间他耐不住陈可的劝说，回了几次家，面对的依然是红颜那张面无表情的僵尸脸。要不是想看看乐乐和爹娘，陈敌真不愿意回那个冷冰冰的家。说起来没人信，他一年总共上了红颜的三次床，每次都是他一个人辛苦劳作，红颜一点儿都不配合，死人一样，陈敌感觉一点意思都没有。他知道自己和红颜之间的裂缝已经很难填平，他也灰了心。这反倒能让他专心学习。

转眼间，一年一度的高考来临。

高考就像一座独木桥，千军万马在这里厮杀，总有一批人要落马，谁如能顺利杀过去，那就前途一片光明了。知道自己是半路出家自学成才，陈敌不敢报太好的学校，他听从陈可的意见，报了小城大学。这所大学虽说是坐落在小城，资讯发达程度赶不上大都市，但小城有小城的好处，这里安静，受外界的干扰少，非常有利于学习读书。更重要的是，小城大学办学层次虽然不高，但这里的老师都比较朴实，而且有好几位是“反右派”运动和“文化大革命”期间下放的“右派分子”，这些人落实政策的时候都被就地安置到了小城大学,其中不乏学识渊博之人,有个别的可以说是大师级的人物。陈敌觉得自己能够在这样的大学读书,已经很心满意足了。

两个月以后,陈敌如愿以偿地收到了小城大学的录取通知书。在他看来,那张绯红色的小纸是自己通向新生活的门票,是上帝为自己打开的另一扇门。

六　来径遂芜废

陈敌给我打电话的时候，我和几个同门正在导师家里聆听他的谆谆教诲。我们导师姓乔，叫乔峰，和金庸武侠小说里的那个武功盖世的乞丐同名，我们背后都叫他乔老板。现在的研究生都这样称呼自己的导师，原因有两个，一个是导师有“权”，他想什么时候修理我们就什么时候修理我们，他想怎么修理我们就怎么修理我们，就像旧社会的师父带徒弟，打也打得骂也骂得。另一个原因是导师有“钱”，现在大学老师工资高，这是常识，尤其是教授，一个月下来少说八九千，加上年底奖金，年薪10来万一点问题都没有。这只是一个方面。还有就是在高校里凡是能当上研究生导师的，不但要求职称上是教授，还要求你手里要有项目和课题，项目是什么？不仅仅是研究课题，更是数额不菲的人民币。一个国家社科基金重大项目少说也有80万，多则有数百万。你说，导师能没有钱吗？我们称导师为老板一点都没有错。

乔峰老板给我们上课时有个习惯，就是不拘一格不拘一地。他喜欢把家里客厅当课堂，让我们几个人围着他坐在一圈沙发上，他自己叼着一个紫砂壶，边吱溜吱溜喝茶边给我们布道。乔老板年龄不算大，20世纪60年代生人，满打满算四十七八岁，但他成就很大，在中国现当代文学领域很有些影响，仅去年一年他就在学科顶级刊物《文学评论》和《中国社会科学》上各发表了一篇长篇论文，而且还分别被人大复印资料和《新华文摘》全文转载了。各位，这是一个什么概念？这可是本学科的两份最高权威刊物了，像《文学评论》和《中国社会科学》这样的权威级刊物，原则上一位作者一年最多只能发表一篇论文。乔老板能够同时在这样的刊物上发表论文，意味着他已经进入本学科一流学者的行列。他老自己脸上有面子，我们这些做学生的也感到光荣。所以，每当乔老板给我们上课，我们都恨不得长出四只耳朵。有一个小师妹每逢听乔老板的课都带着一个录音机，把乔老板的话一字不落都录下来，回去反反复复听，可见对乔老板的崇拜程度。

就在乔老板滔滔不绝发表演讲的时候，陈敌的电话很不识趣地来了。我的那个破手机平时来电铃声并不怎么响，唯独这次铃声嘹亮，军营哨兵吹起床号一样，特别刺耳。周围的同学都目瞪口呆地看着我，那眼光里有着同样的疑问，意思是你怎么能、怎么敢在乔老板的课堂上不关手机？我赶紧把手机铃声关掉。乔老板脸色很不自然地说了句："雁南同学，有电话你怎么不接啊？"我尴尬地努了个笑脸："忘关手机了，请老师原谅。"乔老板不罢休："你不接人家电话不礼貌嘛，你给人家回过去，没关系嘛，我正好讲累了，歇歇嘛。"他这么说，明显是给我难堪，让我在他和同门面前打电话，我哪敢啊我，我还想不想毕业啊我。可他让我回，我又不能不回，只好硬着头皮给陈敌回过去。电话接通，陈敌不知道我这边在上课，吐葡萄皮似的说晚上请我吃饭看电影外加喝咖啡……我赶紧打断他，说我在上课呢。他才不言语了，说了声不好意思，回头再约。放下电话，我抬头看看乔老板，乔老板大手一挥，今天就讲到这里吧，下课！

回去的路上，同门你一嘴他一舌地把我骂了个狗血喷头斯文扫地。

我有气没处撒，心里暗暗想着回头一定要找陈敌算账。

真在饭馆里见到了陈敌，看到他点的满桌子好菜，我的火气早飞到了九霄云外。不知者不为过，罢了。

陈敌这哥们很够意思，自从我来南京读书，他常主动请我打牙祭。他知道读书的苦处，经常想着怎么给我改善改善伙食。因为不想太麻烦他，也为了不耽误太多的时间，一般情况是他邀请我三四次我才答应一回。前几天他给我打过两次电话，早知道他今天让我在导师面前出丑，我早答应他了。

我一落座，陈敌就问我这段时间是不是很忙。

我点点头："论文的事，不敢大意。"

陈敌笑笑，对着服务员打了个响指，让她过来倒酒。

"我们自己来吧，别麻烦人家了。"我拿起酒瓶。

陈敌制止我："人家小姐有开瓶费的，你不麻烦她她还不高兴呢。"

一个穿红色制服裙的女服务员快步走过来，笑盈盈地打开酒瓶，弯腰倒酒。我拿眼瞟她的胸口，看到了两顶大蒙古包。

姑娘说了声两位慢用，走开了。

陈敌对我笑了一下："你的眼睛真会瞟。"

我笑笑:“不像你,身边女人多得都发愁,我可是标准的中国处男。”

“你这话鬼都不信。”陈敌端起酒杯,“你大学的时候那些风流事,你以为我不知道？来！喝酒！这可是上等的五粮液。”

我笑笑,把酒杯放在鼻子下闻了闻,浓香扑鼻,果然是好酒。可惜我不懂品酒,好酒孬酒对我来说都一样。我喝了一小口。

陈敌说吃菜。

我拿起筷子,夹了块红烧肉,我最喜欢吃这个,上大学的时候陈敌就知道。这小子对我真是很够意思。

两块红烧肉下肚,我问陈敌:“为啥请我吃饭,是不是又让我满足你的倾诉欲？你可别再给我讲你那些男女之间的破事了啊,我听得耳朵都差不多磨出茧子来了!”

陈敌笑道:“你真是狗咬吕洞宾不识好人心啊。我还不是为了给你打牙祭。”陈敌说得一本正经。

我笑,等他说下文。他肯定要说点什么事儿,这家伙每次请我吃饭一开始都说得冠冕堂皇,最后还是为了满足他的倾诉欲。有些话他不能对别人讲,即便是李巧和郭聪也不行。

果然,酒过三巡,陈敌开始了新一轮的忆苦思甜。

“我很痛苦。”陈敌说。

每次他都以这样的方式开头。这开头如今让我也很痛苦。

“夹在两个女人之间我很痛苦。”陈敌又说。

“你能不能来点新鲜的!”我有点儿不耐烦,“每次都是这两句话,你是唐僧啊?”

陈敌愣了一下，笑笑："好，我说点新鲜的，昨天我给李巧看A片了。"

"真的？你干吗给她看那种东西？她不会还是不能满足你？"

"不是不会，是有些动作不到位，看点A片学习一下。"

"她敢看？"

"我一开始问她看没看过，她摇头。我问她敢不敢看，她吹牛说本姑娘什么场面没见过？但她还是被黄片镇住了。"陈敌嘿嘿笑，不怀好意。

"她有啥反应？"

"刚开始不看，后来红着脸看，再后来就骑在我身上看，我靠！从来没见过她那样！"

"你别给我说这些，我没经验。"

"别装了，上大学的时候又不是没偷看过。"

"你哪弄的？网上下的？"

"从街头小贩手里买的，到处都是。高清晰的DVD版本，真过瘾。"

我不愿意继续这个话题，觉得有些低俗了。更可气的是我发现自己问的问题都是在窥探人家的隐私，我不愿意身体里的那个小我蹦出来，特别是不想在陈敌这样的好朋友面前。

我故意转移话题，问陈敌："你为什么要写博客小说？"

陈敌一愣："写博客能让我的心平静，对我来说，那就是一服镇静剂。你是不是觉得我写得不好？"

"不是。很好。很吸引人。我一直都在看。"

“那我就接着写,后面会更好看。”

我点点头:“来,喝酒吧。”

这一晚上,我和陈敌聊了很多,聊起他大学时候的才华横溢以及风流韵事,聊起他接触过的几个女孩。陈敌说,他会在博客里面把他和那些女孩的故事都写出来,一直写到大学毕业为止。他说大学毕业以后生活就没有多少意思了,虽然他现在身边同样不缺少女人,但这些都不值得他写进博客。也许他说得对,对他来说,他写下的文字就是一服镇静剂。这些文字能让他躁动的心安静下来。

其实陈敌还有一服镇静剂,那就是李巧。

李巧给了陈敌很多慰藉,当然不仅仅是身体上的。在身体上,陈敌不缺少安慰。郭聪每隔一周都来一次南京,足以缓解他的动物欲。陈敌之所以喜欢李巧,是她可以给他带来安全感。

“李巧是一个不简单的女人。”陈敌对我说,“李巧有着一般女人所难有的宽容和淡定,她心胸宽广。”说到“宽广”这个词语时陈敌很兴奋,他笑着说这一点就像她的乳房:大而挺。“她有着很强的自信心,好像什么样的困难都难不倒她。这样的女人是不是很可怕?”陈敌问我,不等我回答,又自顾自地说,“我就喜欢她这一点。那天野餐回来,我们一起回了她的单身宿舍。在那里,我告诉她我已经有女朋友了,她是我的大学同学,叫郭聪。我们恋爱了好多年,有很深的感情。李巧听到这些一点儿都不伤心,还很高兴地对我说,她不在乎这些,她在乎的是对我的感觉。我大学里面谈过多少恋爱有过多少女人都和她的感觉无关,至于我和她们发生了什么,那更不重要。曾经有越多的女孩子喜欢我她越高兴,这充分说明了我的实力,证明我是一支潜力股。对她来说,我们现在在一起,这就最好。至于我说的那个女孩,如果我对她有感情,我自然会在最终选择她,而现在,她选择了我。我们拥有现在,这就足够了。她现在对我没有任何要求,她只愿意为我付出。她有足够的耐心等待我做出选择。"

"这就是李巧,一个清醒而执着的女人。"陈敌说,"我无法抗拒她的魅力,我只有缴械投降。但我心中还装着郭聪,两个女人都在我心里装着呢。嘿嘿。"

我看出陈敌很累。他的心很累。他同时拥有两份真爱。这两份真爱的分量很重,如果他不做出选择,也许最终会将他自己彻底压垮。他身上已经没有了大学时的洒脱,大学时代的他,是一个不为女人所左右的人。这从他的博客小说可以来看出来。但我在写这部小说时突然冒出一个念头:陈敌在大学时代的洒脱或许不过是表面上的,他的内心可能非常痛苦。换句话说,他是用身体上的狂欢来消解精神上的疼痛。毕竟,读大学之前的那段情感经历给他带来过无比的伤痛。

七 相命肆农耕

陈敌考上了小城大学，爹娘并没有想象中那么高兴。按理说，两个儿子都考上了大学，这在村子里是很光荣的事情，但他们为陈敌的学费发愁。要是陈敌上大学，就不能打工赚钱贴补家里了，家里反而要想办法贴补他。毕竟，陈敌如今也是有妻儿的人了。在陈敌要读大学这件事上，最不高兴的是媳妇红颜，她不像爹娘那样仅仅为陈敌的学费担忧，而是担心读大学以后陈敌会飞出自己的手掌心。虽说他们之间的感情已经到了崩溃的边缘，但她并不想看到陈敌有自由飞翔的机会。如果说以前她嫌弃陈敌没有出息的话，现在她则担心陈敌太有出息了。她想把陈敌留在身边。从听说陈敌拿到大学通知书的那一刻起，她对陈敌的态度就来了一个 180 度的大转弯。

因为赶上大学招生实行并轨制，陈敌上大学每年要交 1800 元的学费。他把自己赚的钱都交给红颜了，手里的钱根本不够他交第一年的学费。他想回一趟家，把情况跟红颜说一下，也想在读大学之前看看孩子。

从小城到镇上的汽车每天只有一辆，发车很晚，陈敌到家的时候天快黑下来了。进了家门，陈敌感觉家里变了。红颜把里里外外收拾得干干净净，乐乐也被她哄得乖乖巧巧的，一看见他就吐字不清地喊爸爸爸爸。红颜则换穿上了新衣服,浑身上下透着一股子女人味。她脸上的肌肉也松弛了,见了陈敌就笑,说出来的话再也不是冷嘲热讽,而是略带娇嗔的夸奖:“看把你能的,还考上大学了! 将来还想考个状元不成? 你在外面那么长时间,也不想我们娘俩?”陈敌一时不能适应红颜这突如其来的转变,讷讷地对她说:“我先去那屋看看爹娘。”

陈敌进了爹娘屋。爹板着脸抽烟,娘站在一边唉声叹气。陈敌问他们怎么了,爹看了他一眼不作声。娘说:“还不是因为你?! 你去上大学,红颜娘俩怎么办?”陈敌笑笑,说:“我上大学又不是不回来了,这一年我回来没几趟,红颜还不是照过。”爹咳嗽了一声:“你去上大学,红颜恐怕不乐意。她昨天跟我说,不让你去读大学,说还想给咱家添个男娃。她的意思很明白,就是想和你好好过日子。你认真想一想,读大学有什么好? 咱们家已经有了一个大学生了。而且现在读大学又收费,读完找工作又没个谱。”

陈敌沉默。他上大学的目的本来就是想离开这个小山村,现在居然这么多人都在劝他留下。他有点儿想不通。愣了半天,为了安慰爹娘,他说:“我今天晚上再好好想想。”爹说那好:“你回屋再和红颜合计合计。”爹不知道陈敌早就下定了读大学的决心。

回到自己屋,乐乐已经睡了。红颜炒了两个小菜,是陈敌最喜欢吃的鸡蛋炒蒜苗和白菜猪肉炖粉条。红颜还破例给他买了一瓶酒,说喝点酒解解乏,这一路颠颠簸簸的肯定有点累。陈敌看着桌子上的菜,又看看殷勤的红颜,突然感觉眼角发麻。如果能早一点享受到这样的体贴和温暖,他又何必去考大学? 这样的念头一冒出来,陈敌就马上提高警惕,他警告自己:别被眼前的生活陶醉了,你的前途应该比这要好得多!

陈敌坐下来,红颜还站在一边。陈敌对她说:“你也坐吧。”红颜这才坐下,柔声说:“如果你一个人喝酒闷得慌,我可以陪你喝一点。”陈敌点点头:“你想喝就倒一杯吧。”红颜给自己倒了一小杯。除了结婚的时候喝过一次交杯酒,陈敌和红颜还从来没这样脸对脸地喝过酒呢。一口酒下肚,陈敌就感觉自己已经有点儿醉了。

喝完酒,红颜给陈敌盛了一大碗米饭,对陈敌说多吃点,她煮得多。

陈敌默默接过碗。结婚三年,这是红颜给他盛的第一碗饭。陈敌觉得那碗拿在手中有千斤重,怪只怪这碗饭来得太迟了。

陈敌这边放下碗,红颜那边就收拾好了碗筷。她去锅屋烧了两壶热水,给陈敌倒上洗脚水,边倒边拿手试水温,觉得差不多了,才端到陈敌面前,说:“洗洗吧,你是汗脚,洗洗解乏。”这一切陈敌看在眼里,心里七上八下的,不是滋味。陈敌洗完脚,红颜倒了洗脚水,自己洗了脸,过来收拾一下被褥,对陈敌说:“累了一天,早点睡吧。”陈敌脱衣上床,他预感到今晚要发生点什么。

红颜给孩子掖掖被角,拉上窗帘,也脱衣上了床。她拉灭灯,屋里一片黑暗。陈敌睁着眼睛适应了一会儿屋里的光线,盯着从窗帘边缘照进来的一片月光。今晚真是个难得的好天气。

红颜主动把身体贴近陈敌,双手慢慢搂住他的脖子。陈敌一动不动。红颜拉过陈敌的一只胳膊,垫在自己头下,笑着说:“你真舍得丢下我们娘俩去小城读大学?”陈敌不说话。红颜开始抚摸陈敌的肌肤，她的手指略显粗糙，但充满了温柔。红颜说："以前是我对你不好，但我那是为了你好。你不要怪我。"陈敌还是不说话。红颜转过身来，一把抓住陈敌的下体，揉搓了两下，陈敌便有些热血沸腾了。他动了一下，红颜按住他。她坐起来，轻轻趴到陈敌身上，慢慢亲吻他的脸和胡须，陈敌嘴里发出一声闷哼。

这是红颜第一次这么主动。

红颜喘息着说："你……能……不……能……不……去……读……大……学……啊……啊……"

陈敌在红颜这里感到了从未有过的酣畅，他终于找到了梦想中的桃花源。

红颜从陈敌身上翻下来时，已经浑身是汗。她下床擦洗了一下身体，重新躺回陈敌身边来，幽幽地说："你是不是一心想去读大学？"

陈敌微微叹了口气说："我也不是针对你，我确实想改变一下自己的命运。大学毕业以后我可以挣更多的钱。"

"到那时候，恐怕你就不要我们娘俩了！"

"我不是陈世美。"

"但你会变心。我听隔壁的兰英说，那些上过大学的男人都很容易变坏，特别是会讨女人的喜欢，勾引人家小姑娘。"

"我不会。再说兰英懂什么？她又没上过大学，净瞎说！"

"我还是不想让你去上学。你都是当爹的人了，再去和那些毛头小伙子一起读书，就不别扭？"

"我读我的书，别扭什么？只要不比他们差就行。大学里面可不比咱们在家过日子，谁家有啥事都互相盯着，那里面人心宽广着呢。”

“看起来你是铁了心要去读书了？”

“嗯。”

“那我说什么都没有用了？”

“嗯。”

“那好。既然我阻拦不了你，我只求你一件事，就是常回来看看，你不为我着想，也为乐乐着想。”

“我知道。我会一边读书一边上学，不光不会花家里的钱，还要继续给你们娘俩挣钱。不过……”

“不过什么？”

“这一次学费需要你先给我一点，回头我挣了再还给你。”

“随你。钱都在箱子里，我明天拿给你。”

陈敌没想到红颜答应得这么爽快，她变了，真的变了。

两人都不说话。

过了一会儿，红颜小声哭起来。陈敌扳过她的身子，安慰她说：“回头我让他们给家里安一部电话，你和乐乐有事就打电话给我。”

红颜趴到陈敌怀里，嘤嘤哭起来。

红颜的哭声，让陈敌的心变得柔软了。他轻轻抚摸着她的身子，忽然感觉到一股冲动。

这样冲动的感觉，对于现在的陈敌，似乎已经成为久远的记忆了。

八 日入从所憩

陈敌一般不留李巧在自己的单身宿舍过夜，他喜欢去她那里和她颠鸾倒凤。对此，李巧心里也明白得很，陈敌是怕在小城的女友郭聪突然驾临南京。还有就是陈敌不喜欢在同一张床上和两个女人干那事。陈敌知道郭聪是一个很细心的女孩，床上哪怕留下一根不属于她和陈敌的头发她都能发现。为了避免这样的事情发生，陈敌干脆一不做二不休，不给李巧躺在他床上的机会。

仅有那么一次，陈敌和李巧看完夜场电影，时间已经过了午夜。南京夏天天气变幻无常，进电影院之前明明是满天繁星，出来以后突然就大雨滂沱了。电影院离李巧宿舍太远，陈敌只好带她回了自己宿舍。

李巧第一次在陈敌这里过夜，有些陌生的激动，翻来覆去睡不着。以前陈敌习惯了郭聪，现在突然换上了李巧，也有些未有的新奇。两人身体一接触，就迸发了欲望。热吻了半天，陈敌跃上了李巧的身体。李巧在这方面的需求很强烈，很能配合陈敌，嘴里发出咻咻咻鹿鸣的声音。

俩人平静下来，李巧突然想起什么似的说坏了！陈敌问她怎么了，李巧说他刚才没戴安全套，要是万一怀了可就麻烦了。陈敌也着急起来:“你不在安全期?”李巧闭上眼睛想了想,在安全和不安全的边缘。陈敌头上的汗哗一下就出来了。他可不想让李巧在这时候怀孕,那样的话,他可就惨透了。

李巧安慰他:“也许没事,哪有那么巧的?!我有个同事,想要孩子都三年多了,从来没采取过什么安全措施,到现在肚子都没大起来。”陈敌心里还是很紧张,埋怨李巧刚才不提醒自己。李巧说:“以前在我那里我都能记得,今天不是在你这里吗,再说你现在有吗?”陈敌想想也是,他这里根本就没有那个东西,郭聪每次来都在安全期,他俩从来没用过那玩意儿。即便偶尔有那么一两次赶上危险期,郭聪都是让陈敌排在外面。在这方面,她要比李巧谨慎得多。

痛快和痛苦常常连在一块儿。没得办法。一个多月以后,李巧开始了狂吐,她属于反应剧烈型,吐得连胃液胆汁都出来了,还是狂吐不止。不用去医院检查,她也知道自己怀上了。算算时间,正好是陈敌没采取措施的那一次。

李巧给陈敌打电话,说她惨了。

陈敌一听这话就明白了,他这一个月以来一直在担心这个,现在结果终于出来了,他反而有些轻松。但他不能把这种情绪表现出来,他故作冷静地说:“要不要我现在陪你去医院检查检查?说不定不是呢。”

“不可能,别抱侥幸心理了。我吐得很厉害,是怀孕的症状。”李巧带着哭腔。

“别太着急了,我们想想办法。”

“想什么办法？能有什么好办法？我才23岁，可不想这么早就……”

“那我们找家好一点的医院，听说现在都是无痛的。”

“什么无痛？骗人的，哪能不痛？！”

“那……”

“我准备明天去妇幼保健院看看，你能不能陪我去？我一个人害怕。”

“好，我陪你去。”陈敌答应得很干脆。

放下电话，陈敌心里有些忐忑不安。毕竟这是他第一次遇到这种事，以前在大学里面的风流，从来都是安全第一的。不巧的是，明天还是郭聪来南京的日子，如果让她撞上李巧，那就惨上加惨了。想到这里，他给郭聪发了个短信：

聪：

明天公司要组织我们去无锡分公司检查，后天才能回来，我必须去。你下周再来南京吧，或者下周我回小城去看你。好久不回去了，我有些想念那座城市了。

过了半天，郭聪给他回了三个字：那好吧。

从这简单的三个字里陈敌读出了一些勉强和无奈。郭聪是个好女孩，当初要不是她帮助自己，陈敌是不会有今天的。一想到这个，陈敌就有些羞愧。

妇幼保健院最早引进了无痛人流手术的设备，是南京最好的妇科医院之一。陈敌陪着李巧到医院时,正是看病的高峰。李巧一看见那些穿白大褂的妇科大夫,脸色就变得煞白。她紧紧握住陈敌的胳膊,小声说:“我有点儿害怕。”陈敌拍拍她的手,以示安慰。他去前台给李巧挂了个专家号,专家的名字叫王菲。李巧看到挂号条,笑了一下,说搞没搞错啊,看个病还能见到大歌星!陈敌听她这么说,就知道她已经不太紧张了。

俩人乘电梯到了三楼专家诊区,门口一个保安拦住陈敌,指指诊区一个蓝色的告示牌说,男士免进。陈敌看看那个牌子,只好退到候诊室。李巧一个人进去了。

等待是难熬的。

陈敌焦躁地坐在候诊区的长条凳上,看人来人往。候诊区人很多,人影晃来晃去,但大家都很安静。陈敌奇怪为啥那么多人来这里打胎,而且大多都是年轻人。

陈敌想起大学时男生和女生同居的情形,都是倍加小心,千方百计采取避孕措施,生怕意外怀孕。很少有大学生只顾享受愉悦,不懂得避孕。只有那么一次,他听别人讲,学校里有个女生都怀孕三个月了,自己竟然还不知道。看到不断肿胀的体形,她还以为自己是发胖了呢。班主任和周围的同学看到她走路的样子,只是感到一点奇怪,都没想到她已有孕在身。直到有一天上体育课,怀孕的女生突然晕倒在地,送到医院检查时,才知道她怀孕已经这么久,医生没办法,只好给她引产。

想到这些,陈敌有些后悔,回想和李巧在一起的这些日子,真是有些对不住她。有了这次打胎的经历,在李巧这里,陈敌感觉自己没有了退路。

如果这样,那郭聪怎么办?

正这样想着,陈敌忽然听到有人叫自己的名字。他抬头看到一个中年大夫,手里拿着一张纸。他站起来,医生让他在上面签字。陈敌看了看,是手术告知单,上面写了几条医院的免责声明。看到陈敌在犹豫,中年大夫说:“这只是一个程序,虽然这只是个小手术,但我们必须事先向患者本人和家属作一个声明。”陈敌拿起医生递过来的签字笔,在上面签下自己的名字,感觉字字千钧。

幸运的是,手术很顺利。

半小时后,李巧弓着腰自己走出了手术室,脸上的表情痛苦不堪。

陈敌快步迎上去,一把扶住李巧,想说一句安慰的话,又觉得无法开口。李巧看他的样子,勉强笑了笑,说还好,比她想象中要快得多,也没那么疼。

陈敌点点头。

刚才他还在想,如果有一天他们分了手,李巧会不会就此要挟自己,如果真是那样,自己又该如何。

唉,还是大学时候潇洒自由啊!

李巧手术后在宿舍休养的那几天,陈敌一直待在她身边。陈敌是一个重感情的人,他不会给任何人留下薄情寡义的印象。即便是对他阴晴不定的红颜,他也不会主动去伤害她。何况李巧是他喜欢的女人,而且是因为他遭的罪,他当然要尽力去补偿。这样做,他也是为了能让自己心安。

李巧做堕胎手术的这件事,陈敌一直没跟我说。这家伙一般什么事情都不瞒我,这一次他却刻意回避了。但我最终还是从李巧那里知道了这事儿,那时候她和陈敌已经濒临分手的边缘。

在照顾李巧的那些日子,陈敌心里承受着巨大的双重压力。郭聪每天都发短信问他何时能回一趟小城,陈敌知道自己必须面对的那个考验来到了。郭聪的意思他很清楚,他如果还想和她继续在一起的话,就必须回去说服她的父母——他们一直反对自己的女儿和一个结过婚的男人在一起。

李巧能下床自由活动的那天,陈敌告诉她自己要回一趟小城。

听到这句话,李巧微微愣了一下,她紧紧盯着陈敌的眼睛,说去吧,早点回来。此外再没说什么。

陈敌把她揽到怀里,紧紧抱了她一下,转身走了。他走得很急,怕看见李巧眼睛里闪出的泪花。

李巧真是一个好女人。陈敌感叹。为什么好女人都让他碰上了?难道是他以前遭受了太多的坎坷,现在老天要开始补偿他了?

坐动车从南京回小城只需要三个小时,陈敌却选择了一辆K字头的慢车。这种车开起来非常慢,而且沿途几乎是每站必停,多么小的站台它都不愿意错过。这一点真像对待女人和感情的陈敌。对待女人,他几乎是来者不拒。或许,正如他自己所说,他是一个天生的情种,唯有在女人那里,他才能让自己的灵魂安静下来。对他来说,善良的女性就是他精神的避难所,是他逃离俗世的桃花源。

慢火车上的乘客很少,这个时节选择这种火车出行的人不多,火车上晃悠的大都是出门打工的农民工。他们或者安静地坐在那里,目光带着呆滞;或者三三两两高声争论着什么,那声音很大,毫不顾忌。和那些愁眉苦脸安静坐在那里发呆的农民比起来,他们可以说都是老江湖了。坐在陈敌对面的两个人一直在喋喋不休,唾沫星子穿过被劣质香烟熏过的牙齿四处飞溅。陈敌的思绪不时被他们打断,索性仔细听起他们的谈话来。他们在议论国家大事和国际形势。这些出门在外的农民工关心的不是自己的艰难处境,而是那些离他们很遥远的宏大生活。这让陈敌有点吃惊。他竖起耳朵听了半天,感叹自己所了解的资讯竟然还不如这些出门在外的民工,再看看自己所关心的那些个人事业的发展和男男女女间的恩怨,和他们所谈论的宏大叙事比起来,自己未免生活得太狭小了。

狭小归狭小,总归都是真实的。和眼前小生活比起来,伊拉克和美国总统太遥远太虚幻。这样一想,陈敌也就释然,思绪重新回到那座安静的小城。

每次回小城,陈敌都喜欢坐这种慢火车。不是他不想快点到达小城,更不是他害怕见到郭聪。他想利用这点时间整理整理凌乱的思绪,每次从南京回小城,陈敌都有一种恍如隔世的感觉,仿佛这是截然不同的生活,他需要一点时间去过渡,去适应。

两个城市。两个女人。两种风格。两种心态。两种分裂。

陈敌必须学会在这两种分裂中愈合。在郭聪那里,他是从乡村走来的农家子弟;在李巧那里,他是打进城市的成功男人。

现在,农家子弟回到了小城。

陈敌没有让郭聪来火车站接自己，他们约好直接去她租住的那间小屋。那里曾经是他们快乐的天堂。整个大学时代，这种快乐始终伴随着陈敌。但我知道他没有把自己和郭聪的故事写进博客，那里面很难发现郭聪的影子。这大概是因为他还没有和这段情感拉开距离，他还不知道如何把这段情感上升到审美的高度。

一想到那间快乐小屋，陈敌身体里就会莫名其妙地涌出阵阵暖流。

小屋就在小城大学附近，这房子离郭聪上班的地方也不远，毕业以后，郭聪一直保留着房间的钥匙。她说要保留住那种感觉，要让陈敌每一次回来都有陌生的熟悉感。其实她完全可以和爸妈住在一起，他们就这么一个宝贝女儿，也希望她能够时常待在自己身边。但和爸妈那所大房子比起来，郭聪还是喜欢这间小屋。陈敌知道郭聪想留住什么，每次听她说起小屋，心里就生出一些莫名的感动来。

门没锁。陈敌轻轻一推就开了。

熟悉的小床，熟悉的被褥，熟悉的味道，熟悉的一切。

郭聪斜靠在床头，笑盈盈地说："你终于回来了。"

陈敌感觉自己身体的某个部位迅速发胀。那个可恶的小东西，又闻到了熟悉的气味。

一切顺其自然。

她躺在他的臂弯，面色潮红，双目紧闭。陈敌了解郭聪的身体，她涨潮的时间很长，每一次冲击海岸以后，她都要等好长一段时间才能平静下来。

“你一定要说服他们。”

郭聪又提起了那个让人头疼的老话题。

“你一定要说服他们。”

她又重复了一遍。这次带着一丝哭腔。

“我已经跟他们说了五百遍了,可他们就是不答应。这个问题需要我们一起去面对,你不要怕,无论结果是什么,我都要和你在一起!”

郭聪态度坚决。

陈敌不说话。他此时非常想抽支烟,可惜他还没有养成随身携带香烟的习惯。

“有水吗?我有点口渴。”陈敌说。

“有。矿泉水。我专门到楼下超市买的。”郭聪起身从包里拿出一瓶农夫山泉来。她的包很漂亮,是陈敌去广东出差时给她买的,花了将近1000块呢,还是出厂价。

“我明天就去!”陈敌咕咚咕咚喝了两口水,“我去好好和他们谈谈,我想我会说服他们的。只要我们态度坚决,谁也挡不住。”

“嗯。青山遮不住,毕竟东流去。世界潮流,浩浩汤汤。”郭聪笑嘻嘻地在陈敌脸上亲了一口。

陈敌笑笑,眼神里充满了迷茫。

九 桑竹垂余荫

郭聪是陈敌在小城大学认真对待的第一个女孩。

在认识郭聪之前,陈敌曾经有过一些风流韵事。这些都是在他有了吸引女孩子的资本之后。事实上,陈敌刚上大学时根本没有认识女孩子的兴趣,虽然小城大学的女生一个比一个漂亮,拎出任何一个可能都远远超过红颜。但陈敌太想读书了,他像一只很久没吃肉食的恶狼一样,奋不顾身地扑向图书馆,搜索所有能读到的书,如饥似渴地埋头苦读。

陈敌深知自己和其他人不一样,他为读大学所付出的代价让他不能不特别珍惜手里的课本。交完学费后,陈敌的生活费全靠他自己想办法解决。送水的工作是无法再干了,公司不允许他边读大学边送水。陈敌只好去大学附近的建筑队打零工,以此挣点生活费。生活的艰难压不垮他,让他痛苦的是红颜和孩子。

因为对陈敌不放心,红颜几乎每天都要给他打一次电话,还让乐乐在电话里不停地叫爸爸。一听到孩子的哭声陈敌的心就发痛,他只能把这痛默默忍耐下来。

一天,红颜突然抱着孩子来学校看他。红颜的到来让陈敌在我们面前有些难堪,陈敌知道红颜要的就是这样的效果,这个有心计的女人故意要让所有的人都知道陈敌是有老婆孩子的人。红颜的这种小聪明,陈敌虽然有些厌恶,但尚可忍耐。他本来就不奢望在大学里面发生什么故事,红颜这样做,对刚入大学还未想过风流的他来讲,意义不大。

红颜要在陈敌这里过夜,这给陈敌出了一个难题。宿舍里是不准留宿外来人员的,何况还是个带着孩子的女人。出去租房子要花不少钱,陈敌和红颜都不想这样做。陈敌只好带着红颜和乐乐去了弟弟那里。弟弟陈可开门看见陈敌一家三口站在门外,心里明白了八九分。他笑着说:"嫂子来了,快进屋坐。"把红颜母女让进屋,陈敌一把拉住陈可:"你嫂子今天不回村了……"陈可拍拍陈敌的肩膀说:"我明白,你放心住在我这里,我去同事那里凑合一夜。"

陈可煮了一大锅面条,三个大人加上孩子一人一大碗。他们围着一张小桌子,吸溜吸溜就着一罐老干妈辣酱边吃边聊。陈可知道红颜对陈敌不放心,拐着弯替陈敌说好话,想让红颜吃一颗定心丸。他说他哥在学校里可老实了,只知道看书学习,学习看书,木头人一样,真是踹三脚也踹不出一个屁出来!红颜听了只笑不说话。红颜这个态度让陈敌和陈可都摸不着头脑,不知道她到底是相信还是不相信。

到晚上孩子睡下以后,红颜倒热水给陈敌洗脚,说了一句话:"我不是不放心你,是不放心学校里的那些个女孩子。村里人都说现在的大学生开放,女孩子都不担心跟男生上床!"

陈敌苦笑了一下,说他这样的人,哪会有人看得上!

红颜撇了撇嘴,说那不一定。她起身去倒洗脚水。陈敌听到水落地的啪啪声，想提醒红颜这是在教工宿舍，不是在家里。他想想又算了。这个女人本来就事多，一不小心，就会把别人的好心当作驴肝肺。

陈敌发现红颜越来越会折腾了。

不知道是因为隔得时间久，还是她身体特别需要。总之，她变了，变得主动，变得深不可测。现在的红颜，是一处深不可测的桃花源。

弟弟的木质小床面积不大，加上孩子占去了一角。红颜无法舒展开，陈敌骑在她身上也是小心翼翼。红颜被撩拨得有些急不可耐，干脆翻下身来跪到床沿。

这一夜，陈敌第一次知道了虚脱是什么滋味儿。

第二天早上出早操，陈敌始终拉巴着腿。他的样子让同学们都觉得很奇怪，只有我和宿舍的几个哥们儿，知道是怎么回事。我们在一旁捂着嘴巴偷着乐。

红颜带着乐乐刚离开学校，我们班宣传委员带着两个小姑娘来找陈敌，说校报派来两个学生记者，要来采访报道他自学成才的事迹。陈敌有些不相信："采访我？"两个女记者点点头："是啊，你不是靠自学成才考入我们学校的吗？而且是边打工边自学，克服了很大的困难，不是吗？"陈敌笑笑，说："你们从哪里打听来的这些事儿？"宣传委员说："是我给辅导员提供的线索啊，想不到他给捅到校报编辑部去了。"陈敌明白了。

别看两个学生记者都是女流，采访起来却有模有样头头是道，一个问题接着一个问题追问，逼着陈敌把自己从小到大的成长历程说了一遍。说到打工上学的苦难时,两个城市小姑娘都被感动得满眼泪汪汪,其中一个还一遍一遍地重复着这样的话:“真是太不容易了,太不容易了!”

由于采访深入,加上带着感情,这篇名为《一个打工仔的大学之路》的访谈稿很快就在校报上登出来了。文章写得催人泪下,连陈敌自己读了都感动不已。他甚至不太敢相信自己的眼睛:这篇文章写的是我吗?我有那么坚强吗?一连看了五六遍以后,陈敌小心翼翼地把那张报纸叠成方块,掖在枕头底下。因为这篇报道,陈敌成了校园里的名人,他的事迹被在校大学生们口口相传,越传越神乎其神。有几个院系的学生会相继邀请他去给学生做励志报告,在这个过程中,陈敌学会了如何慷慨激昂,如何拿捏自己的感情。他的这次巡回演讲为他在小城大学的进一步发展打下了坚实基础。

不久,学院公开竞聘学生会主席。一看到那张贴在教室前面的粉红色的竞聘通知,陈敌就有一种预感:这是一个难得的好机会。

按照弟弟陈可的说法,这就是在小城读大学的好处。小地方的大学虽然没有名牌大学的规模,但在小地方好发展,你有一点才能就能被发现并且会被无限放大。陈敌那时还不太懂鸡头凤尾的差别,他只知道,不能放弃任何一次走向高处的机会。

陈敌下决心竞聘院学生会主席。

就是在这次竞聘会上,陈敌第一次见到了郭聪——他在大学最认真对待的一个女孩,也是唯一一个直到现在还不离不弃的女孩。

郭聪是陈敌竞争学生会主席的主要对手。因为紧张和全身心的投入,陈敌一开始并没有特别注意那个留着一头长发的女孩。那天参加竞聘演讲的人特别多,这里面不乏一些有过班干部资历品学兼优的强势竞争者。在小城大学,学生会主席差不多是大学生最看重的职位,说得不好听一点,这大小也算个有头有脸的最高级别的学生干部了。学生干部也是干部,总比普通同学的发展机会多一点。更为重要的是,只有在学院当选为学生会主席,才有机会继续竞聘校学生会主席。能当上小城大学的学生会主席,那可是一件相当牛的事情啊。校学生会属于学生处管,是学生处管理全校学生的一个官方组织,说学生会主席是一人之下万人之上也不为过。

陈敌当时还没有意识到当学生会主席带来的这些好处,这反倒给他带来了运气。当其他对手纷纷强调当选以后的种种愿景的时候,他只在演讲中谈了三点:一、他有为大家服务的愿望;二、他具备这样的能力;三、生活的艰难让我懂得感恩和奉献。陈敌讲得声情并茂,下面的同学不停给他鼓掌。这三点耳目一新的意见先声夺人,加上此前他在学校的知名度和影响力,其他选手败下阵来也就毫不奇怪了。

但有一个竞争对手不服气,她就是郭聪。

说实话,如果不是陈敌,以郭聪的实力,拿下这个学生会主席的职位是根本不在话下的。郭聪时为学生会宣传部干事,已经在组织里摸爬滚打了近半年;而且她成绩优异,演讲起来口若悬河,滔滔不绝,气势恢宏。坏就坏在她太自负了,说话的口气太冲,一个女孩子,锋芒太露,往往要吃大亏。更为失策的是,郭聪幕后的策划班子——宿舍的几个姐妹,给她出了一个在现在看来可以说是非常愚蠢的主意,她们一致建议郭聪那天穿得漂亮一点,郭聪的身材本来就不乏性感,那天她刚好又穿了一件半透明的裙子,这让参加投票的老师们感觉很不得体。这是郭聪的失策。

而陈敌,那天恰到好处地穿了一身从隔壁宿舍借来的西装。

陈敌当上了学生会主席,他可以在这所大学里耀武扬威了。学生会有一间独立的办公室,名义上说是学生会的活动地点,事实上就是陈敌一个人的小天地,在这个小天地里,他就是老大,他说了算。每次陈敌匆匆忙忙地走在校园中,周围总有人和他打招呼,他俨然已经成为这所大学的一颗耀眼的明星。

但陈敌还不满足。

在泡了一年图书馆遍览群书,当了半年的学生会主席之后,陈敌有了著书立说的欲望。

自从他自学成才的事迹上了校报,他就对报纸上的那些铅字产生了浓厚的兴趣。新一期报纸出来,他总要从头至尾读一遍。先看文学副刊,然后看校园生活,就连一版的学校要闻他都不放过,有滋有味地看上小半天。时间长了,他突然冒出了一个想法:为何不试着写点文章,听说文章发表以后还可以获得稿费,班级里有个同学一个月发表两三篇散文,稿费基本上就够维持基本生活的了。他周末累死累活地去建筑工地打小工也不过如此嘛。

陈敌到学校小卖部买了一打方格稿纸,用了两节自修课的时间,写了一篇回忆打工岁月的小散文。因为是自己的切身体验,文章写得很有真情实感。

写好了文章,陈敌找了个信封,恭恭敬敬写上:校报编辑部老师收。他把信封投进了校报专用投稿箱。

接下来的日子是漫长的。虽然这期间陈敌做了好多事情,但那篇文章还是时时牵挂着他的心。好不容易等到了校报出版的日子,学习委员抱来一摞报纸,发给大家看。陈敌拿到一张,急不可待地翻了一遍,没有看到自己的名字。他很失望。

心情平静下来以后,他下决心到校报编辑部去拜访一下编辑老师。凭着当学生会主席的历练,他明白人际沟通的重要。

陈敌又写了一篇散文。这次他没有再回忆自己过去的艰难,而是充满激情地对以后的生活进行了展望。拿着这篇文章,他雄心勃勃地去了校报编辑部。

天突然下起了小雨,雨点密密麻麻的。天空如同一把巨大的花洒,把水喷洒得铺天盖地。陈敌怀揣着巨大的希望走在雨中,心里突然感觉到一点悲壮。也许自己这种冒雨送稿的行为会感动编辑老师,他这样想着,忍不住自嘲地笑了一下。

校报编辑部在办公楼的九楼,和宣传部挨在一起。陈敌第一次到这个地方来,如果没有这段时间做学生会主席与老师经常打交道的历练,他还真有点紧张。他忐忑不安地敲开编辑部的门,里面三位老师停下手头的工作,一起盯着他。陈敌红了脸,说:“各位老师好,我是来投稿的。”

一个女老师问:“是新闻稿还是文艺稿?”

“文艺稿。”陈敌回答。

“那你拿给我吧。”女老师笑着说。

陈敌双手把稿子递给她。

她漫不经心地翻了翻，脸上露出一丝惊喜：“你就是陈敌？”

陈敌点点头。

“你前几天是不是给我们投过稿，还曾经上过我们的报纸？”

陈敌又点点头。

女老师把脸转向其他两位老师：“嗨，你们说巧不巧，我正想给他打电话呢，刚才还打到学院去查询他宿舍电话来着。想不到他自己送上门来了。”

两位老师嘿嘿笑道：“巧了巧了。”

女老师给陈敌拉过来一个板凳，对陈敌说：“请坐吧，我给你倒杯水。”

陈敌赶紧阻止，说不渴，不麻烦老师了。

女老师自我介绍说：“我姓吴，校报副刊编辑。你上次投过来的稿子写得很感人，因为内容上和我们上次发表的采访稿有些重合，所以不好用，我正想约你再写一篇呢。”

陈敌尴尬地笑笑，说：“第一次给报纸写文章，不知道怎么写才好。请吴老师多指点指点。”

吴老师笑，看了看陈敌送来的新稿子，说：“这篇就挺好，以后就这么写。这篇我留下了，争取这期报纸就刊发。”

听到文章能发表，陈敌有些激动，连声说：“谢谢吴老师谢谢吴老师。”

离开编辑部的时候，吴老师亲自把陈敌送到门外，告诉他，校报底下有一个记者团，他要是有兴趣，可以加入，这样就可以和校报建立长期的联系。

陈敌点点头，说他很愿意加入进来。

吴老师笑笑说："回头我让记者团的负责同学给你拿一张登记表，你填写一下个人信息就好了。"

陈敌又说了许多客气话，激动不已地走了。

不得不说，陈敌接连迈出的这两步，对他在小城大学里发展至为关键。正是靠着学生会主席的头衔，他接触到了许多普通学生接触不到的事情；正是靠着校报记者的资源，他吸引了很多如郭聪一样美丽知性的女孩子，结识了许多有故事的老师。

人要是来了狗屎运，挡都挡不住。

陈敌对自己在小城大学的一连串的命运转折有着很清醒的认识。他后来一再向我强调这一点，说自己大学那几年的运气真是太好了，其实他根本没那么优秀。然而，当时的郭聪可没看得这么透，不但是她，当时许多女孩子都被陈敌瞬间迸发的才华所折服，纷纷对他另眼相看。

陈敌说那时的确有许多女孩子对他表示过好感，她们一点儿都不在乎他已经结婚并且做了父亲。不过因为那时的陈敌完全被以红颜为代表的女人所遮蔽，他并没有轻举妄动。把他从红颜阴影里彻底解放出来的是郭聪，如果没有她，陈敌就不会在大学里制造那么多的风流韵事了。

但陈敌这次回小城并没有完成郭聪的心愿，他后来向我复述这件事的来龙去脉时神情非常懊恼。他说:“真是难以想象思想开放的郭聪会有那么死脑筋的爸妈,那天我说了那么多的好话,几乎就差对天赌咒了,他们就是不肯接受我。”

那天的情形的确让陈敌很狼狈。要知道,现在的陈敌已经不是上大学的时候的陈敌了,他已经在南京打拼下了自己的一方小天地,他从一个乡下苦孩子成长为城市的中产阶级,这些都已经使他有了些许优越心态。如果说大学时候他和郭聪的成长环境相差很大,简直是一个天上一个地下的话,那么现在,他的生存环境有了很大改善,腰杆儿可以挺直了。他不再习惯更无法忍受郭聪爸妈那种居高临下盛气凌人的说话语气。

陈敌实在没有耐心再去做说服的工作,无论他怎么说,郭聪的爸妈坚持一口咬定,他俩在一起的前提是陈敌必须先回到小城来,而且必须在小城买一套房子,然后郭聪才能继续和他在一起。

这个条件对于陈敌来说有些苛刻,他好不容易把事业发展到了省城,再让他退回来简直是不负责任。

郭聪夹在陈敌和爸妈中间很尴尬也很无奈,她只好做陈敌的思想工作,对陈敌说爸妈就她一个女儿,他们想把她留在身边,这可以理解。

对此,陈敌不置可否。

陈敌自知郭聪的成长环境和自己反差太大,小姑娘比自己小了近10岁,典型的80后脾气,从来没受过什么委屈,被爸妈宠着惯着长大。爸爸是区政府的小科员,妈妈是一家社区小学的老师,对她的看管与教育从来就没有放松过。之所以让她在小城读大学,就是方便把她看得紧一点,生怕在外面受委屈。如果不是大学期间郭聪把和陈敌谈恋爱的事隐藏得天衣无缝,他们早就勒令她和陈敌分手了。

因为心里牵挂着李巧,陈敌无心在小城久留。和郭聪爸妈谈话的第二天,他就坐火车回到了南京。这次,他选择了城际动车。他想快点回到南京。差不多每次都是这样,从南京回小城,陈敌像一只爬行的蜗牛;从小城回南京,他就像一匹奔腾的烈马。

陈敌忘不了郭聪送自己上火车时那哀哀的目光,郭聪的确是个好女孩,是她陪伴着自己度过了快乐的大学时光。放弃她,陈敌舍不得。

陈敌依然记得郭聪在竞聘学生会主席时那慷慨激昂眉飞色舞的演说,依然记得输给他时那倔强而委屈的眼神,正是那不服输的眼神触动了他心底的柔软。

不知是从哪一天开始,他们频繁地在图书馆里相遇,从最初的相视一笑,到互相交换阅读书目,到一起交流读书心得,到一起去食堂吃饭,到一起看第一场电影,到她为他补习英语,到他教她写作,他们的感情之花日渐怒放。

但陈敌并没有被甜蜜的爱情醉倒,他不时地提醒自己是一个结过婚有孩子的男人,他和她之间相差得太远,他不能破坏了她未来的美好。

那天,他们相约来到小城最美丽的九龙湖边散步。在湖光山色的美景中,陈敌向她倾诉了爱慕之情,同时说出了他心底的秘密。他告诉郭聪,因为这秘密,他不能和她产生任何爱情,哪怕一点点都不行。

陈敌没有想到，听到这样的表白，郭聪竟然没有丝毫的悲伤，而是一脸的满不在乎。她微笑着挽起了陈敌的臂弯，漫不经心地说了几句话，就是这几句话彻底击溃了陈敌的情感大堤。她说："难道爱情是你可以控制的？你不让它发生它就不发生了？你以为爱情是一个人的事情吗？告诉你吧，我一旦爱上你，你就别想逃脱我的魔掌！"

陈敌吻了她。

那吻好绵长。

陈敌从来没那样吻过任何一个女孩。

那感觉好奇怪，好像是他第一次亲吻异性似的。这之前他不是没亲过红颜，但从来没有这种触电的感觉。

他由此断定，自己是爱郭聪的。他们之间是真爱，不掺杂任何杂质的真爱。这爱，给他以力量。这爱，开发了他的爱的潜能。

他所有对女人的感觉，都是从郭聪这里开始的。

而不久之后在同样的地点，他们初尝了禁果。之后，陈敌彻底成为郭聪的俘虏，这是精神上和身体上双重的俘虏。在郭聪那里，陈敌明白了什么是真正的男人和女人。经由郭聪，他到达了真正灵肉相合的美丽桃花源。

十 菽稷随时艺

南京的夏季不长,仿佛眨巴一下眼睛就过去了。

我的研究生论文开题还算顺利,乔老板认为我的选题很有价值,让我好好写,争取评上优秀论文,并在权威期刊上发表。面对他的鼓励,我只能努力奋斗。说实话,为了寻找到一个好的选题,我真是费了九牛二虎之力了。最后好不容易才敲定了现在这个题目,避免了重新开题的悲惨命运。我的那些同门有几个被批得一塌糊涂,论证会一结束,他们差点就自挂东南枝了。那个惨啊。

我把这个好消息告诉陈敌,他非要为我庆祝庆祝,他知道选题通过意味着我的论文已经成功了一大半。这次聚会他没有叫李巧参加,说她来了说话不方便。我知道他肯定想和我聊聊郭聪。

从小城回到南京以后,陈敌的心情一直没有放晴。郭聪几次在电话中告诉他,她正在继续努力劝说爸妈,现在他们已经有了松口的迹象。这个消息并没有让陈敌的心情变得好起来,他现在已经不像以前那样在乎郭聪爸妈的态度了,他甚至冒出了要在郭聪和李巧之间做出选择的念头。如果他最终选择了李巧,郭聪爸妈对他的态度如何就变得毫无意义了。

这天陈敌和我聊天的所有内容几乎都是有关郭聪的,看得出来,他内心里仍然很喜欢郭聪,只不过徘徊在两个女人之间让他无所依附,总有悬在空中的感觉。他想让脚尖早点着地,不想在空中盘旋,他想选择一个好的降落地点。他很虔诚地问我:"雁南,你说说看,我将降在何处? 郭聪那里情况比较稳定,但年久失修,还有信号上的干扰;李巧那里是个新机场,现代化设备一应俱全,但毕竟没经过多少风霜雨雪的考验。"

我默然。不是我故意装老江湖,我真不知道该替陈敌拿什么样的主意。我只顾低头喝啤酒。

"你小子不够朋友。"陈敌重重地放下酒杯。

我只好表态:"其实人这一生不能总在一个机场降落吧。"

我的话大概够震撼,陈敌睁大眼睛,目不转睛看着我:"你继续说,继续说。"

我笑笑:"我是瞎说,不过,这确实是我的真实想法。人这一生,说漫长也漫长,说短暂也短暂,不过就是一睁眼一闭眼的工夫。"

"你的意思是说人生苦短,应该尽情享乐?"陈敌不相信我能说出这种悲观消极的话。这话确实和我平时表现出的一副正人君子的姿态、动不动就要达则兼济天下积极入世的宏大的形象不符。

"我当然不完全是这个意思,我的意思是说人这一生不妨活得洒脱一点,要善于做加法,少做减法。"

"你不要说得这么深奥,什么加法、减法的? 说直白点。"陈敌有些不耐烦。

"就是不要在不该做选择的时候做选择,要学会顺其自然。"

“你的意思是说李巧和郭聪我现在都不要放弃?”陈敌终于明白我的意思了。

我点点头。

“你这是什么狗屎思维? 我看研究生层次高也就高在说话绕弯子的水平上了,你早直说不就得了。”

“你认为我说得不对?”

“听上去有点意思。但即便我现在不做出选择,总有一天我还是要做出选择吧?”

“错。你还是没有理解我的意思。做加法,就是你不做出选择,而是她们做出选择。”

“她们? 李巧和郭聪?”

“对。就像跑马拉松,不是每一个选手都能坚持到最后,总有一个会提前退场。这是在你很难做选择的前提下的最好选择。”

“高! 实在是高!”陈敌举起酒杯,一饮而尽。

“不过,如果她俩都很坚强,我坚持不下来怎么办? 那马拉松岂不是白跑了?”

我笑笑:“这个就不是我能解决的了,这就全靠你自己了。不过,我相信你的耐力。”

陈敌站起来,说:“走,今天晚上人民大舞台有一个俄罗斯剧团演出,我们去看看!”

我一听就来了劲头,兴致很高地跟着陈敌去了人民大舞台。

人民大舞台距离我们吃饭的地方不远,走路不到十分钟就到了。大老远就看见几张在大门口随风飘舞的巨幅海报,上面是几个穿着比基尼搔首弄姿的俄罗斯姑娘。

陈敌说,这样的演出,据传现在正风靡于中国大江南北,很受市民的欢迎。

我愕然。

陈敌去售票处买票,我又抬头看了看那几张海报,也没什么嘛,市民喜欢看这样的演出,也正常嘛。改革开放,一切都市场经济了,有需要就有市场,有市场就有消费,全民娱乐呗。

检票进了剧场,到处都是黑压压的人头,票房果然爆满。

按照座位号坐下来,有一貌似俄罗斯姑娘的服务员送来一杯茶水和一盘瓜子,我还是第一次享受这样的待遇,很是受用,忍不住赞叹,外国姑娘的服务就是好。

陈敌一副不屑的神情:“你以为你享受的真是俄罗斯姑娘的服务?”

“难不成刚才那姑娘是假的?”我边说边转过头去寻找刚才过来倒水的姑娘。

“不用看了,刚才那一个是纯中国姑娘,不过染了金黄的头发,没注意减肥罢了。”

我胃口大倒。“那我们还来看什么?”

“舞台上的姑娘是真的。”陈敌笑着说。

演出开始,两个油头粉面的俄罗斯小青年从幕布后面跳出来,油腔滑调地介绍起今晚的演出节目单。报幕毕,十几个清一色的金发女郎穿着比内裤还要短的迷你裙集体亮相,光鲜白净的大腿在观众眼前晃来晃去,动作整齐划一。

正看得兴致勃勃,陈敌的手机像做噩梦般叫了起来,陈敌低头一看,是李巧。他不耐烦地接了电话,趴在座位底下说正和雁南在剧场看演出呢。李巧还在那边喋喋不休,陈敌明显有些反感,嘟囔着把电话挂了。

"不知道怎么回事儿,李巧最近很会缠人。"陈敌恼怒地说,"我最烦女人这一点了。"

"不是说好了,顺其自然嘛。也许有人就快要退场了呢。"我故作高深状,眼睛始终没离开俄罗斯姑娘们的大腿。

"退场？哪有这么快?!"陈敌面无表情。

其实,这种不被信任的滋味陈敌早在红颜那里就不知已经领教过多少次。特别是陈敌读大学以后,红颜像着了魔似的隔天就给陈敌打一个电话。女人都是敏感的,很难说这种敏感有没有道理,因为对于那时的陈敌来说,他的确在向着疏远红颜的方向蜕变。

自从陈敌去小城上大学以后,村里的闲话越来越多,那个说大学都上了,将来肯定会有别的女人;这个说还不尽早追回来,晚了,黄花菜都凉了。娘们之间咬舌头的话传到红颜耳朵里,她愈加变得焦躁不安,对陈敌的态度也愈加防范。

这天村委会主任陈贵要去城里办事,红颜知道了,非要搭他的车。村委会主任知道她要去城里见陈敌,笑嘻嘻地说:"我这破摩托跑起来可颠簸得厉害,就怕你坐不习惯哪！咱丑话说在前,要是把你身子骨儿给颠散了我可不负责任啊!"

陈贵年龄不大,但在村里的辈分高,红颜比他小了不少论理该叫他叔,但喊叔她张不开嘴,干脆称呼他村主任。她说:“村主任你可是村里的最高领导,我搭你的车也算给你一个为群众服务的机会啊。”

陈贵被红颜逗得哈哈笑,说:“上车上车,你都上升到为人民服务的高度了,我还能咋说?”

其实去小城的路都是柏油路,颠不了哪儿去。

正是玉米出天缨的时节,柏油路两边成片成片的玉米地连成了一片,望也望不到头。

陈贵把摩托车开得风快,玉米地迅速向身后跑去。红颜坐在后座,一开始不好意思碰到陈贵,只用手抓住他的衣角。无奈陈贵车速越来越快,红颜有些害怕,顾不了那么多了,一伸手搂住陈贵的腰。

陈贵开得更快了。

他一直把红颜送到学校大门口。

坐车时间太久,红颜腿脚发麻,扶着摩托车原地跺了半天脚,边跺边问陈贵打算何时回村。

陈贵一愣,说:“你不打算在陈敌这里过夜啊?”

红颜脸一红,说过啥夜啊,孩子在家,我不放心。

陈贵像是猜到了什么,不再多问,说:“我估计要到下午四五点钟才能办完事,如果你今天回村,四点钟你就在这里等我;如果不回,你就别来,到时看不到你人影儿,我就一个人回去,咋样?”

红颜点点头,说:“给村主任添麻烦了。”

陈贵一笑:“为人民服务,不麻烦。”说着骑上摩托车走了。屁股后面喷出一股浓烟。

红颜向学校里面走,因为之前只来过一次,她不大能摸得准陈敌的宿舍。正是食堂开饭时间,下课的学生都往食堂走。红颜被夹在人群中,担心陈敌这会儿不在。肚子刚好又有点儿饿,她想还是跟着人流先去食堂买点饭吧。红颜穿着一件大红格子衬衫,走在大学生中间特别扎眼。她自己也感觉到了周围异样的目光,在心里念叨:看什么看?看你姑奶奶长得好看!大学生有什么了不起!还不是爹娘一样生养大的吗!哼!

食堂人多。红颜好不容易才挤到窗口,匆匆忙忙买了两个白面馒头,低着头往外走。刚走出两步,她忽然听到一阵熟悉的声音从后面传来,转身一看,是陈敌,正排队买饭呢。红颜一阵喜悦,张开嘴喊陈敌陈敌。喊了两声陈敌没听见,红颜只得往前挤了挤,快到陈敌跟前时,她愣住了:陈敌正和一个女孩子并肩站在一起,还牵着手!

红颜不敢相信自己的眼睛,目瞪口呆地站在那里。陈敌和郭聪丝毫没有发觉站在不远处的红颜,依然有说有笑,说笑间郭聪还搂住了陈敌的腰。红颜发出了一声刺耳的尖叫,那声音像是突然引爆了一颗炸弹。所有人的目光都集中在红颜身上,陈敌也回过头来,他被红颜愤怒的样子吓住了。

两个馒头如同利剑一样,划过人群砸到了陈敌脸上。郭聪被眼前的这一切弄糊涂了。她看看面无表情的陈敌,愤怒地一步跨到红颜跟前,大声质问:“你是谁啊?这么野蛮!”

正在气头上的红颜,不等郭聪说完,就劈头盖脸打起来,边打边骂:"你这个狐狸精,敢勾引我男人!真是不要脸的骚狐狸!"

在大学里难得看到有人打架,大学生们不知道到底发生了什么,纷纷聚拢过来看热闹。人越来越多,清醒过来的陈敌一把把郭聪拽到一边,拉住红颜的胳膊往食堂外面挤。

郭聪终于明白眼前的这个女人是谁了,她像一只被啄伤的小母鸡,流着泪跑开了。

红颜蹲在食堂外面号啕大哭。

陈敌束手无策,不知道如何是好。

红颜哭得没完没了,陈敌担心被班里的同学看到,更害怕被认识自己的老师看到。他拉起红颜往不远处的花园走,红颜赖在原地不动。陈敌气急败坏地朝她吼:"哭什么哭?!谁让你来学校了?"

红颜被他吼得一愣,随即停止了哭声。她用袖子抹抹眼泪,站起来,头也不回地向学校大门口跑去。

陈敌不知道她要去哪里,在后面喊:"红颜红颜。"

无奈红颜跑得太快,终于跑出了他的视线。

陈敌以为红颜去了弟弟陈可那里,便走小门抄近路奔向弟弟的宿舍。气喘吁吁跑了十分钟,他看见陈可的宿舍门紧闭,红颜根本没来这里。

或许她回村里了?想到这里,陈敌不着急了。想过几天回家里再作了断吧,实在不行,就和红颜离婚。

陈敌去找郭聪了。她也受了伤,正需要陈敌的安慰。

其实红颜那天一直待在学校大门口,她整整饿了一天,蜷着身子抱着脑袋蹲在墙角里。她等了半天,以为陈敌会来找她,但终于没有等到。她对陈敌彻底失望了。

也许她不该怨恨。是她自己以前没有珍惜。她把一块好玉当作了石头,随意地扔进了垃圾堆。现在好玉被别人捡走了,她后悔也没有用。

太阳一点一点西下。

四点钟,陈贵准时出现在学校大门口,他一身的酒气,没有察觉红颜的异样,笑嘻嘻地开了句玩笑:"今天还真回村啊?你们效率真高!"红颜没理他,探头朝校园里望望,重重地叹了口气,坐上了车。

陈敌真把红颜的心伤透了。

在疾驰的摩托车上,红颜想,要是迎面来个卡车一下子把自己撞死了就好了。

陈敌并不想故意去伤害红颜,至少他不想这么早地以这样的方式来解决他们之间的问题。他虽然知道自己早晚要和红颜分手,但以何种方式在何时分他并没有想好,他只是本能地想把这个时间往后推,毕竟他们还有一个孩子。现在红颜提前捅破了这层窗户纸,陈敌只得提前面对。

郭聪那边并没有给出逼陈敌离婚的时间表,她对陈敌没有任何要求,她就在乎陈敌对她的感觉,别的都不在乎。郭聪越是这样,陈敌越觉得对不起她,必须早日把红颜那边安排好。他原来是想等到大学毕业,现在看,等不了了。就是他愿意等,红颜也不会答应。

陈敌了解红颜的性格，她不会默默忍受屈辱。现在他们之间的角逐，主动权掌握在她手里。

她会主动出击的。

在一次体育课上，陈敌这样对我说："她肯定会主动出击的，等着吧。"

我当时还只是个相对纯洁的大学生，对男女之间的感情还很陌生。我不能给陈敌出任何主意。我只能和陈敌一起唉声叹气。

后来，陈敌告诉了我另外一件事，这件事加速了红颜和陈敌感情的决裂，并在一定程度上减轻了陈敌对她的愧疚感。

那天，红颜神情恍惚地坐在陈贵的摩托车上，脑子一片空白。陈贵因为喝了酒，摩托车不敢骑得太快，太阳都落山了，他们的路程还没有过半。饥饿和劳累让红颜身体十分乏力，她整个身体软绵绵地伏在陈贵后背上。随着摩托车的上下颠簸，红颜越发地昏昏欲睡。

太阳完全落下山，过往的车辆陆续亮起了灯。

一路风吹，陈贵酒醒了大半。他将摩托车停在路边，去玉米地里小便。红颜似醒非醒地问他停车干什么，陈贵醉眼蒙眬地嘻嘻笑："我去尿个尿，你也去吧，这一路颠的，你肯定受不了。你去，我给你看着人。"

陈贵这么一说，红颜还真感觉自己有了尿意，瞅瞅四周，一片昏暗。她下了车，对陈贵说："村主任你看着啊，我蹲一下就行。"

"好。"陈贵嘿嘿笑出了声。

红颜进了玉米地，里面黑乎乎的，她不敢太往里钻，在地头蹲了下来。慌里慌张尿完尿,刚要提裤腰带,陈贵突然笑嘻嘻地出现了面前,一把把她掀翻在玉米地。

红颜呆住了,气呼呼地说:“村主任,你想干什么?!”

陈贵嘻嘻笑:“我今天为你服务了一整天,现在,你也该为我服务服务了吧?”愣了一下,又觍着脸说,“放心,这里没有人会看到。”陈贵说着,扑到红颜身上。压倒了一大片玉米。

红颜本能地使劲推他,无奈一天没吃没喝,一点儿力气也没有。她脑袋中浮现出陈敌恶狠狠对她的样子,心里泛出一阵悲凉。

红颜闭上了眼睛。

考虑到陈敌对不住红颜在前,其实红颜和陈贵这事也没什么。况且村里的女人陈贵不知已经睡了多少,大伙对此都心知肚明。不过,只要没能捉奸在床,谁都不愿相信陈贵睡过自己的女人罢了。

但陈敌不这么看。在这方面,他是典型的“只许州官放火,不许百姓点灯”。

我据此认为这小子其实很霸道,很不讲道理。就许你背着红颜和别的女人好,就不许红颜和别的男人好?这没道理嘛。

不管怎么说,这事肯定加剧了陈敌和红颜感情决裂的速度。好事不出门,坏事传千里。陈敌听回了一趟老家的弟弟说了红颜和村主任的事以后,感觉眼前直发黑,屁股着火般十万火急地回了一趟村。

红颜不在家。

娘说她从城里回来就带着孩子回娘家了,什么也没说。“你回来得正好,快去把她和乐乐接回来。”

陈敌无言以对。

和红颜离婚这事,他最怕面对的人就是爹娘。他不说话,进屋看看,一切依旧。

他自己在屋里睡了一夜,第二天又默默回到了学校。

后来,我问他是怎么知道红颜和陈贵的好事的,陈敌说那天正好有个村里人路过那片玉米地,看到了陈贵的摩托车。他把这事儿传得满村的人都知道了。

陈敌把这事告诉了郭聪。

郭聪不相信,说:“你不会是在编瞎话吧?想减轻自己对红颜的负疚。”

陈敌苦笑,说:“你能这样想,我既高兴又无奈。高兴的是,你把别人往好处想;无奈的是,这事确实是真的。”

郭聪还是不相信:“农村有这么乱?要是以前我信,现在都是法治社会了,男女关系不会那么随便吧?”

对此,陈敌只能继续苦笑。

直到郭聪和红颜有过一次难堪的对话以后,郭聪从红颜那里验证了陈敌的说法,她才彻底相信了陈敌。

几年后,郭聪跟着陈敌回了一趟老家,她才知道那地方确实很落后,历史上的“贫穷落后”说法似乎并不为过。

十一 春蚕收长丝

在南京待了两年,感觉南京的秋天似乎比别处的秋天更有些味道,多了几分凉爽,多了几分秋意绵绵。这个时候,正是出游的好季节。

乔老板想组织我们几个同门研究生到南京栖霞山去秋游,说想让我们放松放松,别因为写论文都把自个儿写傻了。导师有这个心情,大家自然热情高涨。特别是我那几个同门小师妹,高兴的劲头儿持续了好几周。谁知临到要去那天,老板突然改变了主意,说去秋游的事儿让我们自行组织,他另有安排。

我一直梦想去一趟,但那需要两个条件:金钱和时间。现在我两个都没有。

但陈敌有。

这小子有大把的时间和金钱去挥霍。

我给他打电话,鼓动他出去走走,借此消遣消遣,也摆脱一下糟糕的情绪。

他对我的提议很有兴趣,因为纠缠于李巧和郭聪之间的情感,他脑子都大了。他神秘兮兮地问我:“你说她俩我该带谁去?”

我一愣。“你不想一个人去?”

“一个人去太闷了。”他笑着说。

“那得由你自己决定。”我知道这种主意不好出，干脆推给他。

“嗯。要带还是带李巧，她比较喜欢野战，开放的步子比郭聪迈得大一点。”

我不置可否。看来，就目前的情形来看，李巧在陈敌心目中的地位，比郭聪要重要那么一点点。这小子有点儿喜新厌旧。

陈敌是干脆利索的主儿，做事不喜欢拖泥带水。我和他通话的第三天，他就给我发来一条短信：我现在和李巧正在去九寨沟的火车上，出来以后心情果然不一样，谢谢老兄的提醒，回来后向你报告我的九寨之旅。

我回了他一个笑脸。

和陈敌做朋友这么些年，都是他来帮我，我从没有主动给他什么帮助。说实话，我心里是有些惭愧的。

大学四年，陈敌对我和宿舍的几个哥们帮助都很大，尤其是我们宿舍老三，这家伙平时光顾着追女孩，和女朋友租房子同居，成绩一塌糊涂。眼看着就要毕业了，别人好歹都有了工作去向，他不但没找到一家单位，而且还面临着拿不到毕业证的危险。

形势很严峻，老三只得动脑筋想办法。他去找教务处处长，人家不给他开门。求爷爷告奶奶不管用，我看着他实在可怜，就提醒他求别人不如求自己兄弟，去问问陈敌，说不定他有办法。

我知道陈敌在小城大学的能量很大，这小子做着学生会主席不说，更主要的他还是校报的记者，据说他还是校报编辑部的重点培养对象，将来还要做记者团的团长，平时做采访净接触学校关键部门领导，都是堂堂的处级干部。据他说，就连学校党委书记见面都主动和他打招呼,因为他写了有关他的一篇专访,发在省里的党报上,而且还弄了个头条。这之前除了校报,党委书记还从没上过省党报的头条呢。发了这篇文章以后,校报老师都对他刮目相看。有了这些资源,他在小城大学办什么事都 SO EASY(很简单)。

我记得有一次班里一个女生考试作弊被巡考老师抓住了,要给留校察看处分。女生去找陈敌帮忙,陈敌二话没说,直奔学工处李处办公室,三言两语就把这事儿给办了。女孩子从此对他感恩戴德。这事儿在陈敌博客里面有所反映,不过这家伙稍微处理了一下,不知道这段背景的人看不出来罢了。但他逃不出我的法眼,我太了解他那些风流往事了。

老三听了我的劝告,在学校外面找了一家最好的饭馆,摆下鸿门宴,请陈敌喝酒。宿舍全体成员作陪。

那天陈敌一看老三那摆谱的阵势,心里就明白了三分。他拿眼看我,大概猜出是我的主意。我嘿嘿对他笑,说:"肚子里寡了,整天见不到油水,你老人家有资源,老三有钱,正好找个理由让大家出来解解馋。"

酒过三巡,陈敌开始口吐狂言。

他醉眼蒙眬地对老三说:"老三,我知道你有钱。啊,你以为你有钱就能办成事儿,是不?你去找教务处处长有什么用?"

老三点头如捣蒜。

"就你拿毕业证找工作这事儿,说复杂也复杂,说简单也简单,就看怎么操作。"陈敌喝了一口酒,笑笑。

我不能白吃老三的饭,赶紧插话,问陈敌到底有啥好办法。

“办法有的是，最好的办法是不求人，咱设计一个方案，让他们把毕业证给咱们送上门来。”

陈敌说得神乎其神。

我们听得有些犯傻。

看我们的目光都有些迷离，陈敌呵呵笑：“不相信是吧？好，那就走着瞧，我不但要让学校主动给老三颁发毕业证，还要老三成为一个典型，你们信不信？”

大家点头也不是，摇头也不是。

我看陈敌有些急，劝他别兜弯子了。

陈敌看看四周，说他有个策划，就看老三想不想做了。

老三激动地说：“什么策划？只要能拿到毕业证，我什么都愿意做！”

“那就好，有你这个态度，我就放心了。”陈敌搛起一块刚上桌的拔丝，慢条斯理地说，“我的方案就是你去援藏。”

“援藏？”老三不相信自己的耳朵，又重复一遍问，“你是说让我去援藏吗？”

“对。只要你提出去援藏，我就给你做典型报道，你一成为典型，就能拿到毕业证书。”陈敌很有把握地说，他了解学校的政策。

我们恍然大悟。老三激动地倒了一大杯酒，和陈敌碰了一下，一饮而尽。

不久，老三和我们一样顺利拿到了毕业证书，这之前，他还被校报做了大篇幅宣传报道，成为学校支援西藏的典型。

这就是陈敌的厉害之处。

大学时的他有着过人的头脑,过的是上半身的高雅生活;到南京以后他则有着旺盛的性欲,追求的是下半身的感官快乐。

九寨沟风光没得说,不是天堂胜似天堂。

这是陈敌回到南京后给我发来的第一条短信。

我依旧回复他一个笑脸。

他又发过来一句:在那样的风景里,你都不愿意做爱,怕那样会污染了环境。

我大笑。

过了一会儿,他在办公室给我打来电话,问我是否有空出来聚餐。我知道他想借此感谢我,我说等等吧,等我把论文弄得差不多了,你到时给我庆贺庆贺。

他说好。

刚要挂掉,他突然又想起来什么,说别挂别挂,他刚收到母校寄来的校报,上边有杰出校友近况,我的名字在上面。

“啥?杰出校友近况?凭啥有我名字?”我有些奇怪。

“你是名校博士呗,我想上校报还捞不着呢。”陈敌说话阴阳怪气。

我笑笑,这个家伙,忘了自己曾经是这份报纸的当家花旦了。

说起来,陈敌成为校报记者团团长颇有些传奇的味道。他的投稿发表以后,校报老师都很赏识,副刊的吴编辑把他吸收进记者团以后,他更是如鱼得水,迅速进步,他在校报的发展,真可以说是天天向上、平步青云、苟日新、日日新。

陈敌进记者团的时候,记者团正面临换届。原来的记者团团长要考研究生,没有时间管理这个社团。和我们一个年级的叫马莉的女生被看好为下一届记者团团长的最佳人选,她是老团长赵仇高的铁杆粉丝,老团长培养她一年多了。如果没有陈敌的半路杀出,记者团团长的宝座非马莉莫属。可现在的事实是,陈敌进来了,并且是由校报老师亲自介绍,对于老团长和马莉来说,这个情况有些不妙。

事实也确实如此。

记者团的新任指导老师正是编辑校报副刊的吴老师,她在记者团的一次例会上强调,从今年开始,校报记者团团长将在全校范围内公开竞选,打破以前那种单纯由老团长推荐产生的封闭格局。对马莉来说,这不啻晴天霹雳、平地惊雷。全校范围内公开竞选?这意味着她将面临残酷的竞选投票。

更不妙的是,吴老师延长了记者团团长竞选的时间。她说现在条件还不是太成熟,需要给竞选者留出足够的准备时间。这话的意思在马莉听来,就是在扶持培养新人。

不能说马莉这样的猜测没有道理。

吴老师是从去年才开始接手记者团的,在这之前指导记者团的是另外一位男老师。今年他考上了北京大学的博士研究生,去读书深造了。俗话说,一朝天子一朝臣。领导换了,口味也变了。这倒也不是说吴老师不喜欢现任记者团的骨干,她是想从头收拾旧河山。

在这样的背景下,陈敌出现得真是恰到好处。

在吴老师推迟竞选的那段时间里,陈敌几乎每天都在写稿,写好了就拿给吴老师修改。文章经吴老师修改后,很快就见报。几乎每一期报纸上,都有陈敌的名字出现。有一期,他的名字甚至出现了三次,而且有一次是在头题头条的位置。

在记者团,陈敌是一颗名副其实的新星。

在陈敌这颗冉冉升起的新星面前,老团长赵仇高和马莉是他最大的障碍。

加入记者团以后,陈敌也算一个有组织的人了。在第一次的例会上,陈敌就发现自己这一次真是做出了一个绝对正确的选择。一是这里美女多,陈敌怀疑全校的美女都集中到记者团里来了,他发觉喜欢和文字打交道的女孩子都是多愁善感的主儿,林黛玉那种,见风就是雨的魅力 MM(妹妹)。第二个原因是这里集中了一批学校的精英,都是能说会写的人才,校报的影响很大,和方方面面的接触也多,很容易在校园里打出自己的知名度。

校报每一次的例会都是团长发威的绝好机会。据赵仇高吹牛,校学生会主席现在混得还不如他,他们在一个班,主席的名望明显和他差了一大截子。这几年,舆论监督确实很吃香,动不动就摆出曝光的架势,别人轻易不敢惹。陈敌盯着眉飞色舞的赵仇高老前辈,在心里暗暗下决心,一定要混到他那个位置。有了这个野心,陈敌开始有计划地勤奋写作,接二连三地在校报发表文章,很快引起了大家的注意。不久以后,陈敌被任命为记者团副秘书长。这是一个要升官的征兆,也是吴老师为实现下一步的目标做准备。若按照以前的规律,陈敌的下一步是秘书长,然后是副团长,最后修成正果熬上团长。这和从科级熬到处级,从厅级熬到部级是一个道理。但现在吴老师要直接选举产生记者团团长,就直接绕过了那些繁文缛节。

陈敌很清楚,马莉的实力不容小觑。在他眼中,她和老团长的关系一直是一个谜。马莉不仅仅是赵仇高的铁杆粉丝,他们之间似乎已经超出了这层关系。经过一段时间的观察,陈敌发现马莉喜欢赵仇高。这是他经过仔细观察精密分析得出的一个结论。每一次例会,当赵仇高夸夸其谈在我们面前布道时,马莉的眼神就会变得很痴迷。并且她会想方设法地和赵仇高接近。他还发现赵仇高盯住马莉丰满胸脯时的色眯眯的眼睛。有一天,陈敌在学校小花园的连椅上看见了马莉和赵仇高,他猜测他们是在约会,两个人的样子看上去非常亲密。陈敌嘴里像是塞满了蚂蚁,腻腻歪歪的。他一直躲在暗处,观察着他们。

陈敌现在非常厌恶赵仇高,不就是写了几篇散文吗?你不就是一个记者团团长吗?你也不能仗着自己的权势网罗美女啊?

陈敌猜测马莉和赵仇高一时半会儿可能还不能做出什么出格的事情。马莉也许不是那种头脑简单的女孩子,她不会这么快就把自己交代给赵仇高了吧。至于赵仇高这条色狼,肯定是想早点把马莉弄上床。马莉长得的确好看,特别是她的身材,娇小玲珑的,一看就知道是个南方女孩。马莉最好看的地方是胸脯和屁股,她的胸脯说不上很大,但就是很好看,像一个结结实实的特大号的旺仔小馒头。夏天穿上裙子的时候,那里就像盛开着两朵向日葵花。马莉的屁股也有这个特点,不大,但结实,很饱满的那种。总结起来一句话,马莉是一个袖珍型的南方美女。男人见了这样的美女,大概多少都有点想占有或者说得好听一点——想保护的欲望。

陈敌很快就发现了赵仇高的另一个秘密,他正在和别的女孩同居。陈敌想,如果把这个消息告诉马莉,她可能就对赵仇高不再抱什么幻想了吧?这样,就可以破坏他们的统一战线了。

陈敌比较会巴结人,说得文雅一点就是献殷勤,用农村土话说就是献瓮子。他知道赵仇高喜欢散文,就到东门市场上半价买了一本贾平凹的散文集,是盗版书,不过手法比较高明,影印盗版,和原版差不多。赵仇高自然很高兴,陈敌趁机猛拍他的散文写得好。赵仇高在散文写作方面的确下了不少功夫,这也是他能在记者团立足的一个资本。记者团虽然名义上是为校报写稿,其实大家的兴趣主要还是在文学创作方面。新闻谁都会写,但文学这个东西可不是一天两天就能训练出来的。

陈敌总结过经验,给别人送礼倒不是东西的多少问题,主要是要表明一个态度,送礼就是为了表明自己在乎对方,看得起他,他就很高兴。

拍完了马屁,陈敌还请赵仇高在公寓食堂吃了顿饭。赵仇高一口气吹了两瓶青岛啤酒,对陈敌这次的表现进行了最后鉴定:爽!吃完饭赵仇高说要去睡午觉,陈敌就离开了他,回宿舍拿暖瓶到水房去打水。以前他们宿舍的气氛比较友好,每天都有一个人专门负责扫地、打水等,后来有人渐渐厌倦了这种生活,就把打水扫地包干到户了。陈敌对此非常反感,因为吃大锅饭的时候他从来不用亲自扫地、打水,现在不行了。陈敌拿着水瓶往水房走,正看见赵仇高摇晃着身子走出了公寓楼。他不是说要午睡吗，现在怎么又出去了？看样子肯定有什么要紧的事，会不会是和马莉去约会？想到这一点，他赶紧把暖水瓶送回宿舍，悄悄跟着赵仇高。

赵仇高出了东门，在东门口和一个看样子早已等候多时的女孩子一起向东走去，那里是这所大学的恋爱一族租房子的地方。

那个女孩不是马莉，是一个陈敌从来没有见过的女孩，高高大大的，和赵仇高差不多高，身材看上去非常有味道，该凸的地方凸，该凹的地方凹，一头披肩长发直垂到屁股后面。凭直觉陈敌就知道这是一个十分难得的尤物。

陈敌悄悄跟着他们，直到看见他们进了离胡同口不远的一家小院。赵仇高揽着女孩子的纤纤细腰，摇摇晃晃地走进了一间临街的小屋。本来陈敌并没有要跟踪赵仇高的打算，他只不过是想验证一下和赵仇高约会的女孩子是不是马莉。既然已经看到了结果，现在可以离开了。可是一种强烈的欲望指使着他，挪不动脚步。他来到小屋前面的窗前。这是一扇很小的窗户，只能用来通风，不能采光。所以透过这扇窗户根本看不见屋里的情形，只能听见模模糊糊的说话声。

女孩说："怎么这么冷啊？"

赵仇高说："上来就不冷了，我们操练操练就热乎了。"

里面传来肉体撞击声音，很有节奏。

女孩子开始哼哼，声音越来越有节奏。

差不多十分钟以后，陈敌听见女孩子发出几声呻吟，伴随着急促的喘息。女孩子语无伦次地说："挺住，挺住，给我挺住……"

陈敌感觉到自己也变得坚挺起来。

陈敌逃跑了,实在忍受不了这样的刺激。妈的,比黄色录像刺激多了,光听声音就让人受不了了。

根据这些声音,他能够想象得出来两具肉体缠绕在一起的情形。也许这个只能听见声音没有看见场景的刺激,一直影响了陈敌的一生。他之所以和那么多的女孩子发生关系,想方设法地寻求刺激,大概多多少少和这次的遭遇有些关系。

陈敌想自己得马上把这件事情告诉马莉,不能让她蒙在鼓里,她不能被赵仇高糟蹋了。

马莉在中文楼上自习,离得比较远,如果要走学校的中心大道的话,至少需要十五分钟的时间。陈敌这个人比较懒,喜欢抄近道。他穿过美术系后面的一片草坪,沿着学校那条小河,一直往南走,经过一片小树林就可以看到中文楼了。中文楼下面的这片小树林是学校的一大景观,这样说不是因为小树林有多么大或者树种多么珍贵。主要是因为这片小树林是我们学校为恋人们提供的一个公开活动场所。

这片树林被同学们命名为失乐园。

陈敌在教室里找到了马莉,她正在专心致志地复习功课。这时候的她看上去像一只在阳光下晒太阳的柔顺的小母猫。陈敌站在教室的窗口,朝她打手势。她没有看见陈敌,直到旁边的一个穿着淡绿色上衣的女孩子提醒她,她才不紧不慢地走出来。“找我有事吗?是不是记者团要开会?”马莉问陈敌。自从陈敌混上了记者团的副秘书长以后,找谁谁第一句话都会问他这个问题。在他们的习惯思维里，副秘书长就是记者团开会的通知员。

陈敌说："不是开会，找你有事。"

"什么事情？"马莉笑着问。

陈敌说："你知不知道赵仇高正在和一个女孩子同居？"

马莉一愣，随即笑笑，没说什么。

陈敌就知道马莉不会相信他的话。看来，破坏马莉和赵仇高的攻守同盟的计划失败了。

眼看就要到了学期末，校报上刊出了面向全校公开竞选记者团团长的消息，并从即日起开始接受竞选报名。

陈敌知道又一个不可多得的机会来了。

他很清楚，虽说此次竞选是面向全校范围，但真正敢报名的只有记者团的内部成员，那些没有在校报上发表过文章，没有参加过记者团的人是没有底气报名的。实际上，这次竞选最有竞争力的人只有两个，一个是记者团老团长赵仇高努力扶植的马莉，一个是吴老师精心培养的陈敌。

报名的结果果然不出所料，除了陈敌和马莉，全校没有第三个人报名竞选。

公开竞选的时间定在本周六。

有过成功竞选学生会主席的经验，加上在校报发表的大量文章，陈敌对自己胜出竞选很有信心。

根据抽签结果，马莉第一个上台演讲。

她今天穿了一件得体的套装，仪态落落大方，举手投足间尽显女性魅力。她从回忆在记者团的点点滴滴开始，讲到她在校报编辑部得到的锻炼,讲到校报老师对她的关怀帮助,演讲得情真意切,听者无不动容。

陈敌对眼前的这个女孩多了几分敬佩。

马莉的演讲赢得了一片掌声。

轮到陈敌登台,他看到现场那黑压压的人群,看到吴老师充满期待的目光,他知道自己不能后退,后退不符合他的性格。

陈敌知道自己在记者团的时间短,没有马莉那样的感情资源。他不能煽情,只能采取以事实说话以理服人的策略。他毫不留情地对记者团内部存在的问题进行了抨击,主要有:成员缺少责任感,写稿积极性不高;组织缺少凝聚力,成员间缺乏有效沟通;领导缺乏执行力,社团呈现出一盘散沙状态。接着,他提出了自己的"施政纲领",他要在记者团进行彻底改革,为记者团输入新鲜血液,让这个社团迅速强大、充满发展活力。

他的演讲同样赢得了热烈的掌声。

两个演讲者,一个是以情感人,一个是以理服人,何去何从,且看评委投票。

评委由编辑部四位老师加上老团长赵仇高五人组成,这样的评委阵容很难说对谁更有利。

几分钟后,票数清点完毕。吴老师上台宣布竞选结果:陈敌以一票的优势胜出。这个结果并没有赢得太多掌声,大家只是礼节性地鼓励一下而已。

从这掌声里,陈敌读出了别样的味道,也许他过于锋芒毕露了。

陈敌顺理成章地成为记者团团长。也许是安慰马莉，吴老师安排她做了副团长，做陈敌的副手，和他一起管理这个社团。

从此，陈敌有了和马莉亲密接触的机会。

陈敌当上记者团团长，我们还没来得及给他庆贺庆贺，麻烦就找上门来了。

红颜回娘家以后，越想越觉得陈敌对不住自己，她本想再去一趟小城大学，因为和村长陈贵的好事，她又有些心虚。原以为陈敌会来娘家接她，等了几天不见什么动静，她终于熬不住，趁着周末，往陈敌的宿舍打了一个电话。那天陈敌正好不在，电话碰巧是我接的。她略带威胁地让我转告陈敌，今天晚上九点之前必须给她回一个电话，不然她就要带着孩子来学校给他好看。

我一听这事要闹大发了，如果红颜真要带着孩子来学校闹事，那陈敌光辉灿烂的前程就泡汤了。我不敢大意，放下电话，赶紧去找陈敌。周末没有课，这个时间他肯定不在教室，我直接去了校报编辑部。校报记者团在校报有一间单独的办公室，里面有电脑和电话。自从当上了记者团团长，陈敌课余时间基本上都待在这里，写稿子或者看书。

我进去的时候，郭聪也在里面。我如实把红颜的话对陈敌说了一遍，陈敌看看郭聪，郭聪紫着脸说："那你回去打电话吧。"陈敌点点头，走了两步，又退回来，说："我就在这里打！"

我明白陈敌的意思，他所以当着郭聪的面给红颜打电话，就是想在郭聪面前摆出一种姿态：对你，我是真心的，没有什么可隐瞒的。

看来,他下决心要彻底放弃红颜了。

电话拨通了,我看出陈敌稍微有一点点紧张。

电话里传来红颜沙哑的声音,她可能刚刚哭过。

陈敌说:“是我,你有话就说吧。”

片刻的沉默以后,红颜说:“你是不是想和我离婚?”

陈敌看看郭聪,说他是这么想的,但不是现在,乐乐还小,他想等到大学毕业。

“你还知道可怜孩子?! 你这个没良心的!”

陈敌沉默不语。

“我不会和你离婚的! 我要你离开那个小狐狸精。”

陈敌笑笑:“我不能。”

“那你把她的电话给我,我要给她打电话,让她离开你! 这个不要脸的骚货,敢勾引人家的男人。”

郭聪羞得脸色通红。

“我们是有感情的。”陈敌说话不慌不忙。

“狗屁感情! 你敢在我面前谈感情? 你和我就没有感情吗? 你和乐乐就没有感情吗?”

“咱俩没有感情。”陈敌面色严峻。

“那孩子呢? 你就一点儿不在乎乐乐吗?”红颜拿出了最后的撒手锏。

陈敌愣住了。

“你想要我和你离婚也行,你把那小骚货的电话给我,我要看看她到底有多不要脸!”

“你这样做对你没好处。”

“你不给我也行,那你就别想和我离婚!”

陈敌看看郭聪,露出一副很为难的表情。

郭聪一把抢过电话:“我是郭聪,你有话尽管说。”

陈敌没防备郭聪,有些吃惊地呆在原地。

“你就是那个骚狐狸啊!你说你为啥勾引我家男人?”

“你说话别这么难听,你才是骚狐狸呢!我和陈敌之间是真正的爱情,不像你,只知道奚落他没出息。”

“你……你……你就是一个不要脸的骚货!”红颜有些歇斯底里。

“你也好不到哪里去。”郭聪反唇相讥。

“你这话是什么意思?”红颜声音降下来。

“你自己明白。”郭聪掌握了主动权,步步紧逼。

“我……不明白。”红颜明显有些胆怯。

“你自己干的好事你自己知道,我说不出口。”郭聪面带微笑。

陈敌给她示意,要她不要再说了。我猜测陈敌已经把红颜和村长陈贵的好事告诉郭聪了。

红颜不说话了。

郭聪把电话还给陈敌。

陈敌接过电话。

“你要是想离婚就离吧。”红颜说完这句话,泣不成声。

陈敌想说些安慰她的话,碍于郭聪,又不好张口,只得沉默。

“但我要告诉你,我和陈贵之间……”红颜欲言又止。

“你不要说了,这对我来说没什么意义。”没等她说完,陈敌就打断了她。他知道她要说什么。

“孩子你打算怎么办？跟你还是跟我?”

“跟你吧。我还在读书。跟你少受罪。家里的钱你都拿走,够你娘俩花几年的了。等我参加工作了,乐乐的所有生活费用都由我承担。”

红颜沉默了一会儿,重重叹了一口气,把电话挂了。

陈敌举着电话,手半天没放下来。

这场斗争以陈敌和郭聪的胜利而结束,但他俩却怎么也高兴不起来。

更多的故事还在后面。

十二 秋熟 靡王税

在中学做音乐老师其实是很舒服的。音乐不是高考科目，平时课不多，一周也就只有那么七八节，平均一天两节课都不到。李巧在本市音乐学院毕业以后就来到这所中学工作，算起来也有五年多了。她一开始给初中部上课，学生反映她的课上得好，带出来的学生先后有十几人在省内外的艺术大赛上获奖。后来高中部的音乐老师退休，校领导就把李巧调到了高中部，教高中二年级的音乐欣赏。

李巧所在的学校是南京市重点中学，在这所学校读书的孩子都很优秀，许多市委、区委领导的孩子也在这里就读。不知是否与此有关，地方教育部门非常重视学校的事业发展，划拨的办学资金很充足，配备的教师在南京也都是出类拔萃的。李巧对自己能在这所中学教学很知足，工作相对清闲不说，待遇又高，年终福利也好。而且在这所中学读书的孩子家庭背景特殊，都特别想让孩子在音乐方面有所发展，争着抢着高薪聘请李巧给孩子做家教。

李巧已经接了两份家教，要不是精力有限，她还要多接几份。她倒不是因为缺钱，这几年，她不但在南京买了房买了车，而且银行账户一直保持着五位数。爸妈都刚退休，不需要她补贴，钱足够花。不能再接更多家教是因为她要每周抽出一些时间来陪陈敌，她对他已经有了很强的依赖,这种感觉在以前是从来没有过的。

作为一个学音乐出身的美丽女孩,大学的时候追求李巧的人就很多,可她心高气傲,一个都没看上眼。直到大四快毕业了,一个高富帅对她展开强势猛攻,她才勉强答应和他处了一段时间。该做的都做过以后,她发现自己并不是从内心里喜欢那个男生,趁毕业的时候,就各自孔雀东南飞了。

参加工作以后,才貌出众的她一直被好几个年轻男教师盯着,有两个还殷勤地给她送过花,她也没动心。学校工会的张主席给她张罗对象,她也是积极性不高。见了几个,她都没点头,张主席也就逐渐没了耐心。

她有时想,也许是大学时代的那个高富帅不太擅长男女之事,让她对男性失去了兴趣?

直到在驾校遇到陈敌,李巧才芳心欲动。把什么都给了他以后,发现陈敌各方面表现俱佳。她就好像买到了一个绩优股,再也不肯放手了。

李巧正在做的两份家教,教的都是本市官员的孩子。其中一个是市委副秘书长的儿子,李巧在学校教过他一年音乐,对他印象很深。小伙子音乐底子不错,明年高三,副秘书长想让他读中央音乐学院的声乐专业。小伙子名叫钱进进,很有个性,对老爸说一定要李巧来教他,别的音乐老师他看不上。秘书长为了孩子的光辉前程,特地请学校校长出面,看能否高薪把李巧请到家里来。李巧是个聪明人,她想反正都是开小灶,给谁开都是开,干脆送给校长一个顺水人情。更主要的是,钱进进音乐素质确实不错,再给他多浇浇水施施肥，将来能培养个声乐专家出来也说不定，那时她脸上也荣光啊。

时至今日，李巧给钱进进开小灶已经快一个月了，他也真争气，成绩突飞猛进。为了不耽误和陈敌的约会，李巧把补习时间定在每周三的晚上。每次她到钱进进家去，保姆都会准备一些好吃的时令水果，搞得李巧很不好意思。钱进进的妈妈是市立医院的副院长，工作起来和做副秘书长的丈夫一样忙，整天不着家，李巧辅导钱进进期间，竟然一次都没看到她和副秘书长的人影！每次辅导，家里常常只有钱进进和保姆两个人。这倒给李巧的教学创造了一个安静的环境，偌大的一栋别墅，就她和钱进进两个人。保姆把水果端上来，就不知道躲到哪里去了。

钱进进家离学校宿舍比较远，陈敌有好几次主动提出来愿意做护花使者，都被李巧婉言谢绝了。她说自己开车去，路上能有什么问题。她这么说，陈敌也就不好再坚持。

李巧做梦也不会想到，路上没出什么问题的她，会在钱进进家里碰到一个巨大的难题。

那天，她照常去钱进进家教课，照常吃了保姆送来的水果，照常坐到钢琴旁上课。补习进行到一半，钱进进突然站起来一把抱住了她，泣不成声地说："我爱你老师，我爱你。"

李巧吓傻了。

她无论如何都没想到温文尔雅的钱进进会突然做出这样的举动，她想挣脱开钱进进的胳膊，无奈他力气太大，自己根本不是他的对手。

李巧逐渐冷静下来,她想应该先把钱进进稳住。她迅速调整了一下情绪,温和地问钱进进:“你为什么喜欢我?”

钱进进停止哭泣,说:“我早就喜欢上老师了,自从见到老师的第一眼起就喜欢上了,你教我们的音乐,是我最喜欢听的课。”

李巧这才想起她上课时确实始终有那么一双眼睛一直在凝视自己,那眼睛是那么锐利,又是那么温柔。原来那双眼睛就是这个男孩的。可这双学生凝视老师的眼睛不应该是单纯的吗?怎么会变得如此暧昧和复杂?

她鼓励钱进进继续往下说。

见李巧并没有再反抗,钱进进略微松了松紧抱着她的胳膊。

“为了能继续和你在一起,我让我爸把你请到家里来给我补课。其实,我之所以那么喜欢音乐,就是因为老师你。我想如果有一天我能考上音乐学院,就可以和你一样了,就可以和你在一起了。我本来想一直把自己的感情埋藏在心里,等到我考上大学的那一天,再向你表白。可是,今天,我实在忍不住了。”

“那你现在想干吗?”李巧小心翼翼地试探他。

“不想干什么,只想抱抱你。”钱进进羞涩地说。

“那好,你松开我,我让你抱。”李巧想让他放松警惕。

“你说的是真的?”钱进进有些不相信。

“老师不会撒谎。”李巧进一步说服他。

钱进进松开了胳膊。

李巧看他又紧张又羞涩的样子,笑笑。她在心里说,他其实还是个孩子,不过是大着胆子说出了自己朦胧的感情,他并没有什么要犯罪的恶意。

李巧从钢琴旁站起来，张开双臂，柔声对钱进进说："来，我们拥抱一下下。"

钱进进情绪激动，紧紧抱住了李巧的腰。

一瞬间，李巧感觉到了自己的心跳。好奇怪，她心里竟然颤动了一下。

李巧松开钱进进。

她让钱进进看着自己的眼睛，一字一顿地对他说："你还小，还不懂什么是真正的爱情，你现在的任务只有一个，那就是好好学习，考上大学，知道吗？你的条件这么好，老师希望你将来能成为一个大音乐家。"

钱进进点点头，又摇摇头，说："我只想要你爱我。"

"傻，你真傻，你现在还是个孩子！"

"不，我懂爱情。"

"你不懂。你还是个学生，你将来的路还很长，你还没找到你最想要的。相信我。等你考上大学，等你有了工作，你就会明白我的话了。"

"那你等我。等我考上大学以后再来找你。"

看钱进进虔诚的样子，李巧愣了片刻，轻轻点了点头。

李巧当时心里想：就算是从稳定钱进进的情绪出发，她也应该先答应他。

从钱进进那里脱身回到学校，李巧一夜没睡好。她考虑要不要把这件事告诉陈敌。一直到第二天早上，还是没想好。

她打算在想好之前，先不去钱进进家里给他上补习课了。

与李巧有时候还对陈敌有所保留不同，陈敌几乎把自己在大学时候的所有事情都告诉了李巧。因此，陈敌的过去李巧基本上都了如指掌。陈敌不止一次地在她面前吹嘘过他所交往过的那些女孩子，以及他在大学里的那些风流韵事，那些无法无天为所欲为的所谓潇洒倜傥。对于这些，李巧只当是陈敌在寻找自我安慰，是一种精神上的意淫。在征服女人方面，哪个男人不喜欢吹一点牛皮？不过是为了那可怜的一点点自尊罢了。但李巧有所不知，陈敌所告诉她的，都真的发生过。陈敌所经历的感情，没有一点儿虚假。

红颜退出陈敌的生活以后，郭聪基本上就没有什么可担心的了，陈敌现在是一个自由人了，和小城大学的任何一个人一样，想怎么恋爱都可以。郭聪和陈敌公然开始了幸福的大学同居生活。让陈敌感到欣慰的是，郭聪虽然从小在城市里长大，但她在骨子里还是一个传统的女孩。从农村走出来的陈敌，并不希望郭聪多么思想开放，恰恰相反，他更喜欢郭聪的保守。

郭聪是一个敢于追求自我的女孩子，她是在顶住各种压力的情况下和陈敌在一起的。这压力来自各个方面，首先是家庭，如果爸妈知道自己的宝贝女儿正和一个离婚男人同居的话，他们一定不能接受；其次是班里的同学，虽说大家都是新时代的大学生，但毕竟陈敌的情况太特殊，结过婚不说，年龄悬殊也大，对郭聪的选择，还是有许多人不能理解；再次是经济上的压力，陈敌把所有的家产都留给了红颜，他自己净身出户，一夜之间回到解放前，已经是一个穷光蛋,学费和生活费没有着落,仅靠着他写稿挣的钱还不够交房租的,所有的亏空几乎全靠郭聪填补。好在陈敌很能吃苦,他想方设法发表文章、打工挣钱,学费总算是可以解决了。至于平时的生活费,大多暂时还是要靠郭聪来接济他。

在一次颠鸾倒凤以后,郭聪跟陈敌开玩笑,说:“我现在就像一个小火炉,不仅能给你做饭,还能给你取暖。”

陈敌当然明白这话里的意思,他笑笑,说:“上辈子我是你的奴隶,现在你所做的这些都是来还债的。”

郭聪笑,把陈敌压在身下:“我才不还债呢?我现在要向你讨债!你要连本加利息一起还回来!”

陈敌直摆手:“不是刚还过吗!怎么又来了?你真是一个讨债鬼,迟早要把我都榨干!”

郭聪噘起嘴唇:“你不愿意?不愿意也得还!”郭聪说着摇晃起了身体,嘴里含混不清地说着,“我让你还,我让你还,我让你还……”

郭聪想加入校报记者团,这样可以有更多的时间和陈敌在一起。对陈敌来讲,这事倒也不是什么难事,跟吴老师说一声就行。但郭聪必须要在校报发表几篇文章,不然其他学生记者会有意见,也让吴老师为难。陈敌开始带着郭聪一起采访写稿子,她的名字也开始在校报上频繁出现。

这引起了副团长马莉的警觉。

遥想当年,老团长就是这样培养她的。那时候他们还只是普通朋友,后来,老团长对她很有好感,对她说想培养她接任记者团团长,她才忘乎所以地投入了他的怀抱。现在陈敌接二连三带着同居女友郭聪发稿子,是不是也有培养接班人的想法?

对于竞选失利一事,马莉一直很郁闷。老实说,她是不满足于记者团副团长这个职位的,她觊觎的是校报记者团团长的宝座。在她看来,记者团副团长不过是一个虚职,当不当都没有多大意思。竞选失利后,老团长给她出主意,尽力和陈敌配合好,这家伙还担任着学生会主席,没有多少精力打理记者团,时间长了,吴老师自然要换人。而且陈敌马上大三,干不了多久了,到那时候她还有机会当团长。

有了这个想法,马莉当然会很警惕郭聪的进步。如果陈敌真想培养她,那自己当团长的美梦将会再一次破灭。

其实,马莉的那一点点小心思陈敌未尝看不出来,他早就察觉到了马莉的野心,也明白她打的什么如意算盘。他最讨厌有野心的女孩子。基于此,他对马莉采取的一直是非暴力不合作的态度。记者团例会的时候,陈敌基本上不给马莉发言的机会,马莉对此也不积极。自从记者团采取公开竞聘产生团长的方式后,她已经不太在乎是否能和其他成员打成一片了。竞聘的最终裁判权在校报老师那里,她要做的只是多发文章以及尽量与老师们搞好关系。

事实上,陈敌一开始并没有培养郭聪接班的打算,郭聪也一直没有这个意识。她只是想有更多的时间和陈敌待在一起。在马莉有意无意地扩散之下,慢慢地,记者团内部传开了陈敌要培养同居女友做团长的谣言。这让陈敌十分恼火,他一开始采取的策略是尽力在各种场合辟谣,后来,他突然想明白了,既然已经有这样的说法,何不将计就计?真培养郭聪当团长他们又能咋的?再说,郭聪也不是没有当记者团团长的潜质,只要善于开发和规划,她照样干得很好!

陈敌把这个将计就计的想法和郭聪谈了,郭聪一开始有些犹豫不决。她从小就讨厌去和别人争什么东西,但现在陈敌要和马莉较劲,她似乎应当助他一臂之力。她对陈敌说:“竞争是竞争,但即使成功了,也不一定做,我们就是争口气。”

陈敌点头说:“好,我们不蒸馒头争口气!”

就这样,一个培养接班人的秘密计划开始在记者团悄悄实施。

与此同时,马莉的一个阴谋也在悄无声息中进行着。

陈敌不会想到,为了得到记者团这个宝座,马莉会用自己的美色做诱饵来陷害他。

十三 荒路暖交通

我从学校图书馆出来,迎面看见了陈敌。他笑呵呵地站在那里,指着我说:“你这个家伙真能泡图书馆啊,我在这里等你半天了。”愣了一下,又说,“你泡图书馆比我当年泡女人还厉害!怪不得成了书呆子,再泡下去,你就成书傻子了!”

我笑笑:“书呆子有什么不好吗?既然早来了,那你为何不给我打电话?”

我没想到陈敌会到学校里来找我,他一般都是打电话以请我吃饭的名义把我叫过去。这次他到学校里来,不知道又碰到了什么烦心事。

陈敌耸耸肩膀,说最近觉得自己特庸俗,就想到大学里面来接触一下高级知识分子,提升提升自己的生活品位。

我大笑。看看时间,差不多该吃午饭了,我对他说:“走,我带你去学校最好的一家清真餐馆!”我知道这家伙喜欢吃清真食品,也不知道究竟是因为什么。我曾经问过他,他支支吾吾不愿意说。我因此怀疑这家伙祖先有回族人的血统。这家伙不承认,说他祖祖辈辈都是汉人,血统绝对纯正。

为了方便聊天,我们在餐馆选了个安静的角落坐下来。相对其他餐馆来说,这家清真餐馆的生意的确是有些冷清了,好在这所大学还有不少回族的学生,加上少数如陈敌这样喜欢清真口味的汉人,来这里吃饭的人倒也是络绎不绝。

点菜的间隙,陈敌眯着眼看了一会儿来来往往的大学生,兀自感慨了一句:“在大学办食堂真是一条致富的捷径。”

我一愣,笑笑。是啊,现在的大学都在扩招,一所大学保持两三万人的规模并不奇怪。想想看,那么多人要解决就餐问题,而且作为大学生,他们到校外就餐的选择机会并不多,那里的饭菜毕竟比校内的要贵一点。这就给校内餐馆带来了机会,财源滚滚来也就不奇怪了。还有,在大学办食堂没有多少有力的竞争对手,这些都是大学食堂赚钱的原因。

服务员过来拿点菜单,陈敌和她开玩笑:“你们还缺人手不?我给你们打工。”

服务员笑,不说话。

我说:“行了,说点正经的,你来找我有啥事?”

“我能有啥事?”陈敌坐直身子,“我来就是想到大学里散散心。离开大学都那么多年了,我还真有点想念这里的氛围。我啊,真是羡慕你,至今还能待在校园里,远离世俗的喧嚣。”

服务员提上来一箱青岛啤酒,我让她先开了四瓶。

“你啊,别这山望着那山高了。你是身在福中不知福,在大学里待着有什么好?”我边说边给陈敌倒满酒,来,先干一杯。

陈敌一饮而尽。

看他喝酒的样子,我知道这家伙今天肯定有事。

四瓶啤酒见了底,陈敌脸色微红。这家伙一喝酒就上脸,属于不善喝酒的那一号人。

“我发觉李巧这两天不大对劲。”陈敌终于开始说事了。

“怎么不对劲了？你别没事找事净瞎猜。”我安慰他。

“不是瞎猜。她好像想对我说什么，又不肯说。”陈敌说话字斟句酌。

“你怎么知道的？别又瞎联想啊，你大学的时候为此吃过苦头！”我提醒他。

陈敌愣了愣，说这事和大学时发生的那事不一样。

在大三那年，陈敌犯了一个不大不小的错误。因为错怪了郭聪，差点失去了她。那时，校报编辑部策划了一个校友风采的专题，要到各地去采访杰出校友。需要采访的人太多，校报的几个老师忙不过来，就把其中一个分给了陈敌。校报的吴老师对陈敌说，这个校友住在济南，派陈敌去一方面是去采访他，写一篇人物访谈；另一方面是想让陈敌借此机会出去转转，别总待在学校里面。陈敌理解吴老师的好意，正好那几天也没什么要紧事，就向辅导员请了假，去了济南。他本来想带着郭聪一起去，但碰巧那几天郭聪一个中学同学要来小城，顺便到学校来看她。陈敌就一个人去了济南。

郭聪的同学原先说好了带着女友一块来，但郭聪见到他的时候，却是一个人。问他咋回事儿，女朋友呢，他苦笑着说分手了，临来之前刚分手。郭聪不好说什么，陪他吃了一顿饭，晚上就让他住在她和陈敌租住的小屋，自己回家去住了。无巧不成书，郭聪和男同学一起走进小屋时，被出来逛街的马莉看到了，她以为发现了什么天大的秘密。等陈敌一回来,她就不失时机地打起了小报告,很激动对陈敌说:“团长,出大事了,你跟着校报老师去采访那两天,我看见郭聪和一个男孩子去了你们那间快乐小屋。”陈敌一听脑袋嗡的一声就大了。他想郭聪不是那样的人啊,不可能背着自己干那种事儿啊。但马莉说得有鼻子有眼的,又不像是假的。

他犹豫再三,还是决定等郭聪自己主动说出来。

也不知郭聪出于何种目的,可能是怕陈敌知道这事儿多想,一直没告诉他。陈敌等了两天,见郭聪那边还没什么动静。他就有些急了,在小屋和郭聪吵起来。那天陈敌喝了点酒,说话有些粗,带着脏字,说郭聪脑子进水真是犯贱。郭聪长这么大,还没受过这样的委屈,捂着脸跑开了。

过了几天,陈敌觉得这事儿不大对劲,如果郭聪真干了什么背叛自己的事儿,她肯定会说出来的,处了两年多了,在这一点上他还是了解郭聪的。她这么些天不来找自己,说明她真受了委屈。同时,他还想到了另外一个可能,那就是马莉故意挑拨自己和郭聪之间的关系,让自己对她产生反感甚至分手,以解除郭聪对她当团长的威胁。想到了这一点,陈敌后背冒出了冷汗。妈的,如果真是这样,那马莉这个女孩子也太有心计了!

陈敌决定去找郭聪,好好和她谈一谈。

好几天没见陈敌,郭聪心里其实也很着急。在这件事情上,她也不是没有错误。如果早点主动把男同学留宿这事告诉陈敌,就不会发生这样的后果了。不过碍于面子,郭聪还是不肯主动去找陈敌把事情说清楚。

在这件事情上,陈敌也不好怪罪马莉,她看到的毕竟也是事实,不过只是事实的一部分罢了。

因为有过这个教训,我提醒陈敌不要再犯同样的错误。在没有确切的证据以前,千万不要轻易作出结论,尤其是在感情方面。

陈敌一脸的严肃,说:“这次可能是真的,我们俩这么长时间了,我能感觉出来。李巧肯定有什么事在瞒着我,只是她不愿意说。”

“那你打算怎么办?”

“还能怎么办?我又不是她肚子里的蛔虫,不知道她到底怎么想的。现在我突然有点想郭聪了,觉得把李巧排在她的前面是错误的。”陈敌喝了一大口啤酒,痛苦地咽了下去。

“那就等待,不要轻易下结论,也许你的感觉不对呢。我虽然对女人没有你那么有经验,但从常理出发,我觉得恋人之间有些秘密也是正常的,结婚以后也是如此。”

陈敌沉默,半睁着眼睛看两个说笑的女大学生,他直盯着人家胸脯看。这家伙大学时候就有这个爱好,现在还没有改掉。一喝酒就现了原形。我赶紧举起酒杯把他的注意力吸引过来。

一箱啤酒,我俩喝掉了一大半。

陈敌喝多了,我也有些高。

在举报郭聪这件事上,马莉并没有什么错。但马莉是一个有野心的人,这一点确切无疑。在陈敌看来,马莉不但有野心,还很有一些谋略。为了得到记者团团长的职位,她简直费尽了心机。陈敌不知道这一切是不是有老团长在幕后导演,如果没有,那马莉这个女孩子就有些可怕了。

平心而论,马莉不属于特别漂亮的那种女孩,但她长得很有味道,百看不厌的那种。如果不是因为是竞争对手,陈敌一定不会讨厌和这种女孩成为朋友的。而且在他的博客小说中,我似乎也时常能够看到马莉的影子。或许,在潜意识里陈敌并不那么排斥她。何况,马莉还曾经遭受过那么多不幸,她和辅导员发生的故事,虽然不堪,但却值得同情。

校报记者团一旦步入轨道,一切工作就按部就班运转起来了。每周一次例会,先总结上周工作,后布置选题,陈敌顺便再给成员灌输一下自己的思想,以此维护记者团的稳定。他常挂在口头上的一句话是"你比对手优秀一点,他会嫉妒你;你比对手优秀很多,他会敬佩你",还有一句话是"优秀一点的人,很多;优秀很多的人,太少"。诸如此类的话,一方面能激起记者们的工作热情,另一方面也顺便打击一下对手马莉。

但马莉不是那种轻易服输的人,这样的话在她听来虽然很有些不舒服的感觉,但这不但不能浇灭她当团长的欲望,反而更能激发她的战斗热情。

春风得意马蹄疾。在陈敌的调教培养下,郭聪也迅速成长,这让马莉情绪更加焦躁不安,她想早一点让陈敌从记者团团长的职位上滚下来,而且这件事最好在郭聪成长壮大到和自己实力相当之前就完成。

事不宜迟,马莉决定马上行动。

这天例会,郭聪没来。散会以后,马莉悄悄递给陈敌一个小纸条。马莉这个举动让陈敌有些意外,他趁别人不注意,打开了纸条,上面写着:今晚是否有时间,在东门饭庄雅间一聚,有重要事情和你商量。

陈敌不知道马莉葫芦里究竟卖的什么药,答应不是,不答应也不是。犹豫再三,他想还是得去一趟。不管马莉摆下的是不是鸿门宴,他都要单刀赴会。

马莉看到陈敌点头答应了邀请,脸上掠过一丝不易察觉的得意神情。她和其他同学打了个招呼,就匆匆离开了编辑部。

答应马莉,陈敌心里其实没底。他怕郭聪多想,就没跟她说实话,只告诉她晚上学生会有个活动,不能一起吃饭了。郭聪也没多问,自己一个人吃完饭就去了图书馆。

夏天天黑得晚,晚上六点半,天还没上黑影。陈敌悄悄穿过校园,跟着逛街的人流走在去东门饭庄的路上。他脑子在不停地做着各种猜测:马莉为何主动请自己吃饭?今天一起吃饭的还会有谁?老团长会不会在场?如果他在场,他们的目的是什么?如果他不在场,那马莉究竟想做什么?

这样想着,不知不觉来到饭庄门口,陈敌一进门,就看见一身光鲜的马莉正在向他招手。陈敌露出一副笑脸,点点头,又点点头。

陈敌跟随着马莉进了一个雅致的小包间,坐了下来,包间里只摆了两张椅子,看来今天只有他们两个人。

马莉一脸笑容:“今天能把我们的大团长约出来,很荣幸。”

陈敌笑笑:“有什么重要的事吗?搞得这么神秘?”

“也没什么大事,今天主要是想和你聊聊天,这么长时间了,咱俩似乎还没这么近距离地交流过呢。”马莉招呼服务员过来点菜,“说吧,大才子,想吃点什么?”

陈敌说随便吧,少来点,两个人,吃不多。

马莉看起来很熟悉这里的菜谱,一口气点了四个菜,外加一个汤。两个人吃,这个量已经够大的了。陈敌想制止她别点那么多,想想算了,既然她愿意点,随她去吧。

“我们喝点酒吧。”马莉说,“你喜欢喝什么酒?”

“啤酒吧。青啤就行。”

“好,先来四瓶,不够再加。”马莉对服务员说。

陈敌看看马莉,她的眼神扑朔迷离,看不到底。

菜上得很快,四瓶啤酒也都打开了。

马莉起身主动给陈敌倒满酒,陈敌推辞不过,不时用手指敲击着桌子示意不要倒得太多。

马莉也给自己满上,笑眯眯地举起酒杯:“来,陈团长,为我们在记者团的愉快合作干一杯。”

陈敌笑,一口干了。

马莉酒量不小,连喝了两大杯脸不红心不跳。陈敌不知道她究竟要干什么,这酒越喝越觉得有些心虚。

“听说陈团长酒量很好,今天就多喝点吧。平时也难得有机会单独和你吃顿饭。”马莉很会劝酒。

陈敌笑笑,喝了一口,放下酒杯,吃菜。

“平时郭聪把你看管得那么严实,几次想请你出来都没有找到机会。”马莉醉眼蒙眬地看着陈敌,“来,满上,再喝一杯。”

陈敌看看四瓶啤酒马上就要见底,就朝马莉摆手:“不能喝了,酒喝多了不舒服。”

“呵呵,你放心喝,喝完了我带你去一个地方,吹吹风,立马就好了。”马莉轻轻挑了挑额前的头发。

酒喝到现在,马莉还没说出请自己喝酒的目的。陈敌有些纳闷,干脆打开天窗说亮话,他问马莉:“你说吧,今天到底有啥事?”

马莉笑了一下:“不是说了吗,没啥事,就是想和你单独聊聊。有些话不喝酒说不出口,今天趁着酒劲儿,我说句心里话,我很欣赏你的才华和能力,希望能和你成为知己。你放心,我们只做好朋友,没别的意思,我不会破坏你和郭聪的感情的。”

陈敌听不出这话的真假,但马莉能这样称赞自己,他心里还是很有几分得意的。

陈敌对马莉放松了警惕,两人不知不觉间又喝完了两瓶。啤酒喝多了,容易撒尿。他起身去了趟厕所,回来时马莉已经结了账。两人肩并肩走出了饭庄。

华灯闪烁,夜色渐浓。晕晕乎乎的陈敌走路有些打飘,马莉伸手去扶他,他本能地让开了,马莉笑笑,一把扶住他,嗔怪道:“也不知道你怕什么?还能吃了你不成!”陈敌心里说,你连辅导员都能拿下,吃了我也不是没有可能!

大街上人很少,马莉扶着陈敌逆着回校的方向往前走。陈敌以为她要送自己回小屋,也就不再推让。

恍惚中,陈敌感觉自己在爬楼梯。他睁开惺忪的眼睛,发现马莉把他带到了一个陌生的小楼。他警觉起来,大着舌头问:“你这是要把我带到哪里?”

“就到了。我在这里租了一间小房,正好在顶楼,我带你去吹吹风。”马莉笑容可掬。

陈敌一听这话酒差不多已经醒了大半,他在原地站住,想往后退,转念间又改变了主意:与其退缩,不如继续装醉,看她究竟想干什么。

两人继续往上走。来到顶层的一间小屋,马莉开了锁,让陈敌进屋。陈敌装作似醉非醉的样子来:“不进去了吧,我就在这里吹吹风。”

马莉笑,一把把陈敌推进了屋,边推边说:“看把你吓得,我又不是白骨精,即便我是白骨精,你也不是那个唐僧啊!你进屋我倒杯水给你喝。”

陈敌作憨态可掬状,呵呵笑了两声。他仔细观察了一下小屋,布置得还算雅致。屋里空间有限,一张双人木床占去了绝大部分空间。看来,这就是马莉和老团长的快乐天堂了。

马莉弯腰给他倒了一杯水,放在了床头。

她让陈敌坐在床沿上,自己搬了个凳子,面对着他微笑着坐下来。

陈敌意识到了什么,咳嗽了一声,说我去趟厕所。不容马莉阻拦,他迅速站起来,向楼梯走去。

陈敌如逃兵一样回到了自己的小屋。

陈敌到现在都不知道自己当时的逃跑是对还是错,他似乎能猜出马莉那天要做什么。但毕竟没有看到结果,他不知道自己猜得对不对。从第二天马莉看他的眼神看,陈敌庆幸自己逃过了一次“女儿国”的美丽诱惑。

十四 鸡犬互鸣吠

在对待红颜和乐乐这方面,我一直觉得陈敌的心挺硬的。红颜虽然犯过错误,但那错并不在她。她和第一个男人黄拾来在婚前发生男女关系虽然有些随意,但新时期的苏北鲁南农村,这样算不上什么太稀奇的事儿。况且两个人也算是真心相爱,红颜和他睡过实属正常。要说红颜有错,也是错在没告诉陈敌实情。一个刚刚受过伤害、对男人心灰意冷的农村女人,你还能指望她对爱情抱什么希望呢?让她在短时间内和陈敌之间产生感情那也是不可能的事情。虽说红颜是个农村女孩,但新时期的农村毕竟不比老中国的旧乡村,那时候大部分女孩子都抱着嫁鸡随鸡嫁狗随狗的想法。像红颜这一代人,思想并不保守,她们也想追求自己的理想,追逐自己的爱情。她嫁给陈敌也是实属无奈,在苏北鲁南的乡村,像她这样的年龄早该说个婆家嫁了,男大当婚女大当嫁的思想逼迫着她服从爹娘的安排。她的最大悲哀在于不甘心和陈敌过日子,而上大学之前的陈敌,也不是一个太懂得珍惜女人的男人。即便是现在,他也是如此。至于和村主任陈贵发生的丑事儿,那也不是出于她的本愿。她要去小城看陈敌,这错了吗?她要搭上陈贵去城里的车,这错了吗?她要去玉米地小解,这错了吗?要说错,也是陈贵错。村主任实在是不要脸,不顾自己的长辈身份,把红颜推倒在玉米地。可恨的是,他当时喝醉了酒,无论红颜如何恳求反抗,最终都没有逃脱被他压在身下的厄运。但仔细想想,陈敌在这件事上就没有责任吗?如果他当时对红颜好一点,如果他能找到并留住红颜,如果他不让红颜那么伤心欲绝,或许,红颜就不会和村主任陈贵发生那样的事儿。

红颜答应离婚以后,陈敌才知晓爹和陈贵打架的事儿。

按照辈分来说,陈敌的爹陈和与陈贵是没出五服的本家,是同一辈的人。陈和的年龄大一点,平时陈贵见了他都是大哥长大哥短地打招呼。陈贵之所以能当上村委会主任,和陈家在村子里的势力有很大的关系。陈姓在村子里是最大的姓,本家多,在选举村主任的时候,票当然都投给了陈贵。当上村委会主任以后,陈贵对陈姓人也很照顾,每次上头有什么救济的东西发下来他总是先紧着本家的人,为此,陈贵在本家里面落下了很好的口碑。可就是这个人,却有一个很要命的缺陷,就是好喝酒,一喝就多,每喝必醉,醉了就耍酒疯。这样的人,在苏北鲁南有一个绰号:酒猫子。现在的村子里,像陈贵这样的壮年劳力已经很少了,大部分青壮年劳力都去了城里,他们白天在建筑工地打工,晚上去大广场听卡拉OK。他们在城里快活,留下女人们在村子里守活寡。她们既要带孩子,又要下田种地,也实在是辛苦得很。老人们年龄普遍比较大,重活干不了,只能帮着留守的女人们看看孩子,做做饭。白天再苦再累都好过,最难熬的是夜晚。这些小媳妇都是尝过鱼水之欢的人,独守空房的寂寞不是那么好对付的。这就给陈贵这样的人带来了可乘之机。

但陈和没想到陈贵会对红颜下手。他毕竟是当叔的人,怎么有脸下得去手?当村里人把这事传得沸沸扬扬时,陈和愤怒了,二话没说,摸起一把锄头就奔向陈贵家。两家离得不远,陈和三步两步来到了陈贵大门口,哐当一声踢开了大门。陈贵正背着手站在院子里,转脸看到挥舞着锄头一脸愤怒的陈和,吓了一大跳,随即明白过来,赶紧回屋摸了一把铁锨,有些胆怯地朝陈和喊:"大哥你这是做什么吗?有啥话你好好说嘛!"陈和嘴唇上的胡子抖了半天,恶狠狠地说了句:"陈贵你这个狼心狗肺的东西,你还是个人吗你?你还有人味吗你?你竟然连自己的侄媳妇都不放过!你连个畜生都不如!"说着陈和高高举起锄头,朝着陈和的头就砸了下来。陈贵反应快,举起铁锨挡住了那把锄头。闻声出来的陈贵婆娘看到这个情形,眼前一黑,吓得晕死了过去。陈贵对着陈和喊:"大哥,你真想要了我的命啊!我那天喝醉了酒,根本不知道发生了什么事儿!你就饶过我这一回吧,我以后再也不敢了,大哥!"陈和哪里肯听他的话,再一次举起锄头,吼道:"你个龟孙子,你竟然敢说不知道发生了什么事儿!你就是个地痞流氓!"他们闹出的动静越来越大,吸引了半个村子的人都来看热闹,有老人,有小孩,更有许多小媳妇。老族长也来了,他仗着在本家里辈分最高,颤巍巍地走近陈和,说了句:"都是本家,别闹出人命了!有话坐下来说吧!真是陈贵错了,让他给你磕头道歉!"陈和看看老族长,再看看面如土色的陈贵,慢慢放下了锄头。见陈和慢慢消了气,陈贵放松了警惕,放下铁锨,一下子跪倒在陈和面前,痛哭流涕地说:"俺错了,大哥！以后俺再也不敢了！”陈和重重地叹了口气，嘴里说着：“这都是怎么了？这都是怎么了！这人都咋变成这样了，村子咋都变成这样了？！”陈和念叨着，转身离开了院子。陈贵跪在那里，低着头，还在哭。看热闹的人见好戏收场，也都慢慢散去。老族长仰面朝天，颤巍巍说了句：“世道变了，村子变了，人心变了！”

陈敌知道爹这样做是为了保住自己在村子里的名誉，老人活了一辈子，最在乎的就是村子里的人对自己的看法。他不偷不抢清清白白一辈子，实在不能忍受丢人现眼的事儿发生在自己身上。这事儿发生以后，陈敌回了一趟村子。他想告诉爹，红颜已经答应离婚了，不要再为这个事儿动了肝火，不值得。哪知道刚一张口，“离婚”两个字刚蹦出嘴唇，爹就瞪起了眼珠，气呼呼地问道：“你说什么？你要和红颜离婚？你们离婚了乐乐怎么办？她还是个孩子！哪能承受得起你们这样折腾？！”陈敌低下头，红着脸说了句：“你也知道红颜的事儿，她现在出了这样大的丑，我哪能再和她过下去？”爹沉默了一会儿，说道：“俗语说，宁拆一座庙，不毁一桩婚，你们要是能凑合就凑合吧，都是为了孩子！”陈敌摇摇头：“不瞒爹说，我和红颜从来就没有真正的好过，我现在读了大学，我们之间的差距越来越大，只能分开。”爹不作声了。娘在一旁抹眼泪，说：“那可苦了我娃乐乐了！要是真离了婚，就把乐乐留在家里吧，我来把孩子带大。”陈敌说了句：“乐乐还小，留在红颜身边好一点，我以后会按月给孩子生活费，不会委屈了她。”娘摇摇头说：“那可是陈家的骨肉，她跟着红颜不妥当，将来红颜要是改了嫁，娃岂不是要跟着受苦？！还是把她接回来！”陈敌看看爹，爹叹了口气说：“还是接回来好，我和你娘帮你养。这样你们离了婚，红颜将来也好改嫁！带着个孩子，那还不是拖累她一辈子?!”爹娘态度坚决，陈敌不好再说什么。他担心爹娘的年龄越来越大，再带这么一个小孙女，还行不行？再说红颜那边怎么说？她愿不愿意让乐乐在这边？陈敌想了半天，最后下了决心，说：“那我和红颜商量商量，看看她的意见，如果她愿意让乐乐过来，那我就把孩子接来。如果她不愿意，还是尊重她，让乐乐跟着她，毕竟是个女娃，跟着娘总比跟着爹好！”一句话，把一家人都说哭了。

事不宜迟，陈敌当天就去找红颜。

红颜住在隔壁村，走路半个小时就到了。结婚这么多年，陈敌没去过红颜家几趟。人家女婿年上节下都要拿着大包小包去看老丈人，到了陈敌这儿，除了结婚当年正儿八经地去过一回，他竟然没再去看过一次。难怪红颜对自己不满，他在这方面做得确实很不好。在两个村子之间，有一个巨大的麦场。陈敌记得小时候每到割麦时节，爹总是忙得不得了。那时候自己还小，娘又刚生下弟弟陈可，一家人都帮不上麦收的忙，眼睁睁看着爹一个人割麦、捆扎、装车、脱粒、扬场、暴晒，直到颗粒归仓。娘不能下地干活，就负责在家做饭，做饭之余，教陈敌唱麦收的儿歌，那儿歌的词儿陈敌到现在都记得清楚：

筛糠，打糠，
麦子下来喝面汤；
筛糠，打糠，

麦子下来吃馍馍；
跌倒粪坑里，
吃得饱饱的；
跌倒尿坑里，
喝得圆圆的。
嘻嘻嘻……

此情此景，仿佛还在眼前。

现在正是初冬，麦场闲置起来，到处都堆满了干枯的麦秸垛。陈敌忽然有了尿意，就躲到离路边不远的一个麦秸垛后面，痛快淋漓地撒了一大泡尿。看着眼前的这个高大的麦秸垛，陈敌忽然感觉有些面熟，他想起和红颜唯一一次激情来。那是他们刚结完婚不久，陈敌去接已经待在娘家好几天的红颜。不知道是不是因为刚结婚就分开了好几天，陈敌一看到红颜就有些冲动。红颜看到他也是一副急不可待的样子。小两口在红颜家不好意思乱来，强忍着冲动往家转。已是黄昏，路上没有什么人。走到这片麦场时，陈敌拉着红颜就往麦秸垛里躲，红颜也跟着配合，两个人在麦秸垛里折腾了半天。陈敌后来算了算，就是麦场上这一次，让红颜怀上了乐乐。现在想想，自己和红颜之间也不是完全没有过幸福，只是那幸福来得太过短暂，稍纵即逝，抓也抓不住。让陈敌奇怪的是，红颜对自己咋就一直不冷不热呢？是因为她还在意着那个黄拾来，还是自己不能让她满意？唉，现在想这些也没有用了，婚都要离了，还想这些干吗？现在，陈敌最担心的是，两个村子离得这么近，红颜和村长陈贵的事儿早就传了过来。

离村子越来越近，陈敌的脚步愈加沉重起来，恨不得迈一步退两步。村头有一家小卖部，陈敌磨磨蹭蹭走过去，他不能两手空空地去见红颜，虽然要离婚，但毕竟是夫妻一场。商店小，没多少东西，陈敌在里面买了点红颜最喜欢吃的三刀，顺便也给乐乐买了点羊角蜜，临走，又买了两条“大鸡”牌的香烟，最后一次孝敬孝敬老丈人。红颜家在村庄的最中间，走过去要穿过半个村子。村子里一片落寞，一路走来，陈敌只看到了几条闲逛的狗和一群无所事事的鸡。如今，苏北鲁南的村庄都一样，人去村空，了无生气。红颜的家大敞着门，陈敌老远就看到乐乐，正一个人在院子里跳皮筋，嘴里念着：

小汽车，滴滴滴，
马兰开花二十一，
二五六二五七，
二八二九三十一，
三五六三五七，
三八三九四十一
……
九八九九一百一；

乐乐跳得认真，陈敌走进去她也没有察觉，直到陈敌喊了声：“乐乐！”她才回过头，看到陈敌愣了半天，才反应过来，叫了声：“爸爸!”边叫边怯生生地走过来。陈敌抱起她,问:“你妈妈呢?”乐乐指指里屋,在睡觉觉。陈敌看看太阳,都过了晌午了,红颜怎么还在睡觉? 他又问:“姥爷姥娘呢?”乐乐噘着嘴说了句:“下地去了,给麦苗拔草。”陈敌点点头,放下乐乐,说:“爸爸给你买了你爱吃的羊角蜜,来尝尝!”乐乐一听,赶紧翻起了地上的袋子。陈敌给她拆了包装纸,乐乐咬了一口,说:“真甜! 真好吃!”有滋有味地吃起来。看着乐乐的样子,陈敌眼角直发麻。他问乐乐:“你想跟着妈妈还是想跟着爸爸?”乐乐眨巴眨巴眼睛说:“我想跟着你们俩!”听到乐乐这么说,陈敌落下泪来。他揉揉眼睛,又说:“要是只能选一个呢?”乐乐又眨巴眨巴眼睛,没说话。这时,一个声音从里屋传来:“你别难为孩子了,她还小!”是红颜,她从里屋走出来,头发凌乱,眼睛通红。这么些日子没见,她变得有些苍老了,她的样子一点儿都不符合她的年纪。看样子,最近这些事把她折腾得不轻。陈敌把地上的东西递给红颜,说道:“我来看看你,顺便和你商量一下乐乐的事儿。”红颜笑笑,样子比哭还难看。她说道:“都要离了,还来看我干什么? 倒是孩子,你该常来看看! 你学习那么忙,就趁寒暑假来吧,把孩子接回去,也让他爷爷奶奶亲近亲近。”一席话说得陈敌不好受,他咽了口唾沫,说道:“要是让乐乐跟着她爷爷奶奶怎么样? 他们都怪想她的。”红颜看着乐乐,半天不说话。陈敌知道她不愿意,又说了句:“你带着孩子,也不好再……”没说完,红颜打断了他:“我一时半会儿不会那样做……再说了,现在村子里谁不知道我的事儿……”红颜斜倚在门框边,捂住脸,哭了起来。陈敌不知道说什么好。红颜哭了一会儿,抱起乐乐,说了句:“孩子还小,还是先跟着我吧,等她大一点,你再来接她回去!”陈敌点点头,说:“这样也好,那就苦了你了。”红颜笑笑,说了句:“跟着你这么多年,这还是第一次听你说客气话!”陈敌低下头。红颜把乐乐递给他,对乐乐说:“让爸爸抱抱吧,他一会儿就走,要去上大学!你看爸爸多厉害!等他大学毕业了,就能接乐乐回去了!乐乐就能跟着爸爸享福了!”一席话说得陈敌只想哭,他抱过乐乐,哽咽着说:“乐乐乖,等爸爸上完大学,找到了工作,就接你去城里,好不好?”乐乐懂事地点点头,嘟囔着小嘴巴说:“爸爸把妈妈也接过去吧!”陈敌哭了。

从红颜那里回来,陈敌哭了一路。他知道自己必须马上离开,要不然,他可能就再也迈不开离家的步子了。这是怎么了?难道这一切都是造化弄人吗?这些事,和现在的农村,陈敌一样都看不懂。

十五 俎豆犹古法

李巧最终还是没有把钱进进的事情告诉陈敌。她觉得这事说大也大，说小也小。钱进进毕竟还是个孩子，对自己有朦胧的感情也属正常。只要引导好，说不定还能转变成学习的动力。

人心里一旦埋藏着什么秘密，总会不经意地在某些时候某些地方表现出来。李巧无意间流露出来的若有所失，逃不过陈敌的眼睛。这家伙对女人的变化比较敏感，大学时候就练就了察言观色的本领。他常常根据女孩的情绪判断自己是否可以拿下对方，能否可以深入交往，或者是否可以发生所能够发生的关系。因此，李巧表现出来的哪怕一点点的变化，陈敌都能感觉得到。

不知道是不是由于同时拥有两个女人的关系，陈敌对李巧的变化并不急于知道其原因。他想，反正还有郭聪。再说人家李巧都能允许他心里同时装着两个人，他陈敌就不能让人家有一些自己的空间？没有道理嘛。

陈敌把自己的思想工作能做到这个地步，实属不易。对于一个在大学时代就经历了许多女人的他来说，能把猜忌心消除到如此地步已经很难得了。

两人暂且相安无事。

李巧两周没去钱进进那边了。第一周她给钱进进说自己身体不太舒服,第二周说天冷了,要去商场买衣服。钱进进当然知道李巧不来给他辅导功课的真正原因。他担心李巧就此离开自己,有些着急。第三周,他让当副秘书长的爸爸给校长打了个电话。不明就里的校长又去找李巧,讲了一大通孩子功课要紧,耽误不起的大道理。李巧说,她前两周真是有事,这周一定去。

李巧再去钱进进家的时候,心里总有些忐忑不安。虽然环境还是那个环境,保姆端上来水果以后依然会消失得无影无踪,钢琴还是那架钢琴,钱进进练声的时候依然会小有瑕疵,但李巧还是有些异样的感觉。是什么感觉她也说不清楚,好在钱进进再也不主动提起那件事,李巧不舒服的感觉也就渐渐释然。

偶尔还会遇到钱进进的眼神,那眼神不太安分,里面飘着些许渴望和轻佻。李巧尽量不去和他对视,低头弹钢琴或者念谱子。她在心里嘲笑自己:老师竟然不敢在自己的学生面前抬头,这不是很滑稽的一件事情吗?转念一想,现在的高中生的确和以前大不一样,他们对待生活和爱情的态度、观念迥异于以前,这些孩子,早熟得有些过分了!

那天,刚从钱进进家里出来,她收到一条短信:“晚安,亲爱的老师!我爱你一辈子!比永远多一天!亲爱的老师,请等待明天的到来吧,因为明天我会比今天更爱你。”短信来自钱进进。

李巧意识到了问题的严重。

必须得找个机会和钱进进好好谈一次了,这样下去,这孩子一定会走火入魔!可是,这种事情,又该如何开口呢?用什么方法来打消这孩子的荒谬想法呢?

想来想去,李巧决定把陈敌抬出来。

既然事情已经到了现在这个地步,该不该让陈敌知道呢?

李巧想能在学校里把问题解决了最好,这种问题不好在钱进进家里谈,如果谈崩了,钱进进有抵触情绪的话,只会增加危险性。也不能在办公室里,那样的话,被其他老师看到了,影响不好。把钱进进约出来,也不好。那怎么办?最后,她决定把谈话地点放在自己的宿舍,这样最合适。

李巧不好直接去班级找钱进进,她写了个纸条,让一个女学生转交给了他。她在纸条上写道:"钱进进同学,下课以后,请到我宿舍来一趟,有话和你谈。"

在宿舍等待钱进进的那半个小时,是很难熬的。李巧想这是多么可笑的一件事啊,一个老师竟然被自己学生的所谓爱情吓到了。但这又的确是一个无法回避的事实。李巧没有办法,只能不停地在心里默默念叨:他只是一个孩子,不懂爱情,不用怕他。

有敲门声。

李巧做了一个深呼吸,起身开门。

钱进进站在门外,眼睛火辣辣地看着她,脸色潮红。他看上去很激动。李巧心说坏了,这小孩子别误以为我这是在和他约会吧?我可不愿意看到这样的结果。

钱进进进来,四处张望。

李巧请他坐下来,给他倒了杯水。

"你这里真温馨。"钱进进喝了一口水说,"我喜欢你这里的味道。”

天啊，他竟然敢这么直白地表达。这就是所谓的90后？李巧感觉自己在以十万八千里的速度落伍。

“我找你来，主要是想和你谈谈。”李巧停顿了一下，继续说，“你还小，还要考大学，你还不懂什么叫爱情，你……”

“你说话怎么跟我父母似的，都是假话大话空话套话。”钱进进打断了她，“我懂爱情，比你们这些所谓的大人还要懂。”

李巧目瞪口呆，她知道自己今天遇到了一个棘手的大难题，但她不能退缩，她要说服他，不然后果不堪设想。

“钱进进，你听我说完，你是个好孩子，有自己的想法，这很好。但你现在的年龄的确不适合谈恋爱，即便是谈，也要和自己的同龄人谈，我们的年龄相差太大，而且我是你的老师，你是我的学生，老师和学生怎么能谈恋爱？”

李巧自认为已经把话说得很诚恳很到位了。但钱进进显然不为所动，他不停地转动着手里的茶杯，脸上挂着一副不屑的笑容。

“其实，你说的这些都是无关紧要的，要紧的是你对我有没有感觉？你爱我吗？”

钱进进这话说得不紧不慢，在李巧听来却是字字千钧。现在的孩子，思想也太复杂了吧？

但她必须回答。

“我可以认真地告诉你，我们之间的感情绝不是爱情，你对我的也不是；我对你更不会有。这一点我完全可以确信。而且，我可以负责任地告诉你，我已经有男朋友了。”

李巧使出了最后的撒手锏。

这话看起来威力挺大，钱进进高昂的头颅终于低了下来，神情变得无精打采。“老师你说的都是真的？你不会骗我吧？”他还想做最后的努力。

“我没骗你，我说的都是真的。”李巧斟酌了一下词语，“你是个好孩子，音乐素养很好，将来一定能考上中央音乐学院，前途无量，千万不能因为感情问题耽误了自己的前程。”

钱进进沮丧地点点头。“我知道。那老师你这周还来给我补课吧。”

听他这样说，李巧心里一阵惊喜，钱进进开始面对现实了。她点点头，说：“好，只要你能正确对待我们的关系，我会继续给你补习功课的。”

钱进进站起来：“那好，我先回去了。再见，李老师。”

李巧目送钱进进走远，心里又高兴又有些失落，不知道是怎么回事儿。她给陈敌打了个电话，说晚上去他那里。陈敌说好，晚上一起出去看电影《非诚勿扰》。

在去找陈敌的路上，李巧突然意识到，今天和钱进进这孩子谈了这么多，他不会出什么事吧。想到这里，她给他发了一个短信：“到家了吗？”

过了一会儿，她收到了钱进进的回复：“真爱无敌。我就不信心心相印的一份真情会让世俗杂念吞噬！相信我们自己！永远不会放弃！我能做到的你也会的是吗？请等我五年，等我大学毕业，到那时只有我们俩，我会同你共度美好与幸福！我知道你不相信，我会用行动证明我的誓言,我爱你,永远……”

看到这个短信,李巧意识到今天的谈话算是白瞎了。

十六 衣裳无新制

最近南京处于高温季节，动不动就来一场暴风骤雨。风雨敲书窗，这样的时刻也无事可干，只能读书，为论文搜集资料。论文虽然开题非常顺利，但我一点儿都不敢大意。完成论文开题只能算是万里长征的第一步，真正的困难是论文的正式写作。我的选题切口比较小，但涉及的问题比较大，需要印证的材料也很多。为此，我几乎没白没黑地整天泡在图书馆里，每天到得比管理员还早，不到最后一刻绝不离开自习室。我像一只准备过冬的老鼠一样，从图书馆里拼命倒腾书本，把那些自认为有用的材料搬运到我的论文里。老板多次对我说过，这一届研究生里面，我的选题是最好的，别人的论文他不管，我的论文他要亲自把关。他还说，这个论文写好了，发《文学评论》一点儿都没有问题。我知道研究生在《文学评论》上发论文几乎是不可能的，除非导师带着发。老板的意思我明白，他想在我的论文上署名，作为他刚申请下来的国家社科基金重大项目的一个阶段性成果。这是一个好事，老板愿意带着你发文章，这证明他对你的器重。如果论文意义不大，你想署上老板的名字他还不愿意呢！我们老板是现当代文学学科的大拿，在学科内属于中坚力量，他现在发表文章是慎之又慎的。首先，非权威刊物不发，核心他都看不上，除非是朋友的约稿，不好拒绝，才会在核心刊物发；其次，非头题不发，至少是栏目头题，他不能忍受自己的文章放在他人之后；最后，文章发表后，一定要被《新华文摘》以及《中国社会科学文摘》转载或摘编的，连中国人民大学的复印资料他都看不上，必须是《新华文摘》才行。从这个不难看出，我们的老板有多牛。作为一个大牛老板的入室弟子，我们无疑会感觉压力山大，论文只能成功不能失败。

听着窗外暴雨如注的声音，我在宿舍里翻看着刚从图书馆借来的书。此时的我，正应了那句“两耳不闻窗外事，一心只读圣贤书”的古训。说起来，喜爱读书的好习惯，还是在小城大学养成的。当陈敌周旋于漂亮女孩子之间的时候，我在读书；当他苦心经营着辉煌的校园事业的时候，我还在读书。在他眼里，我就是一个名副其实的书呆子。作为一个书呆子，我也成为他倾诉的最好聆听者。

在陈敌看来，马莉企图以美色迷惑他的想法是很幼稚的，但这个做法却让他对马莉增加了几分同情。看来，这个女孩子被自己的野心害苦了，现在为了一个小小的记者团团长职位就这样费尽心机，将来参加工作还不知道会怎么样呢。

陈敌有些后悔培养郭聪做记者团团长了，马莉这么渴望想接班，郭聪势必和自己当年一样要面对残酷无情的竞争。而自己当时好歹还有校报老师的支持这一强大后盾，现在郭聪所有的仅仅是自己的强力推动。也就是说，郭聪的情形恰好和当时马莉的情况类似。但郭聪是一个纯净的女孩子，她不会像马莉那样去趋炎附势地讨好编辑老师，更没有马莉那样的勃勃野心。依照她的性格，还是平平稳稳地学习、生活好。现在，他俩的同居生活很惬意，可谓形影不离。在图书馆学习时在一起，忙记者团工作时在一起，去食堂吃饭也在一起，晚上同居更是在一起。在我看来，离婚以后的陈敌潇洒得真是赛过神仙，我们宿舍几个哥们常常拿“只羡鸳鸯不羡仙”来描述陈敌的大学同居时代，这小子，真是有福了！

因为长年在校外同居，陈敌宿舍的床位几乎每天都是空着的。当然，陈敌也很有自知之明，他不能做得太过，在学校咬牙切齿抓校风校纪的“严打”时期，他还是比较守规矩的。尤其是在处理和辅导员李伟的关系方面，他做得相当不错。

事实上，陈敌和李伟的交情很深，他知道好多关于李伟的秘密，也帮过李伟很多忙。

李伟是我们这一个年级的辅导员，学校辅导员缺口比较大，他一个人管理着三个班级，因此平时比较忙。他之所以感激陈敌，是因为如果没有陈敌自己可能早就遗臭万年了。

陈敌竞选上校报记者团团长之后，经常带领一帮子学生记者满校园找新闻。你可别小看了他们这些乌合之众，一旦从他们手中写的稿子在校报刊登，那就意味着宣传对象极有可能将成为学校的典型。吴老师说了，能上报纸的必须是学校的重点工作或者典型事件。就为这，陈敌也想为学院做点什么。虽然以前多多少少也做过一些宣传，但都是一些豆腐块，不成系统，没引起多大反响。这一次，他准备为学院推出一个典型。

机会说来就来了。

“3·5”学雷锋前夕，我们班四位同学出去爬山，在山上遇到一群春游的小学生,有两个小学生不知怎么一不小心滚到一个峡谷里面去了。

那山说高也不高,但峡谷也够吓人的。一群小学生加上一个年轻女老师,都吓傻了,只知道在那里叫喊救命救命,没人敢下到峡谷去。四位同学听到了呼救声,赶紧跑到现场,毫不犹豫地滑下了峡谷,将两个昏迷不醒的小学生背回来,和年轻女老师一起徒步把他们送到了医院。因抢救及时,两位小学生得救了。

这是一个绝好的线索。得到这个消息以后,陈敌立即对四位同学进行了采访,并且把这件好人好事和当前的学雷锋相联系,采访了学院和学校领导,更重要的是,他把辅导员李伟的名字写了进去。班里出了学雷锋典型,自然和辅导员的思想政治工作有直接联系嘛。稿件很快在校报头版头条重点刊出,吴老师还别出心裁地配了一条评论,大加赞赏。接下来的事情就简单了,典型一出来,学校领导就关注,一关注就表彰,一表彰就少不了我们的辅导员。所以,李伟感激陈敌就顺理成章了。而即将发生的另外一件事,更让李伟对陈敌感恩戴德。

李伟有一个大学同学叫左连,两人关系不错,毕业后在本市一家广告公司上班。这个左连比较风流,李伟之所以和他关系比较不错,我估计大概也是因为这一点,李伟在这所大学读了四年,朋友几乎没有,就左连还算是一个可靠的哥们儿。李伟说两个人臭味相投,当年都是流氓才子类型的,特别讨女孩子们的喜欢。两个人比着换女朋友,看谁换得最勤谁换得最漂亮。这俩风流主儿至今常常在一起鬼混,品评女人。

左连和马莉不知怎么就认识了,自从竞争校报记者团团长失利,马莉就和赵仇高关系疏远了。不知是否与此有关,马莉竟然也莫名其妙地就喜欢上了左连。马莉在学院里也算是出类拔萃的一朵花,是数得着的魅力尤物。后来听李伟说马莉已经和左连同居了,让班里男生气短。说实话,学院里的男生也曾对马莉起过歹意,但一直没付诸实施,都是陈敌害得,说什么兔子不吃窝边草,好汉不动身边的女人。这回好了,想起来,心都疼疼的。

刚开始李伟告诉我马莉已经被左连拿下这个消息时我还不信,马莉平时不是挺傲气的吗?我还听说她对我们学院男生的评价很低,基本上没有六十分以上的,全都不及格。她说我们系除了辅导员李伟还算个男人,其他都是菜鸟!

一提起这事,我和陈敌经常愤愤不平。我看得出来,陈敌也不想把马莉往左连怀里送。

据陈敌说,李伟本人对这件事的态度比较暧昧,既在乎又不在乎,如果没有那场车祸,李伟大概也不会去干涉马莉和左连谈恋爱。

那天,晚上十点钟,左连骑着摩托车带着马莉在学校那条主干道飙车。他刚刚和李伟喝过一点酒。从学校酒吧出来,不到九点,左连就想给马莉打电话,说要把她叫出来聊聊天。李伟劝他别打了,马莉正在上晚自习呢。左连不听,拿起李伟的小灵通给马莉打手机,一打就联系上了。马莉问:“谁啊?”左连带着酒劲儿说:“我,左连,怎么连我的声音都听不出来了,你这个小……”他舌头打转,没往下说。

“这不是你的手机啊，我怎么知道是你？”马莉撒娇。她很会表现她的小资产阶级情调。

“我的手机没电了，你出来，我在学校小酒吧。”左连说。

马莉犹豫了一会儿，说：“我正在上晚自习呢！辅导员要来点名的！”

“什么点名，放心吧，他不会去点名了，他正在和我一起喝酒呢！”

马莉一听来了劲头，说：“我马上就去！”

估摸着马莉快到了，李伟就走了。他临走的时候还特别嘱咐左连，开摩托的时候小心点，特别是在校园里，一定要小心。

左连打着哈哈说：“知道知道，哪来那么多屁事？！”

结果还是出了事，出了大事。

左连的摩托撞人了，一个刚下晚自习的女学生，一个才读大一的中文系女孩子。当时左连带着马莉把摩托开到了最大马力，是马莉让他这样做的，她想体验一下在校园飙车的感觉。摩托行到中心大道时候，从背后撞到女孩子身上，把女孩子撞飞起来，她像一只被打昏的鸟一样，重重地落到了十米以外的水泥地上。她连一声叫喊都没有来得及发出来就死了。左连的摩托车当场报废，他被甩到两米开外，左眼被撞瞎了。马莉运气好，只是胳膊擦伤了皮，没有什么严重伤害。正是晚自习下课的时候，现场很快围满了人。校报摄影记者张华迅速给陈敌打手机，说：“头儿快来，中心大道上出车祸了，已经死了人！”陈敌一听脑袋大了，骑上我那辆破驴赶紧往现场奔。远远看见现场围了一大堆人，没有任何声音，大家都被现场吓傻了。几个女生还在那里捂着眼睛,从手指缝里往外看。现场确实很惨,被撞死的女孩子身下一大摊浓血,血水还在咕咕不停往外流,像一条小溪流向了下水道。左连捂着眼睛在那里哼哼。马莉在后面抱着他,浑身沾满血水。陈敌看见张华强忍着恶心在死者面前拍照。已经有人打了110,警察说马上就到。几个学生干部在现场维持秩序。

这事大发了。

学校好几年没有发生这么严重的事件了。一年前学校死过一个男生,为了爱情他自愿从学校十八层实验大楼飘了下来。再往前推还死过一个女学生,被在学校施工的几个民工强奸后杀害了。

这一次,学校肯定又脱不了干系。堂堂大学校园竟然允许摩托车在学校里面飙车,还竟然将一名正值花季年华的少女当场撞死,这毫无疑问是个巨大的丑闻。

110半小时以后才到,两个警察说走错了路,耽误了。他们一看现场,吓了一跳,不敢动伤者,赶紧打120。现场的人都吓蒙了,光知道打110,忽略了打急救电话。120来得很快,四个大夫将女孩子和左连抬上急救车,呼啸而去。

后来,我听说女孩子几乎被撞碎了所有的内脏器官,大出血而死。左连一只眼睛彻底瞎了,马莉命大,毫发无损。

头天晚上的事情,第二天早晨便传遍了整个校园。学校BBS上发了很多有关此事的帖子,事情如滚雪球般越闹越大。学校开始采取措施封锁消息,本城的晚报记者三番五次要求进校采访,都被学校婉言拒绝了。但网络的力量是不可阻止的,消息在网上不胫而走,很多网站特别是大学网络开始关注这件血案。与此同时,学校紧锣密鼓地展开调查。

陈敌问吴老师:“要不要关注此事?”

吴老师想了半天说:“学校不表态,我们没法报道。况且马莉也在其中,她毕竟是我们的骨干记者。”

但她最后还是同意陈敌去了解一下。

陈敌找到李伟,他已经知道此事,正心急火燎地不知道该怎么办。他刚刚被学校表彰就遇到了这种事,而且左连出事之前就是和他在一起喝的酒,更要命的是,和左连同居的马莉又是自己的学生。哪一点他都脱不了干系。

陈敌毕竟和他关系不错,就说了一个说不上好坏的主意:否认和左连的关系。

李伟沉吟了半天,担心地说:“这样能行吗?万一被学校知道了会更加严重!”

陈敌说:“那就看左连够不够哥们了,他不说,没人知道。”

“马莉呢?”李伟说。

“和她说好,她一个学生,又不是直接责任人,学校能拿她怎么着?如果你也是学生,就更没有什么可担心的了。”

李伟可能也想不出其他的办法,只好点点头,匆匆忙忙去了医院,见了左连和马莉一面。

校园网上的言论越来越多,有人对学校的迟钝反应表示不满,开始在网上煽动集会,有人发贴子说要组织示威游行,给学校施加压力。那些日子,校园里到处都在谈论这个话题,一种肃杀的气氛笼罩在校园上空。

两天后，学校和已经死亡的女生家长达成协议，赔偿给他们 10 万元钱，就此了事。有几个学生自发在女孩子死亡的地点开了一个小型追悼会。女孩死亡一周后的一个夜晚，有人在学校中心大道上点起了 100 支蜡烛。事情渐渐被遗忘了，李伟提心吊胆的日子过去了。他重新满面笑容地站在我们面前，信心十足地指点我们的人生。只是他在碰到陈敌的目光时，有一点点犹疑。

而李伟和马莉早就有一腿的事陈敌是后来才知道的。

这件事发生在左连和马莉认识之前，事实上是李伟一手导演了马莉和左连的恋爱。这件事彻底改变了陈敌对李伟的看法，这个表面上温文尔雅的家伙真不是个东西。

事情是这样的。

大一上学期期末，我们刚刚结束终考。马莉八门课程有三门亮起了红灯，她很害怕。学院规定，一学期有三门课不及格就要被除名。这个规定以前没有，所以毕业的学生功课从来没有多么好过。学院为了改变这种落后面貌，摆脱成绩贫困状态，从我们这一届开始，出台了上述措施。说来也巧，全班就马莉一个人亮红灯，连个伴儿也没有，她害怕。妈妈和继父都是中学教师，知识分子都是要面子的人，自己的女儿考上大学不到半年就被学校开除回家，这多丢人现眼啊。马莉一想到这个就害怕，都怨自己只顾谈恋爱了。她长得漂亮，一入校便被许多男生盯住了。特别是她的那些小老乡，开学第一天就对她特别照顾，大献殷勤。他们还正儿八经地鼓捣了一个老乡会，给新同学以无限温暖呵护。我后来才了解到,这些所谓的老乡会不仅仅是老乡们拉拢关系,还是老乡们相亲的绝好时机。肥水不流外人田呢,先内部消化了再说。在大学里谈恋爱还真有一个老乡近亲繁殖的现象,一般来讲,老乡爱老乡,成功的机会也比较多。大学里的爱情,都是朝三暮四的那种,最后差不多都是落个孔雀东南飞的下场。唯独老乡恋爱,可以扬长避短,大不了一起打道回府算了。这是我的感悟。以马莉的智商,大概还参透不了这个禅。悟性不行,差得太远了,不然她也不会采取如此极端的方式来处理这次红灯事件。

她竟然把自己献给了李伟同志。

马莉和李伟这一段风流韵事陈敌不愿意给我多讲,只是不停地说:“妈的,太恶心人了。”

但静下心来一琢磨,也不能全怪人家李伟同志,他也是一个普通凡人,是普通凡人就有七情六欲。一个漂漂亮亮的女孩子,主动在你面前脱光了衣服,你能不动心吗?

李伟就这样把自己的学生给办了。

有了一次就有第二次。

那以后李伟又偷偷摸摸和马莉搞了两三次,第三次的时候他感觉这样发展下去不行,这种事情发生在这样一所大学里多少有些不能让人接受。正好,左连恰到好处地出现了。李伟就顺水推舟地导演了一场爱情。

由此,陈敌找到了马莉在男女关系上比较随意的根本原因。

关于李伟,陈敌知道的可不止这些,他还知道李伟的另一个秘密。说是秘密,不如说是丑闻更合适。

学院从新疆的一所师范大学调来一个女博士，是今年引进来的一个高级人才，来到学校以后就被聘为教授，年薪二十万。女教授今年 38 岁。据说这位女教授为了读博士干事业，一直坚持独身主义，只是在去年，才和一个大学讲师草率完婚。我们刚开始听说这件事时，还以为这位女教授一定长得不咋的，你想啊，一个女人，读完了博士，37 岁才结婚，结婚之前甚至还没有谈过恋爱，肯定她的装备不怎么样。哪里想到，女博士不但十分漂亮，而且气质可嘉。女博士生于上海，典型的南方女人，皮肤白皙，又在新疆生活了五年，身上自然就有一点新疆姑娘的气息。倒是作为家属一起调过来的她的丈夫，长得一塌糊涂：塌鼻梁，高颧骨，一副贱命相。

就在绝大多数男人在那里瞎琢磨时，李伟盯上了女博士。

关于偷偷追求女博士这件事，李伟一直保守着秘密。

他和女博士的好事败露在办公室。

也是陈敌有这个运气，恰巧被他碰上了。

那次李伟和女博士做爱的气魄把陈敌震得够呛。“妈的，比看三级片还过瘾呢。”陈敌事后对我说。

我想李伟一定在心里不知道会多么恨陈敌，他的一些见不得人的事，差不多都让他碰上了。

那天晚上，陈敌漫不经心地从校报回宿舍。他刚刚赶完一篇稿子，浑身上下没有一块地方舒服。他看见辅导员李伟同志的办公室还亮着灯，以为他又在网上搜索顶级电影。李伟同志喜欢看那些刺激的影片，陈敌曾经有幸和他分享过几次，回来还和我们说，妈的，差点受不了，不是恐怖魔幻就是色情杀人。陈敌由此判断李伟同志的欣赏口味不高,顶多算个三流水平。这一次,他想看看他是不是在接受刺激。

李伟的办公室在四楼,也就是学院办公楼的顶层。陈敌噔噔噔一口气爬了上去,却发现李伟办公室的门紧闭,窗帘也放了下来,但有灯光透出来。陈敌在心里笑他,看个电影还搞得这么神秘,往常没见他放下过窗帘。他推了推门,被反锁上了。刚想喊李伟开门,却突然听见里面传来椅子倒地的声音,接着是一声女人的尖叫,然后是李伟的喘息和女人的呻吟。这声音像汹涌澎湃的海浪一样一波一波涌入陈敌的耳朵。直觉告诉他,里面的人在做爱。陈敌想离开,却迈不动脚步。他还想看看里面是不是李伟,还有那个女人,会是谁?他来到窗前,正好有一条缝隙可以清楚地看到里面。果然是李伟,他骑在一个只穿着一件上衣的女人身上。女人躺在地毯上,压抑着叫喊。过了一会儿,他看见李伟拦腰把女人抱到了办公桌上,他自己站着。女人因为极度地刺激,开始夸张地叫喊,她高高抬起洁白丰腴的双腿,任由李伟同志折腾。他们折腾了大约二十分钟,换了陈敌能想象到的所有姿势。

陈敌一直等到他们穿上衣服,说说笑笑地出来。他清楚地记得李伟看到自己的样子,李伟的脸通红,说话结结巴巴。他对陈敌说:"你都看见了?"陈敌哭丧着脸说:"对不起哥们,都怨我,又赶上了。"

李伟哭笑不得。

陈敌看看那女的,知道她就是那个女博士。

李伟叮嘱陈敌不要把这件事告诉别人。

陈敌弄不明白李伟为什么要去追求一个已经结过婚的女人，她虽然很漂亮，但毕竟比他大了十岁啊。

女博士有味道。李伟说。

在和女博士同居的两个月里，我们的辅导员李伟同志明显瘦了，而女博士却明显滋润了。

纸是包不住火的。

李伟和女博士的好事还是被同事们发现了，他们在背后悄悄议论。有人悄悄把女博士红杏出墙的事告诉她的丈夫杨红星。杨红星不相信，说自己的老婆自己还不知道嘛，她绝不可能会红杏出墙！那人讨了个没趣，便不再多说。

杨红星开始寻找证据。

一个人要是总想着办成某一件事，他总会可以找到解决的办法的。那天中午女博士打电话给杨红星，说中午不回家了，有一个朋友请吃饭。这段时间处于高度备战状态的杨红星知道机会来了，老婆肯定又在找机会和另外一个男人约会。在此之前，杨红星已经观察到了女博士经常出没的场所，尤其是那个中文楼，她隔三岔五地就去一次，肯定有问题。

杨红星直奔中文楼而去。

这是一个有点炎热的中午，杨红星从一楼爬到四楼，一个房间一个房间地找女博士，热得出了一身臭汗。

从一楼到三楼都一无所获。

他有些泄气，在心里想是不是自己的怀疑不对啊，人家或许真的是去吃饭了呢？想打退堂鼓的杨红星抱着试试看的态度爬到四楼,没发现什么情况。

楼道里静悄悄的,从上午放学到下午上班这之间有两个小时的休息时间,学生和老师都回家了。

没有发现什么异常情况的杨红星觉得自己的样子很好笑,在这么一大栋空楼里寻找出轨的妻子,多少有些让他感到悲哀和可笑。

就在他准备打道回府的时候,一声压抑的尖叫吸引了他。这个叫声听上去有些耳熟。顺着这时断时续的叫声,杨红星来到了李伟办公室门口。办公室的门紧闭着,里面不像是有人的样子。但声音确实是从里面传出来的,杨红星悄悄来到窗前,从未被拉严的窗帘缝隙里看见屋里惊心动魄的一幕。

杨红星答应和女博士离婚。

女博士离婚不到半个月,李伟同志便和她办了登记手续,两个人结束了偷偷摸摸的同居生活,堂堂正正过起了小日子。李伟当然也为此付出了很大代价,他不得不忍受同事们在背后的小声嘀咕,他现在还是一个普普通通的辅导员,连讲师也不是。本来他想走一条行政的路子,从副科到正科,从正科到副处,一步一步平步青云。事实上,如果不是因为他和余力娜的好事,他很可能就走上仕途这条光明大道。高校不像基层,提级很慢,在高校,只要干出成绩,说提也就提了。现在,李伟不得不打消了这个梦想。

女博士想让他读研究生,做做学问,评个职称。李伟想想也是,不能再混下去了,自己也没有混下去的资本了。

一年之后,李伟有了一个儿子。两口子费尽心机给孩子起了一个别致的名字，叫李玉生。女博士高龄生产，自然生产不行，只好做了手术。孩子拿出来以后，肚皮上留下来一道很显眼的疤痕。不知道是因为女博士生过孩子的原因，还是李伟对女博士失去了以往的热情，他们做爱的次数在逐渐减少。

女博士到底是人到中年了，年龄这个东西掩饰不住的，加上生了孩子，皮肤越发变得粗糙起来。她不得不开始注意美容。产假结束以后，为了不耽误自己上课和每周三次的美容，女博士从乡下雇来一个保姆，女孩子叫小红，家在河南，今年才19岁，十分地乖巧伶俐。

不久，听说李伟在半夜里走错了房间，把保姆小红当作了女博士。我和陈敌毕业那年，李伟和女博士离了婚。关于他后来的一切，我们已经毫不关心了。那个叫李伟的辅导员，已经慢慢离开了我们的视线。

但我猜出，李伟的所作所为可能影响到了陈敌。俗话说：上梁不正下梁歪。何况他俩关系那么密切，已经不是“上梁”和“下梁”所能概括的了。陈敌在小城大学所做的一切多多少少和周围的环境有关。

十七 童孺纵行歌

现在想想，其实陈敌平时在校园很低调，他从来不张扬自己。因为有过不堪回首的艰难岁月，这小子脸上时常遍布的沧海桑田使他看上去比我们要成熟得多，不认识他的都会误以为这小子是大学老师，而不是什么大学生。他年龄和经历摆在那里，确实也没办法。

乐乐过5岁生日的时候，陈敌回了一趟老家。他特地到学校里最好的一家蛋糕店买了一个大蛋糕，孩子长这么大，都不知道蛋糕是什么味道。陈敌想想就心酸，自己这个爹当得确实太不合格了。他想趁着这个机会，把孩子接回来跟着爹娘一起住。乐乐已经5岁了，可以离开红颜由她奶奶来照顾了。陈敌听爹在电话里说村子小学今年开始招收育红班，乐乐的年龄正好可以报名。陈敌不敢耽误孩子，他要尽量给孩子提供好的教育。而且爹娘年纪慢慢大了，身边能有个孩子陪他们，也可以驱赶一些落寞。他相信红颜也会同意这个做法。这次回老家，陈敌本来想带着郭聪一起回来，顺便让她见见爹娘。但郭聪最近忙着一篇报道，是校报老师交给她的一个特别任务。考虑到郭聪和马莉的竞争正处于关键时期，这是最需要给校报老师留下好印象的时候，陈敌就一个人回来了。他想，反正以后有的是时间，郭聪毕竟还是个在校大学生,不着急见爹娘。

大半年没回家了,村里的一切仿佛都还是老样子。但仔细观察,还是能发现一些新的变化。路过离村子不远的小学校时,陈敌发现学生娃突然变多了。这几年村里的小孩子一茬一茬地往外冒,数都数不过来。这是一个好现象,孩子是村庄的未来,有孩子村里人就有了希望,有了对日子的盼头。前些年,青壮年纷纷出去打工,眼见村里的娃越来越少。现在,打工的人陆续从城里头回来,那些不常回来的,在过年时也会在老家待上几天。趁这个时候,那些平时独守空房的小媳妇赶紧让自家男人播下种子,以求来年的丰收。女人们的节奏和小麦几乎同步,麦熟季节,男人们忙着操心割麦子,女人则在家里为生孩子做着各种准备。

在村口,陈敌还发现那棵老槐树又冒出了新芽。这棵老槐树枯了有些年头了,它的躯干早已经变得中空,有调皮捣蛋的孩子常在里面拉屎撒尿。有一年,不知谁在树干里塞了麦秸,还点了火,把好好的一棵树烧了个不成样子。老人们都说这棵老槐树可能不行了,它就像一个掉光了牙齿的年迈老人,吃不下任何东西了,没了营养供应,断了根系,那还能有个好?没想到的是,它现在竟然又复活了!不但长出了新的叶芽,还发出了新枝。就像这个老村庄,在悄然中出现了新的生机。

远远地看到了家里的房子,这三间瓦房当年可是自己和爹两个人一砖一瓦盖起来的,在当时算是最好的房子了,犹如鹤立鸡群一般。但现在,它早已经是鸡立鹤群了。这才几年的时间,它的周围,就盖起了一排排两层平房。那些出去打工的人,在外面赚了钱以后,第一件事就是在老家盖房子。他们把原来的老屋拆掉,盖起了像城里那样的好房子。他们在城里盖了那么多房子,如今终于也可以为自己盖了。陈敌想等自己大学毕业找到了工作,一定再把房子修一修,不能显得太寒碜。可是,爹娘的年纪渐老,自己又不在家住,再盖新房子似乎也没有什么用处。若只是纯粹为了面子,那就未免太轻飘了。翻来覆去地想着,进了家门,陈敌抬眼看见乐乐正满院子跑着,追赶着两只大公鸡。那两只公鸡很聪明,不往一起跑,扑棱着翅膀各自分散开,乐乐一会儿追追这只,一会儿追追那只,结果两只都没有追到。陈敌笑笑,心里说:乐乐怎么回家来了?是红颜送来的,还是爹娘接来的?他喊了一声:“乐乐!”乐乐停下来,看了陈敌一会儿,跑过来,喊了两声:“爸爸,爸爸!”陈敌抱起乐乐,在她的小脸蛋上亲了又亲,说道:“看看爸爸给你买了什么?”说着,他举起手里的蛋糕盒子。乐乐挣脱着下来,边朝屋里跑边喊着:“奶奶奶奶,爸爸回来了!”娘闻声从屋里出来,看到陈敌,揉揉眼睛说了句:“回来咋不提前打电话说声?!”陈敌问:“我爹呢?”乐乐抢先回答说:“赶集去了,去买只小猪,还要给我买煎包吃!”陈敌这才想起来,今天镇子上逢集。他问娘:“家里要准备养猪了吗?村里早没人养这个了。”娘笑笑说:“你爹说养了自己过年宰了吃,自己养的猪,放心!”陈敌点点头,进了屋,悄悄问娘:“乐乐是红颜送来的?”娘点点头:“送来半个月了。”“那她说什么了没有?”陈敌又问。娘摇摇头:“没说啥,就说孩子该上学了,她户口在咱村,只能在村里小学上。”娘说完开始忙着做饭,去了锅屋。陈敌拉着乐乐的手,也跟着往锅屋走。娘在锅屋里忙活了一辈子,直到把自己两个儿子忙成了大学生,她的两鬓也斑白了。看着娘在锅台转来转去的身影,陈敌的眼角发麻。乐乐拉了拉他的衣角,说爸爸陪我去捉大公鸡吧。陈敌知道乐乐没什么东西玩,对她来讲捉公鸡就算是一种游戏了。陈敌和乐乐来到当院,撵了一会儿公鸡,把院子扑腾得乌烟瘴气。娘在锅屋里说了句:“孩子疯,你也疯!”陈敌笑笑,抱过乐乐,问她:“你妈妈把你送来时交代你什么了吗?”乐乐转转眼珠,说:“有个开卡车的叔叔,和她一起来的,妈妈让叔叔把卡车停在村口,她一个人带着我来见爷爷奶奶。”陈敌一愣,难道红颜又找了男人?又一想,红颜就不该再找个男人吗?她毕竟还很年轻,离了婚当然要再找,有什么可奇怪的!他问乐乐:“那位开卡车的叔叔长什么样?”乐乐歪着小脑袋,想了想说:“高高的个子,头发有些长,说话声音很小。”愣了一下,又说,“我常看到他到家里来找妈妈,有时候白天来,有时候晚上来,他一来,妈妈就跟着他出去,他们开着车就走了。”陈敌明白了,红颜有了新男人,这可能也是她主动把乐乐送回来的一个原因。他很想知道,那个男人是谁。这个念头一出现,他就笑自己,都和红颜离婚了,为何还要在意她找什么样的男人?既然已经不再和她在一起,还有什么必要和资格去过问她的事情?陈敌摇摇头,苦笑了一下。

陈敌没想到,会在回校的时候遇到红颜。从村子到车站,要走一段沙石路。那路不过汽车的时候,还算干净。一旦有汽车通过,就会卷起沙子和扬尘,铺天盖地,很是烦人。据村长陈贵说,他几年前就想争取上头的资金,尽快把这段路铺上沥青。但报告打给镇上,镇上的人说镇上没钱,区里也没钱,只有等到市里省里拨款,才有可能。一晃几年的时间过去了,这铺沥青的事儿还没个着落。陈贵正想着要自筹资金铺路,所谓自筹资金,就是向从村子走出去的人募捐,包括那些在外面打工的手里头有一点闲钱的人,如果募捐的资金够用,这路最多到年底就能铺好。昨天,爹还嘱咐陈敌说:“陈贵把你的电话也要走了,我怀疑他也要向你要钱,如果他真给你打电话,你就别接!”陈敌说:“我一个穷学生,哪有钱捐款?”爹说:“就是,陈贵找钱都找疯了,也不分个公公母母,还说只要是在外面的都要捐,说什么你上大学有国家补助,还打工,手里应该有钱,不求捐多,百儿八十的也行。我当时就想再揍他一顿,亏他说得出口?!”陈敌笑笑,他也是为了村里,修路确实没那么容易。陈贵的婆娘刘大娇可是个不好伺候的女人,人送外号村庄女煞,平时谁都不敢惹她。陈贵对她更是惧怕三分,他可以在其他女人面前人五人六,在刘大娇面前,他则不得不时刻都夹着尾巴。要不是刘大娇人长得还不赖,陈贵对她恐怕早就忍无可忍了。好在刘大娇看钱比看人紧,她只在乎陈贵能不能给她捞钱,对于他满村的风流,则是睁一只眼闭一只眼。

陈敌正漫无边际地想着这些,忽然一辆卡车从后面快速驶来。卡车带起来很大的尘土,陈敌躲闪不及,整个人被沙尘团团围住了。他气得破口大骂:“他妈的,开这么快!”骂声未落,卡车突然减速,慢慢靠边停了下来。陈敌愣了愣,心说咋地,司机听见了骂声要打架不成?扬尘落去,迎面走来一个女人。陈敌揉揉眼睛,这不是红颜吗?只见她头上围着一个纱巾,身上穿着牛仔裤,脚上一双白色运动鞋,很精神焕发的样子。红颜老远就说了句:“陈敌你见到乐乐了吧？我从后面一看身影就知道是你！”陈敌看了又看，不敢相信眼前这个青春靓丽的女孩子就是红颜，她的变化真是太大了，完全不像一个农村妇女，而是一个时髦的城市女人。陈敌结结巴巴地说：“我回来给乐乐过生日，顺便把孩子上学的事儿也办好了。”红颜笑笑：“那就好，我一直担心乐乐能否顺利入学。”陈敌看了看不远处的卡车，问道：“你在开卡车吗？”红颜摇摇头：“我不会开，哪有女人开卡车的？是黄拾来开，我跟着他押车，挣点小钱。”陈敌重复了一句：“黄拾来？他不是……”红颜打断他：“是他，我们和好了，还是朋友……”愣了一下，红颜又说，“你是不是要去汽车站？我们可以捎你一段。”陈敌摇摇头：“再走几步就到了！”红颜说：“还有老远呢！来吧，正好认识一下黄拾来。”陈敌犹豫了一下，跟着红颜向着卡车走去。黄拾来从卡车上跳下来，他个子要比陈敌高得多，国字脸，浓眉大眼，长得很周正。他主动和陈敌打招呼：“大学生回家来了？”陈敌一愣，心里说他怎么认识我？红颜对陈敌说了句：“刚才停车的时候我告诉他的。”陈敌点点头，算是和黄拾来打了招呼。他实在不愿意和这个黄拾来说话，一想到红颜把第一次给了这个男人，他的心里就难受得要命。奇怪的是，红颜现在怎么又和他在一起了？他不是早已经结过婚了吗？难道他也离婚了？这时，红颜说道：“上车吧，别误了汽车。”卡车的座位宽敞，三个人坐上去绰绰有余。红颜夹在黄拾来和陈敌之间，并没有什么不自然，她谈笑风生地和陈敌开玩笑：“大学生快毕业了吧？肯定要留在城里工作了！我们啥时候要是能住在城里就好了！”陈敌没说话。黄拾来说了句：“我们努力挣钱，在城里买了房子，就能进城了!”红颜撇撇嘴:“光有房子哪行?还得有工作!”从红颜说话的语气和神态来看,她早已把和陈敌的恩怨完全放下了,现在的他们,就像是熟识的老乡一样。看她和黄拾来说话的样子,他们的关系肯定已经不一般,不是夫妻就是情人。陈敌很想知道红颜现在到底怎么样,但他无法开口。很快就到车站了,陈敌下了车,他想对红颜和黄拾来说声谢谢,却怎么也张不开口,只好挥了挥手。卡车绝尘而去,只留下一道浓重的扬尘,陈敌脱口骂了一句:“操!”

陈敌站在车站边缘,一边发呆一边等车,忽然听到旁边有人和自己打招呼:“你就是那个大学生吧?”陈敌看看他,是个小青年,年纪和自己差不多,留着小胡子。他想了半天,没想出这人到底是谁。小青年笑笑说:“你可能不认识我,但我见过你,红颜出嫁的时候,我负责给她抬嫁妆,当时你还给我点了一根烟。”陈敌笑笑:“那你肯定和红颜家有亲戚。”小青年点点头:“我是他堂哥吧,住在她家隔壁。”陈敌点点头:“那你知道我和红颜已经离婚的事儿?”小青年笑了一下:“早知道了,你考上大学了,她是一个大字不识几个的农村女人,当然过不到一块去,这也不奇怪!”陈敌有些惊讶地说:“你真这么想?”小青年点头说:“大伙都这么想。”这时,去小城的汽车来了,陈敌对小青年说他要上车了。小青年说他也坐这辆车,他要去滕城。滕城是小城的前一站,看来有足够的时间可以在车上聊一会儿了。

两个人紧挨着坐在最后排。小青年问陈敌:“你知道红颜最近的事儿吗?”陈敌摇摇头,说自己很少回来,对她的事儿知之甚少。小青年是个话头,说起话来刹不住,他语速很快地说道:“离婚以后，红颜确实消沉了好长一段时间，成天不见她出门，就在家带着乐乐。这一年来，她精神变得好一点，也肯带着乐乐出门了，常到我家来和我妹妹说话。最近，她又跟着村上的黄拾来跑卡车，很辛苦，她一个女人，干这个也不容易，但这个来钱多，她很乐意。”陈敌边听边点头：“她一个离过婚的女人，整天和黄拾来待在一起，黄拾来的媳妇能答应?”小青年笑：“黄拾来的媳妇不大管这个，她可能也觉得红颜可怜吧。”陈敌皱了皱眉头，问道：“那她知道红颜和黄拾来……”话说到一半，陈敌忽然觉得不妥，打住了。小青年以为陈敌在说别的意思，回答说：“他们两家的关系很好，说起来黄拾来还是红颜的远房亲戚呢。”陈敌看着窗外，思绪乱作了一团麻。

十八 斑白 欢游诣

进入研三以后,我们的专业课基本上就都停掉了。老板让我们专心写论文。老板知道这一段时间对我们十分关键,所以这一年,基本上就是放羊式管理。因为写论文的任务重,谁也没有放羊的心情,都老老实实地趴在图书馆里,皓首穷经做论文。

陈敌当然也知道这段时期对我很关键,一般没事也就不再烦我,有事就手机联系,能电话解决的就不见面。这样的日子一晃就是三个月。当陈敌在电话里提醒我,我们已经好几个月没见过面时,我还有些不相信,自己居然与世隔离了这么久。写毕业论文的这段日子,我就像误入桃花源的陶渊明,沉迷于桃花深处,不知有汉,无论魏晋,已然乐不思蜀。陈敌在电话里说:“看你这么辛苦,出来散散心吧,晚上南京大剧院有一个西藏歌舞团的演出,我带你去见识下少数民族的姑娘!五十六个民族五十六朵花,朵朵都鲜艳!你要是想去,我开车去接你。”我笑笑,问他何不带着李巧去看。陈敌说:“你傻啊,歌舞团基本上都是女人,那是演给男人看的!”我说:“好好好,去看看兄弟民族的姑娘们,也饱饱眼福。”

晚上,陈敌准点出现在宿舍楼下。他真是一个好哥们,只要事先说好,他从不迟到晚点,比赶飞机都准时。坐上车,直奔南京大剧院。我们学校的新校区离市区比较远,和其他大学的新校区一样,处于城市的郊区。所谓的大学城,一到晚上,基本上就成了鬼城。从新校区通往市区的那条道路就冷清得很,车子在明明暗暗的路灯里飞速前进。我瞪大眼睛,生怕陈敌出了事故。这个家伙开起车来不要命,他不在乎,我还想多活几年呢。眼看我就要拿到梦寐以求的学位了,苦日子快要熬到头了,我可不能在眼看着就能过上好日子的时候一命呜呼了。为了让陈敌专心开车,我大气都不敢喘,更别说和他说话了。但他似乎轻松得很,主动挑起话头说上次去九寨沟时,就见过一个西藏姑娘,长得真叫漂亮,而且非常有异域的味道,要不是带着李巧,他可能就忍不住去犯点男人都可能会犯的错误了。我笑笑:"你还没见过其他少数民族的姑娘吧?"陈敌看看我:"咋没见过? 电视里天天见!"我大笑:"你要是见过真人,估计犯错都犯不过来!"陈敌撇嘴:"搞得你这个书呆子好像见过一样!"

南京大剧院此时人声鼎沸,来看演出的人很多。陈敌找了半天,在很远的地方找到一个停车位。演出时间已经到了,我们向着剧院疯跑。里面已经灭了灯,黑乎乎的,舞台上两个穿着藏服的姑娘正在报幕。我们的座位在正中间,费了很大劲儿才穿过人群坐下来。屁股底下还没暖热,陈敌就指着正在舞台上跳舞的姑娘说:"我咋觉得我在哪里见过她?"我笑笑:"藏族姑娘长得都很像!"他摇摇头:"我确定在哪里见过她!"我带着几分嘲讽的语气低声说:"也可能在电视上见过!"陈敌不说话了,专心看演出。我没想到藏族的民族演出也会出现三点式的服装,当姑娘们都穿着比基尼列队出来时,我有点儿蒙圈了。我问陈敌:“这个演出团真是西藏那边的吗?”陈敌从口袋里找出门票,接着手机屏的光看了一下,说:“是啊,上面写着呢。”我笑笑:“这个肯定是假冒的,是穿上了藏族衣服的内地演出团,至少现在舞台上的那些姑娘不像藏族的。”陈敌不说话,盯着那些姑娘的美腿。愣了一会儿,他说了句:“你管他呢?! 姑娘们大腿还不都是一样吗?”我无语了。时隔这么多年,陈敌还是这副德行。

在小城大学的时候,有一段时间,我发现陈敌身上突然多了一部诺基亚的手机。这可是新鲜玩意儿,我以为他写稿子发了什么大财,要他请客。他笑笑说:“发什么财? 写稿子能发财? 我上周刚刚应聘到学校的《中学语文》杂志,做了兼职编辑,编辑部老总为了找我方便,特意给配了这个先进东西。”我有些疑惑地说:“杂志社这么有钱,还给发这样的福利? 诺基亚可不便宜!”陈敌点点头:“杂志社现在都承包给私人了,运营得很不错,虽然只是兼职,但主编答应给我的工资不低,我现在需要钱,家里一摊子,学校一摊子,开支太大。”我摆弄着陈敌的手机,说了句:“这个时尚产品啊,不但方便工作,也方便谈恋爱。”陈敌笑笑,没吱声。

做了杂志的兼职编辑以后陈敌比以前更忙了,他把放在校报记者团的时间尽量压缩,把一些无关紧要的事情都推给了副团长马莉。马莉以为这是陈敌意欲把自己作为接班人培养的暗示,表现得特积极。后来陈敌索性连记者团例会也不去主持了,记者团的日常工作完全交给了马莉。至于郭聪这边,陈敌另有想法。他觉得在记者团里做工作,最重要的是写文章,有更多的文章见报,才能显示自己的实力。因此他告诫郭聪,不要把精力浪费在和马莉的争权夺利上,把文章写好是正事。但这并不意味着陈敌真要郭聪放弃竞选记者团团长的努力,多发文章反而比做一些不痛不痒的工作更能增加竞选的资本。毕竟在记者团待得时间长了,编辑部的几个老师的想法陈敌还是能够揣摩得透的。

那家面向中学语文的杂志办公地点和学校仅有一墙之隔,陈敌上班很方便。杂志和学校关系密切,几个兼职编辑差不多都是学校的学生,主编冒进是中文系的文学教授,几个人闲着没事合计承包了这个由学校主办的杂志,想赚点外快。冒进是个十分有头脑的家伙,他看到了杂志作为正式出版物本身所具有的巨大资源,他在杂志上写的是“打造中国语文教育的第一品牌杂志”的豪言壮语。外边的人都知道他是想干一番事业。他拧把着脸问陈敌:“干一番事业的目的是什么?弘扬学术?助力教学?当然,但也要赚到钱。我之所以放弃教授的悠闲而去忙活什么杂志,就是要让你们当然也包括我,成为中国率先富起来的人!”

冒进的想法,陈敌很能理解,他感动于冒进对自己的信任和坦率,决心放开手脚干出一番事业出来。

陈敌热情高,进入角色快,杂志编辑质量日渐好转,更加赢得了冒进主编的赏识。他破天荒地打破编辑部惯例,提拔陈敌为编辑部主编助理,工资提高一倍不说,他还可以调动指挥其他编辑。陈敌还是个在校生,冒进肯这样破格提拔他,可见对他能力的认可。

陈敌和冒进的关系突飞猛进,两人经常出入于酒馆饭庄,成了无话不谈的忘年交。

杂志事业蒸蒸日上,冒进名利双收,其名声和腰包都在迅速膨胀。为了让陈敌他们腾出更多的精力专心做杂志,冒进决定再招聘一个办公室秘书,专门处理编辑部杂务。陈敌有心让郭聪进来,但不知道冒进那里是否已经有了合适的人选,去主编室试探冒进的口风。果然,陈敌话没出口,冒进就喜形于色地告诉她:“秘书人选已经有了,我以前教过的一个学生,在地区师专教书,不满足那里的环境,想到咱们这里来试试,下周人就可以到位了。”陈敌听冒进这么说,干脆也就不再提郭聪的事。他问冒进:“来者是男是女?办公室秘书最好是个女的,要是能漂亮一点更好。”冒进哈哈笑:“女的女的,还蛮漂亮,来了你就知道了。”

陈敌升任主编助理不久,我的中学老师要评中级职称,打电话问我能否想办法找家刊物帮着发一篇文章。我一下子就想到了陈敌。他一说,他满口答应下来,说小事一桩,他给冒进主编打个招呼,文章我想什么时候发就什么时候发。听他这个口气,我就知道这家伙在杂志社地位挺高。

他叮嘱我说,凡是和中学语文教学沾边的论文他这边都可以安排发表。

论文他安排在最近的一期杂志发表了。拿到杂志,我给中学老师邮寄了两本样刊。过了一周,我收到他通过邮局汇来的300元钱,附言说这是给我的酬金。我心里像是打翻了五味瓶。用这钱请陈敌和冒进主编吃了一顿大闸蟹。席间,新来的办公室女秘书作陪。她的名字叫小秋,正如冒进所说,很漂亮。

据陈敌说，冒进很喜欢这个女秘书，走哪带到哪。他酒场不算多，但逢场必带。

小秋老家在外地，一个人在外面不容易，我们要多照应她。冒进每逢开会都会给编辑部人员灌输这样的思想。他自己主动为陈敌他们树立榜样，亲自为小秋找房子，陪她一起到二手市场选家具，可谓是事必躬亲。

对于冒进的所作所为，陈敌嘴上不说，心里很明白。冒进这个年龄段，正处于事业有成感情思变的危险时期。冒进的老婆陈敌见过一次，是学校后勤处的一个职工，叫史岚。可能是平时不善于保养的原因，看上去确实显得有些人老珠黄了。腰包渐鼓的冒进想做一次风流教授，倒也可以理解。

不久，冒进主编出事了，这事说出来有些丢丑。因为这事，冒进的老婆史岚哭闹着要和他离婚。各位也许猜到了，冒进的事肯定离不开男女关系，而且这事肯定和小秋有关。

不，应该说这事比这还严重，他嫖娼。

陈敌刚听到这个消息时很震惊："妈的，这个冒进，表面上看去温文尔雅，谈吐不俗，他怎么可能会去找妓女？不会是弄错了吧？"

可冒进真的去过富丽宫洗脚房，就在三天前的晚上。

按说冒进嫖娼这件事是一件隐私，别人轻易不好发现，他去不去富丽宫，别人也不能跟踪他。

冒进嫖娼事件的败露和他的老婆史岚有直接的关系。

如果冒进不把妓女叫到家里来，如果他不那么大胆在家里干见不得人的勾当，这件丑闻败露得也不会这么快。

那几天史岚要去温州开一个学术研讨会,临走之前还特意和冒进主编做了一次爱,觉得出去一周时间也挺长的,冒进这方面的要求又比较多,怕他憋着难受,所以让他放了一次水。

结果没两天,冒进还是出了事。

据说冒进一共和那个很漂亮的妓女进行了三次交锋,出事的前两次都是在富丽宫。富丽宫在市中心,最繁华的地段,离火车站不远。那天下午,冒进闲来无事,到市中心的新华书店去逛了一圈,他喜欢看书,也不是纯学术的那种。他研究的领域基本上是在现当代文学,看的书却是乱七八糟的,用他自己的话说就是乱读书。评教授职称之前,他杂书不大看,只是窝在书房里写论文。教授评过去了,他就不再那么辛苦地熬夜写论文了,平时看看闲书,算是加强修养。谁也没想到这次他"修养"到洗头房了。

不知不觉在书店逛得久了,已经是夜色渐浓、华灯初上的时候了,都市的夜生活有些暧昧地开始了。年轻的或不再年轻的喜欢夜生活的人都从城市的四面八方拥到市中心,逛商场,去饭店,看夜市,各有各的门道。

冒进主编喜欢吃烧烤,正巧新华书店不远处有一个烧烤城。他想自己反正也是一个人,回家还得做饭,不如去烧烤城要上两瓶啤酒,半斤羊肉,再来两个羊球,那简直就是美味佳肴啊。

冒进就奔烧烤城了。

那里人还真不少,烟熏火燎的,到处都飘着羊肉的味道。

冒进的腿刚迈进烧烤城,就有几个年轻姑娘上来招呼:"先生这边请。"

冒进知道她们有竞争,现在这个世道所有能承包的东西几乎都承包了,烧烤城也不例外,一家一家分割成几片。就这么大的地方,互相争吧,谁争得最厉害谁的生意就好。

冒进平时吃烧烤也不到这种地方来,学校旁边就有一家烧烤店,他想吃了一般就在那里解解馋。

看着一下子围上来这么多小姑娘,都是一脸的阳光灿烂,冒进主编还真是不好选择,无奈随意去了一家,还老觉得对不住其他的那几位。他在一个相对僻静的地方坐下来,要了啤酒和羊肉,特别叮嘱小姑娘上两个羊球。

羊肉上来了,冒进主编熟练地把它们放在炭炉上,边烤边加盐和孜然。

烧烤有许多吃法,会吃烧烤的人不慌不忙,一串一串慢慢边烤边品,吃的就是个情调和野味。啤酒也不要喝得太急,小口小口地喝,喝酒是为了吃肉,不能喧宾夺主。尤其是那个羊球,要慢慢品,阳光主编对这个特别在意,羊球筋多,要一点一点从外向里顺着纹路下口,吃到最后那可就算是到了高潮了,香啊。

城市的夜晚越来越暧昧,空气中甜丝丝的味道随着夜色越来越浓。

冒进主编吃完了半斤羊肉,喝完了两瓶啤酒,有了些醉意,摇摇晃晃站起来跟小姑娘结了账,出了烧烤城顺着城市中心大道往车站走。都九点多了,再不走就赶不上2路公交了。路过富丽宫的时候,冒进主编听到有人叫他,回头一看,是个女人,打扮得花枝招展的,脸上堆满了和这个城市的夜色一样暧昧的笑容。冒进看着她一步一步袅袅娜娜走过来，心里直犯嘀咕：谁啊，怎么不认识？又一想，明白了，这不是富丽宫洗脚房吗，准是来叫自己去洗脚的。

花枝招展的姑娘脸上笑容有些浪，声音更是浪得让人潮湿，她说："先生洗不洗脚？我们这里最近优惠。"冒进主编心里说她怎么这么说话，是不是觉得我不像个有钱人？看看自己的行头，还可以啊，虽说不上西装革履，一身也都是上档次的名牌。自从做了杂志的主编，史岚就开始着手打造自己的丈夫，连内裤都是上百元的国外货。冒进有些不高兴，就说了句："我不洗脚，你们洗头吗？"小姐是多么机灵的人啊，一听就知道这位先生想找茬，赶紧说："有啊，你想洗什么就洗什么。"冒进主编摸摸口袋，钱包很结实，去就去吧，去洗洗脚，轻松轻松，反正老婆也不在家，没人管。他跟着小姐进去了。这一进去就进去了两个钟头，不但把脚洗了，把能洗的也都洗了个干干净净。

想不到冒进主编还上了瘾了，和史岚比，人家小姐毕竟专业。他第二天晚上又去了富丽宫，第三天干脆就把小姐带到了家里。

史岚的会期本来是七天的。史岚开完四天会，提前定了火车票，回来了。夜色朦胧中史岚兴致勃勃地下了火车，打了辆的士，心急火燎地往家里赶。她知道冒进主编肯定想她了，他们平时三天一次，雷打不动的。到了楼下，看看自己家里还黑着灯，史岚心里有些内疚，自己不在家，老公就没心情做饭了，现在不知道去哪里蹭饭了呢。孩子在北京上大学，除了寒暑假回来，平时连电话也不往家里打。两个人颇有些形影相吊的感觉。

史岚打开门，拉亮灯，然后就失声尖叫起来。她呆住了，简直不敢相信自己的眼睛。丈夫赤身裸体地搂着一个同样一丝不挂的女人,在沙发上呼呼大睡!史岚像一头愤怒的狮子发出一声尖叫,随手抄起门后的一把拖把,奋不顾身地砸向两个不要脸的男女。两个沉浸在睡梦中的野鸳鸯被史岚凄厉的叫声惊醒,还没反应过来就被拖把打得晕头转向了。史岚边打边骂:“你这个不要脸的骚货,我打死你我打死你!”那个妓女被打得急了,跪地求饶。史岚那时候可能还不知道这个可怜的女人是妓女,还以为是冒进主编的情妇呢。不然的话,她的拖把早奔着冒进主编了。

这边闹得厉害,整栋楼都不得安生。

第二天,史岚闹离婚的消息迅速在校园里传遍开来。

后来,不知道哪位高人出面,终于阻止了这场危机的蔓延。

不过,从这时候起,冒进主编人变得比以前蔫了,见了小秋眼睛也不再放光了。据说,他下面的老二那天晚上受刺激太重,也不听使唤了,搞得史岚也后悔不迭。

这件事情过去不久,陈敌有一次和冒进主编出差,在火车上闲聊,问他为什么要把女人带到家里来。陈敌以为他会避而不谈这件风流韵事,想不到他兴致蛮高,眉飞色舞地告诉陈敌,女人和女人就是不一样,那些女人,有本事呢!史岚不行,完全没有味道。陈敌让他详细说说,他反倒不说了。像是想起了什么痛苦的事情,说:“我付出的代价太惨重了,现在还在吃药呢,史岚给我找了个偏方,说吃了就能恢复。妈的,要是不能恢复我就惨了。”

陈敌心里想笑,这个冒进主编,有点意思。

十九 草荣识节和

李巧在本市晚报上看到了一则有关师生恋的报道，一位女老师同时和两位高中生发生了关系，引发了一场血案：其中一个男生把另一个杀掉了，自己被判了死缓。丑事败露后，女老师羞恨难当，出走国外。这个报道李巧看得心惊肉跳，仿佛看到了一点自己的影子，她下定决心要尽快把自己和钱进进的事情做个了断。

再去钱进进家的时候，李巧带上了陈敌。

李巧头天给陈敌打电话，说晚上到他那，有个事情要商量一下。陈敌没太当回事，想能有什么大事。晚上，李巧来了，神情有些沮丧。陈敌那天喝了点酒，需求旺盛，但李巧配合得很勉强，精力好像一直不大集中，一点儿都不主动。陈敌索然无味地结束战斗，问李巧究竟有啥事。

李巧欲言又止地说最近遇到了一个麻烦。

陈敌见她吞吞吐吐，有些不耐烦："快点说吧，你不说让我干着急。"

"那我说出来你不要生气。"

"行。你能让我生气的只有一件事，那就是你移情别恋。"陈敌一副玩笑的口吻。

“不是我移情别恋,是有个人爱上了我!”李巧哭丧着脸。

“嗯?有这事?哪个王八蛋敢这么大胆?”陈敌从床上坐起来。

“是个学生,以前教过的,现在正在给他开小灶的那个。”李巧差不多要哭了。

“多长时间了?”

“有些日子了,一开始我以为自己能处理好,可那小子是个难缠的主儿,我没办法了。”

“你没给他说咱俩的事儿?”

“说了。可没起作用。”

“小王八蛋。现在的高中生胆子可真够大的!”

李巧沉默。

陈敌扑哧一声笑出声来:“这倒也不是什么太坏的事情,恰恰说明你有魅力啊。而且还是个有钱人家的小白脸。”

“人家都急成这样,你还开这种玩笑!”李巧急了。

“其实现在这种事情也不稀奇。”陈敌还是笑,“说不定还真是一段……”

“陈敌!”李巧急得眼睛都红了。

“下次我陪你去!看看那小子到底想干什么!”

李巧点头,起身去冲澡了。

在向我转述这件事时,陈敌露出一副扬扬得意的神情:“我曾经跟你说过,我早就看出了李巧有事瞒着我。你看,果不其然,我猜对了吧。我跟你说幸亏李巧说得早,不然后果不堪设想。”

“你会离开她,是吗?”我问陈敌。

“可能,至少她在我心中的位置会靠后。”

“那天你真跟着李巧去钱进进家了?”

“去了。不过我没进去。李巧想做最后一次努力。”

“这次成功了吗?”

“不知道。反正李巧的脸色很平静。看来目的是达到了。”

“你当时就放心李巧一个人?万一那小子对李巧动手动脚呢。”

“车就停在他们家窗户底下,屋里的动静我看得一清二楚。我看到那小子好几次把脸转向窗户外面,可能猜到我在外面了。”

“以后怎么办?你每次都陪李巧去?”

“李巧说坚持完这一学期,下学期坚决辞掉。”

陈敌表情平静,看来这事没给他带来多大影响。本来也没什么,一个高中生喜欢上美丽的音乐老师,这种朦朦胧胧的感情很普遍,不过以前的孩子老实,多是暗恋,不敢说出来罢了。

事情看似平静下来了。

哪知道几天以后,钱进进突然出现在陈敌面前。

那天,陈敌去学校找李巧,他刚进入教工宿舍区,就被一个衣着入时的高个子男孩拦住了去路。他留着一头卷发,染成了金黄色,在落日余晖的照耀下闪闪发光。高领衬衫,牛仔裤,休闲运动皮鞋。这张面孔似乎在哪里见过,陈敌想了半天,恍然大悟,是钱进进。

“你想干什么?”陈敌稍微有些紧张。

“你就是李巧老师的男朋友陈敌?”钱进进一副不屑的口吻。

“我就是。你到底想干什么?”

“为什么我非得想干点啥才来找你?我想认识你一下不行啊?”钱进进依旧傲慢无礼,“你那天为啥不进来?躲在我们家窗户底下,多不雅啊。”

陈敌脸色一红,旋即说道:“李巧让我在外面等她的,我进去影响她给你补课。”

“你爱李老师?”钱进进微笑着问他,嘴角上扬。

“当然。”陈敌很干脆地回答。

“你知道你爱她什么吗?”钱进进抱起双臂。

陈敌一愣,说:“我当然知道我爱她什么,但我没有义务告诉你。”

钱进进笑:“可能李老师已经告诉你了,我也喜欢她。但她现在有你,所以呢,我不想勉强她。”

陈敌想笑,看来这小子真把自己当作情敌了。这毛头小子,懂啥爱啊!

“那你知道自己爱她什么吗?”陈敌想取笑他。

“我……我知道……但说不清楚,就是喜欢。”钱进进愣了一下,说,“其实我喜欢她很久了。”

“小伙子,还是好好学习天天向上吧。你这个年龄,正是学习的好时候。我也是从你这个阶段过来的,知道青春期的苦恼。你不要浪费青春年华了。再说你现在视野狭窄,接触的人有限。将来上了大学,看到的漂亮女人会更多,到那时候你就知道现在的自己是多么可笑了。”陈敌费尽心机地想趁机开导开导他。

钱进进摇摇头。“在你和李巧老师结婚之前,我是不会放弃的。就算你们结婚了,我也会……”钱进进在斟酌词句,想了半天,没说出来。

陈敌意识到问题严重了。这小子陷进了情网,目前看来已经无法自拔了。如果自己有一天真的和李巧分手了,难不成真要成全了这小子?想到这个,陈敌突然有了一种危机感。妈的,还真碰上真爱了不成?

陈敌凝神看看钱进进,摇摇头,又摇摇头,拍拍他的肩膀,说:“我劝你自重,别误了青春!”

钱进进笑笑:“我自己很清楚。你放心,在李巧老师和你分手之前,我是不会做出任何出格的事情的。所以,她以后给我补课,你大可放心。而且我想你大概不会强迫李老师不去给我补课吧,我看你也是个襟怀磊落的人。”

这番话让陈敌无言以对。

他难以置信现在的高中生竟然有如此成熟的想法。但眼前的这个钱进进确实是这样的。他耸耸肩膀,点点头,去找李巧了。走出去好远,他还能感觉到钱进进盯住自己后背的目光。

那目光,透着一种焦灼。

焦灼是一种力量。

在自己和李巧的情感空间凭空杀进来一个钱进进,这让陈敌很有些不爽。要命的是,郭聪这边也不平静。无论她如何苦苦劝说,爸妈就是不同意她和陈敌在一起。除非满足两个条件:一是陈敌调到小城来,二是在小城买房安家。这两个条件说不上苛刻,但陈敌目前还不想这样做。他好不容易在南京站稳脚跟,而且事业正处于上升期,他可不想就此打道回府。

要想继续维持安定团结的大好局面,陈敌必须要处理好两个问题:一是钱进进,二是郭聪爸妈。目前看,这两个问题只能暂时搁置起来,伺机而动。

陈敌猜想郭聪爸妈还不知道他和郭聪已经生米煮成了熟饭,不然他们对他的态度不会这么强硬。郭聪胆小,怕爸妈知道了骂她。在这一点上,郭聪很像那个日本女留学生。

二十 木衰 知风厉

在我的记忆中，陈敌大学时代的遍地风流严格来说只能从大三下学期开始算起。这之前他和女生的交往基本上说都是遵循着男女有别的千年古训的，这一点从他成功化解马莉对他的诱惑就可以看出来。

进入大四前夕，陈敌的桃花不断地盛大开放。那些和他有过亲密接触的女孩在他的博客里面多少都有所体现。最值得一提的是他还在这一年认识了一个日本女留学生，而且发生了一些饶有趣味的故事。

为了鼓励外国留学生到小城大学来读书，学校出台了一系列的奖励政策，同时表彰了一大批品学兼优的留学生。学校党委宣传部指示校报要对这些典型进行广泛地宣传报道。

陈敌分到的采访对象是一个叫芳子的日本留学生。

第一次采访外国人，而且据说是一个非常漂亮的日本女孩子，陈敌不敢怠慢。无论是从维护中国男人的形象这个宏大主题出发，还是从显示他个人的采访水平和魅力这个微观愿望来说，都需要他做足功课，把采访尽量进行得圆满成功。为此，陈敌专门上网查阅了大量资料。

每当陈敌跟我说起他去采访那个芳子的故事，他总是乐得笑出声来。他说那女孩子真是纯净,尤其是她穿上那套绣满樱花的和服以后,让人百看不厌。她就那么端庄地跪坐在那里,低垂着眼睛,有时候会抬起头来,看你一眼,然后再迅速把头低下。娇羞,对,这个词语很适合她。她汉语讲得并不是很流畅,加上说话又柔声柔气,必须支起耳朵才能听得清楚。

采访的地点在国际交流中心,那地方布置得很雅致,贴着日本风格的壁纸,睡的是榻榻米。看来小城大学在吸引留学生方面是花了不少心思的,极力为各国留学生营造温馨的家庭氛围。

芳子是第一次接受采访,很奇怪陈敌为何要来采访她。

陈敌只好反复解释这是学校派下来的任务,是宣传的需要。

“那你可以去采访别的留学生啊。”芳子笑着说。

“他们不如你优秀嘛。学校要宣传的是典型,不是随便谁都可以上报纸的。这是宣传的特点。”

“其实谁都是优秀的。只是没有被发现罢了。”芳子仍旧浅浅地笑着。

陈敌发现外国人和中国人的思维有着很大的差别。和他们对话,你不能顺着中国人的思维惯性。比如她刚才那番话,在中国人看来可能就是谦虚谦虚,而日本人,确实是这么想才这么说的。如果她真要这么一直“谦虚”下去,他今天的采访就死掉了,肯定不会有精彩的东西出来。他想起自己搜集的有关日本女孩和中国女孩的材料,决定从这个入手,先聊一聊日本,或许这能够勾起她的回忆,打开她的思路。

陈敌的这个方案果然奏效,谈起自己的祖国,芳子很快就兴奋起来,汉语似乎也流畅了许多。

她说日本受中国文化的影响很深,她从小就十分喜欢中国的书法,感觉这是一门很神奇的艺术,一直想到中国来看看。高中毕业后有到中国留学的机会,她毫不犹豫地抓住了。之所以选择到小城大学来,主要是因为这里安静。在小城读大学,时间可以自由“挥霍”,读书做学问也安静从容得多。

在她看来,小城大学更像个大学的样子。国外有许多优秀的大学都在小城,甚至在一个小镇上。比如德国的海德堡大学,英国的剑桥大学、牛津大学,美国的密歇根大学、威廉姆斯学院等,这些大学都坐落在风景优美的安静小镇。

安静是大学应有的姿态,而小城大学更容易做到这一点。

如果不是亲耳听到,你绝对不会想到这样的话会出自一个外国留学生之口。她是一个有独立思考的女孩子,这样的女孩子已经不多了。正是她的这一番话,改变了陈敌一直以来对小城大学所持有的偏见。

碰上了一个有思想的女留学生,这让陈敌既兴奋又紧张。兴奋的是,这样的女孩子不容易碰到;紧张的是,这更加给采访带来了难度。原来以为,采访一个对中国只知皮毛的外国人,还不是小菜一碟?设计几个简单的问题就可以了。现在看,没那么简单。他必须改变原来的采访提纲。

几天以后,陈敌少有地回宿舍午睡,接到一个女孩子的电话,刚开始没听出来是谁,后来女孩说了句日语,他才反应过来是芳子。

芳子想让陈敌教她说汉语。

陈敌说:“你的汉语不是挺好的吗?”

芳子说:“一些方言土语不太明白,请教请教嘛。”

陈敌只好答应晚上去找她。

陈敌想这个芳子好奇怪,怎么会想让我做她的汉语老师。就我这汉语水平,我怕误人子弟啊。既然答应了人家,也只好硬着头皮去了。

陈敌猜想芳子是不是很寂寞,一个人远离故土,在异国他乡漂泊。况且一个女孩子,正是青春芳龄,连个朋友也没有,肯定寂寞。

对这个日本女孩陈敌没有一点私心杂念,真的,他只把她当作一朵花,只是欣赏,不能摘。再说他也没有那个胆量,要是出了问题,这可是牵扯到国际友好往来啊。

晚上陈敌跟郭聪撒了个谎,说要和冒进主编出去吃饭,不去小屋了。她也没说什么,只是叮嘱他少喝点。

国际交流中心不大,陈敌很容易就找到了芳子的房间。

芳子问陈敌是喝果汁还是龙井。

陈敌说什么都行。

芳子说:“我们日本人都是喜欢喝茶的,我还会一点茶道呢。想不想我表演给你看看?”

陈敌说:“好啊,光在电视上看见过你们日本人表演的茶道,觉得挺复杂的。”

芳子笑笑,说:“有什么复杂?我表演给你看!”

整个晚上,陈敌就看她怎么表演茶道了。好嘛,弄一壶龙井翻来覆去地鼓捣,最后喝茶的味道,觉得没有什么特别的嘛。

芳子说陈敌不懂品茶,在他们日本,喝茶是一种艺术,是一种享受。

陈敌说了句:“你们那是瞎耽误时间!”

芳子笑,说:“你们倒是不耽误时间,那你们的时间到哪里去了?”

陈敌想这个女孩还挺有自己的思想。

看看她,身材说不上高大,典型的日本小姑娘打扮,桃花一样灿烂的脸。你还别说,还真是别有一番风采呢。

那天从芳子那里回来,已经快十点了。

陈敌心情舒畅地往宿舍赶,路过中文系的办公楼,看见一个一身大红的女人从办公楼里走出来。刚开始吓了他一跳,以为碰上女鬼了。走近了才看清,是小城大学里一个很有名气的女诗人,名字叫雪冰,这是笔名。她的真名早已经被大家遗忘了。她在学校里的身份是汉语讲师,听说上她的课的人很多,大家好像不是冲她的课去的,而是去欣赏她的风采,一睹她的芳容。她除了喜欢写诗,还特别喜欢打扮,经常穿上一些奇装异服在校园里游荡。传说她至今还是独身,大概有 40 岁了吧,仍然喜欢独来独往。她除了写诗歌出名,还有一个和别人不一样的地方,就是喜欢和陌生人来往,包括上床。

传闻中她的故事有很多。她是这所大学几乎所有男生的梦中情人,她活在每一个人的梦中。

陈敌看着她一步步走近,她高高盘起的发髻,在朦胧的月色中若有若无。陈敌放慢了脚步,想延长与她擦肩而过的时间,那样他就可以闻到她身上散发出来的紫罗兰的芳香。

她突然停止了行走,转身,重新往回走去。

陈敌很奇怪,她怎么走回去了,忘记了什么东西吗,还是突然想起了一句诗?他尾随着她。看着她走近中文楼,打开一间办公室,拉开灯,坐在一张办公桌前,然后发呆。她就那样呆呆坐着,陈敌想,这个女人一定在思考着什么东西,或许一首惊天动地的诗歌就要产生了,就像海子的"面朝大海,春暖花开"一样,名垂不朽的诗。

从陈敌现在的位置看去,正好可以看到她的侧面,她就像一副剪影,又似一墩雕像。这个画面很容易就让陈敌联想到日本女孩芳子。

学校有一千多名学生中毒了,原因说不清楚。这些学生中午在食堂就餐,半个小时后大面积出现腹泻、呕吐现象,到医院去检查,说是食物中毒。因为送医院及时,没有人死亡,最严重的一部分人也只是洗了肠子和胃而已。

学校很紧张,赶紧将此事上报省教育厅。

省教育厅会同卫生检疫部门迅速进驻学校,立即对食堂所有设施、进货渠道以及自来水等进行全面检查。

最后得出结论,是学校的水源出现了问题。

原来,我们学校食堂做饭用的水是学校自己打的深井供应的,自来水公司只供应一小部分水,绝大部分的饮用水都来自学校内部。

学校五十年前在西操场打了一眼深井,刚开始水质不错,这眼深井一直供应着学校的用水。

不知道是因为什么原因,最近这眼深井的水质急剧下降,里面含有一些化学毒素。

检疫部门把水质带到省里,经过再三检验分析得出,是城市的下水道有毒物质渗进了地下水中。

学校位于城市的中心,这个城市的主干下水道正好穿过学校,离深井不远。

学校很快封堵了这眼深井,打算开始全面饮用自来水公司的水。周末,芳子又打来电话,陈敌突然想起饮水这事来,想告诉她不要在食堂吃饭了,便匆匆去了她的房间。路过学校一家纯净水商店,他花了五元钱扛了一桶,准备给芳子送去。

国际交流中心的两个警卫把他堵在了门外,说闲杂人员不准入内!

他们以为陈敌是送水工。陈敌再三解释:"这是我给一个日本小姑娘带的礼物,请高抬贵手,放我进去。"

警卫不答应,说:"怎么看你不像个好人哪。"

陈敌有些气愤,但没有办法,只好给芳子打电话。

芳子把陈敌接了进去,听他讲述了在门口的遭遇,笑得直不起腰来。

"你为什么要给我带这个东西?"她指指陈敌扛来的那桶纯净水问。

陈敌轻描淡写地告诉她,这是我们中国的地下水,很纯净,而且有甜甜的味道,喝起来非常方便,并且不必烧开。

陈敌解释了半天,直到自己觉得芳子明白了他的苦心。

芳子拿出一个杯子,要亲自试一试。陈敌打开纯净水,给她倒了一大杯。她喝了一口,说好喝,真的有甜甜的味道呢。

陈敌笑笑。

很久以后,我们才知道学校里的那眼深井附近以前是一片坟地,有人怀疑污染井水的物质并不是来自下水道,而是坟地。

我和陈敌听了脊背直冒冷气。

到现在为止,陈敌和芳子之间的交往结果也许会让朋友们失望。

他和芳子最终什么也没有发生,也许你们会说不对,他不是那种轻易放过漂亮女孩的人。不错,以前陈敌是这样子的,可是他对芳子,真的没有一点私心杂念。

也许你们会把陈敌至今没有和芳子发生什么事情的原因归于她的身份不同,认为是她的特殊身份让陈敌对她有了一种畏惧感。

其实不是,陈敌对芳子并没有什么害怕或者担心,他只是把她看作一朵正在盛开的美丽小花,对她,他选择了观赏,而不是占有。

对陈敌来讲,芳子和他之间也许只是纯洁的友谊。

我得承认,这在他是不常有的事情。

对待一个姑娘,当你不再盯着她下半身的时候,你才真正爱上了她。陈敌如此说。

二十一 虽无纪历志

陈敌的收敛当然也和郭聪有关。

此时，他们的关系已经渐入佳境，正处于如胶似漆的时候。为了能让郭聪接任记者团团长，陈敌也是颇费了一些心思。陈敌眼看着都已进入大四，按照以往的惯例，他应该在此时退下来，记者团早该进行换届选举。何况此时陈敌还在学校的中学语文杂志兼职，担任着主编助理的职务，他的主要精力也都放在了杂志那里，记者团基本上已完全交给了马莉。正是考虑到这一点，陈敌才迟迟没有主动向吴老师提出换届选举的事儿。马莉和陈敌都是大四生，换届选举越是推迟，马莉接任的可能性就越小，从而越是对郭聪有利。

这一段时间，郭聪在校报发了不少文章，有几篇大稿子还上了校报的头条。为了增加她竞选团长的筹码，陈敌还帮她在省报上发了一个通讯。那是一个偶然的机会，一位在省报做主任记者的校友想在中学语文杂志社发一篇稿子，和编辑部联系时正好是陈敌接的电话，一听说这位校友在省报工作，陈敌二话没说，一口答应下期就安排发表。作为交换，陈敌提出请他帮忙在省报上发一个外宣稿，当然他不会说是为了郭聪。他找了一个冠冕堂皇的理由，就是替学校做宣传，母校需要校友的大力支持。省报记者听说要为母校做贡献，当然满口应承。放下电话，陈敌就让郭聪整理了那篇通讯稿，发给省报记者没几天就见了报。这篇稿子的篇幅很大，当然引起了学校领导的注意，听说是校报记者写的稿子，当即就给宣传部打电话，对郭聪提出表扬。这件事迅速巩固了郭聪在记者团的地位。别人可能不知道这里面的猫腻，但马莉很快就看透了陈敌和郭聪的如意算盘。她知道这是陈敌在为郭聪竞选团长铺路，看来，自己当团长的机会越来越渺茫了。马莉禁不住在心里骂道：自己真是倒了八辈子霉，摊上一个陈敌还不够，如今又来一个郭聪！相对于上次和陈敌之间的针锋相对和不依不饶，这一次，马莉决定主动退出。一方面是考虑自己和陈敌一样，已经进入大四了，没有了什么竞争优势；另一方面，她也知道自己争不过郭聪，有陈敌在背后给她撑腰，别人很难撼动郭聪的地位。与其这样，还不如退下来，也给陈敌和郭聪做个顺水人情。

说实话，马莉内心里还是很佩服陈敌的，从一个最底层的农民通过自学考上了小城大学不说，更为难能可贵的是，很少有哪个男生能经得住女孩子的投怀送抱。陈敌经受住了这个考验，这说明他并不是一个风流成性的人。尽管他也曾经有过放荡不羁，和隔壁班的班花有过一段伤心太平洋的心酸往事，但在对待感情方面，他还是很认真的，这从他和郭聪保持了如此长久和稳固的关系可以看出来。

马莉主动退出校报记者团的换届选举，这让陈敌很有些意外。这和马莉一直以来的强势不相符，要知道，当年她可是咬着牙要和自己一决高下的，为了能够当上记者团团长，她甚至不惜献身的。

一个当年为了消除挂科可以和辅导员李伟上床的女生，现在怎么可能会主动退出？校报吴老师对此也感到不可思议，作为记者团的指导老师，她当然清楚马莉的情况。这是一个不肯服输的女孩子，有很强的自尊心和自信心。她不甘人后，热爱校报记者工作，即便是没有记者团团长的头衔，她也愿意代替陈敌来管理社团。现在，眼看着就要有机会当上团长了，她却主动退出了，这究竟是因为什么？

尽管大家对此都很难理解，马莉退出竞选却是一个摆在眼前的事实。她退出以后，能够和郭聪竞争团长的人就几乎没有了。有陈敌的极力推荐，加上郭聪这一段时间的表现，在走了一个简单的竞选答辩程序以后，吴老师任命郭聪为新一届记者团的团长。郭聪终于如愿以偿了，她至少在校报编辑部这边达到了陈敌的高度。

但陈敌并不这样想。在这次换届选举中，表面上看郭聪赢得了小小的胜利，但陈敌总感觉是马莉得了分。马莉以退为进，赢得了记者团的人心，也让陈敌对她刮目相看。陈敌决定找个机会和马莉好好聊聊，最好是请她吃顿饭，也算是对她的一个回请。但陈敌考虑来考虑去，拿不准要不要让郭聪参加。不让郭聪参加，可以和马莉更好地聊天，不用顾忌郭聪的想法，毕竟自己和马莉之间也曾经有过一些说不清的纠葛；但不让郭聪一起的话，一旦她知道自己偷偷请马莉吃饭，后果可能会很严重。思前想后，陈敌还是觉得和郭聪一起请马莉比较稳妥，他不能因为请马莉吃饭而让郭聪伤心。就是不知道，郭聪能不能理解自己这样做的苦心。

出乎陈敌的意料，郭聪听到要和马莉一起吃饭的消息，她似乎很高兴。她对陈敌说："我会好好和马莉谈一谈，她这次主动退出确实很让大家意外。"陈敌想了想说："你还是别提这茬了，选举的事已经过去了，我们和她聊点别的，毕业后的打算之类，无关痛痒的话题。"郭聪点点头，表示同意。吃饭的地点定在东门酒楼，离学校很近，陈敌和郭聪只用了几分钟就从租住的小屋来到酒楼。今天来吃饭的人多，酒楼里很热闹。许多人在讨论昨天的足球赛，几个男生在那里争得不可开交的样子，互相用手指着对方，大声辩论着什么。陈敌看了他们一眼，认出有两个是他在学生会的手下。他们看到陈敌，朝他挥挥手，对着那个大声说话的人说了句什么，他们顿时安静下来，朝陈敌拱拱手，说话声音小了许多。郭聪很奇怪地看了陈敌一眼："你认识他们？"陈敌点点头："认识其中两个，这些家伙在学校里人五人六，一出来就原形毕露了！"一句话说得郭聪笑起来："人前一套人后一套，这就是当今人类的真实面目！"陈敌撇了一下嘴，边看菜单边说了句："你这才当上团长多长时间，就学会上纲上线了？"郭聪听出陈敌在讽刺自己，伸出拳头在他面前晃了晃："小心我砸烂了你的狗头！"这个动作正好被刚进来的马莉看到了，她一坐下来就说了句："两位团长，不会刚刚政权交替就要爆发战争吧？"陈敌和郭聪都笑起来，陈敌说："你们这些女同学说话咋都一个个这么喜欢夸张？"马莉笑笑："这本来就是一个夸张的时代嘛。"陈敌和郭聪看看马莉。马莉又说了句："不夸张不足以引起别人的注意。"陈敌接过话茬，说道："那我们今天就夸张一下，每人先来两瓶啤酒！"他招呼服务员，赶紧上菜！

郭聪和陈敌你一杯我一杯给马莉敬酒,马莉来者不拒,一会儿啤酒都见了底。陈敌又让服务员搬来一箱,他没想到马莉这么能喝,郭聪也一反常态,看来她们今天都是想不醉不归了。她们两个,要么是真高兴,要么是在互相较劲。女人喝多了酒,和男人一样,话多嘴碎。马莉在那里夸郭聪冰清聪明,郭聪则赞扬马莉才华横溢;马莉称赞郭聪有眼光,找了陈敌这样一个潜力股;郭聪则佩服马莉大学收获多多。陈敌看不惯看她俩在那里互相吹捧,喝了半杯啤酒,清了清嗓子说道:“你们两个就不要互相砥砺了,我看你们都是小城大学的精英,是公鸡里的战斗机!”马莉笑着纠正他:“不对,是母鸡中的战斗机!”郭聪笑起来:“对,是母鸡,不是公鸡!”陈敌也笑笑:“能在记者团里混的人都不是弱茬,我们都是不愿意同流合污随波逐流的人,尤其是马莉,我很佩服你现在的状态,拿得起放得下,真是女中豪杰!”马莉此时已经有些醉意,她笑了笑说:“人到大四,只能以退为进,我们还有许多比记者团要紧的事!说实话,在记者团待了这么多年,也有些厌倦了,大学眼看就要随风而逝,我要离开记者团换一种活法。回想已经过去的这三年多的大学时光,我做过许多傻事,回想过去的岁月,我大部分时间都在和别人较劲,争啊争啊的,争到了最后还不是竹篮打水一场空!大好的光阴都浪费在这些无谓的争名夺利上了!”马莉的话,无疑是一种经历后的醒悟,陈敌和郭聪给她敬酒。放下酒杯,陈敌说:“我以前信奉的人生哲学是人不为己天诛地灭,我总觉得人从一出生那一刻开始就在同别人争夺资源。没出生以前,大家都是一样的,都待在同样大小的子宫里。那是我们最幸福的时候,没有烦恼,也没有争名夺利。当我们出生以后,置身于茫茫人海,在历练中学会为了生存、为了更好地生存而争夺。现在我也慢慢明白了,那些所谓的名利和成功都是虚假的,唯有过好每一天才是真的。生活中最可贵的并不是什么事业成功,而是有没有爱和被爱的能力,有爱的生活才是真正的生活,有爱的人生才是圆满的人生。只要我们愿意,我们每个人都可以找到自己的世外桃源。"陈敌这一番长篇大论,显然把郭聪和马莉都震住了,她俩听得目瞪口呆,愣了半天才回过味来。郭聪说了句:"什么时候开始学习深刻了?"陈敌笑。马莉举起酒杯,对陈敌说:"听君一席话,胜读十年书！来,我敬你一杯!"愣了一下,马莉又对郭聪说:"来,郭聪妹妹一起,我敬你们俩,希望你们爱情事业双丰收！爱情常青!"三个人一起举杯,一饮而尽。

从酒楼出来,马莉先走了,临走对郭聪说了句:"这是一个只羡慕鸳鸯不羡仙的年代,你们可要好好把握哦,别辜负了这美好的时光!"郭聪笑笑,看看陈敌,陈敌从马莉的话里听出了一些弦外之音,他只能装糊涂,哈哈一笑。看着马莉走远,郭聪说,其实马莉挺漂亮的,她很有女人味,怪不得连辅导员李伟都喜欢她。陈敌撇了一下嘴巴,别提李伟,他和那个左连差点就把马莉毁掉了！郭聪点点头,说道:"别午睡了,我们去市里逛逛吧,很长时间没去了。"陈敌点点头,想去就去呗,反正也不远,走一会儿就到了。两个人边说着话边向着市区走去。连接学校到市区的道路宽阔,因为不是主干道,路两边几乎都被小商贩占了去,有卖各种时令水果的,也有卖本地特产的,还有各种街头小吃,什么炸臭豆腐啦、菜煎饼啦、水煎包啦、胡辣汤啦，炸油条啦，应有尽有。刚过了午餐时间，路上的行人不多，小商贩们有的坐在那里打起了盹，有的几个人聚拢在一起，打升级和跑得快，好不悠闲自在。这就是小城的好处，节奏慢，没那么匆忙。小城的大商场也不多，标志性的也只有金鹰商场和百货大楼，但时髦的物品应有尽有，基本上是和大城市同步的。而且，与大城市比，这里的物品要便宜得多。因此不少周边县区的人，周末或者假期都到这里来购物。主政者雄心勃勃地说要把小城建成区域性中心城市，并为此制订了发展规划，努力争取省里和国家的政策。近几年来，小城的确在扩城方面加快了步伐，一个崭新的具有区域特色的城市正在慢慢呈现出来。

从小在小城长大，郭聪熟悉这里的每一条街道。哪里有新开的小饭馆，哪里有物美价廉的路边摊，哪里有货真价实的土特产，她都摸得清清楚楚。但自从五年前新建了金鹰商场，她就再也不去别的地方了，金鹰里面的东西十分丰富，穿的戴的，吃的玩的，都能满足。和往常一样，今天他们也直奔金鹰而去。

往常，郭聪总是先去一楼的化妆品区，今天，她则拉着陈敌直接来到了紧挨着化妆品的金银首饰柜台，在金大福珠宝前驻足良久。陈敌看着柜台里面的银光闪闪的戒指，忽然醒悟到郭聪的生日快到了，他猜想郭聪想要一枚戒指。他们在一起两年多了，自己一件首饰都没有给她买过，想想也真是过意不去。这段时间在中学语文杂志兼职，手头上有了一些积蓄，他想或许应该给郭聪买一枚戒指，算是他们的定情物。服务员看到他俩在柜台前站定，很迅速地走过来，招呼郭聪道："看中哪个了？我给你拿出来试试。"郭聪摇摇头,脸色通红地说:“只是先看看。”服务员点点头。陈敌说了句:“你看中哪个就试试嘛。”郭聪看看他:“怎么？你要……”陈敌点点头:“这里的戒指还是不错的。”郭聪笑笑:“还是等你毕业了再说吧,手头那么紧!”陈敌拉住她的手:“我们不买太贵的!”郭聪盯着陈敌的眼睛,点了点头,指着一枚很小的钻戒对服务员说:“请把这个拿出来看看。”服务员用钥匙打开玻璃柜,把那枚戒指取出来,说了句:“你眼光真好,这个性价比最高,简约大方,物美价廉。”郭聪把那枚戒指拿在手里,上下左右端详了一会儿,套在左手中指上试了试,正合适。服务员不失时机地说了句:“哎呀,这真是缘分,这枚戒指好像就是为你准备的!”陈敌看看价格,刚好在能够承受的范围内,对郭聪说:“就买这个吧。”郭聪点点头:“那说好了,这个只是你送我的生日礼物,不算订婚戒指啊,订婚我要一个更好的!”陈敌笑笑:“订婚戒指我给你买个鸽子蛋!”郭聪轻轻打了一下陈敌的肩膀:“记着你说的话！别到时候说话不算数!”陈敌挺了挺胸:“大丈夫一言既出驷马难追!”服务员把戒指包装好,说今天正好店里搞活动,可以给你们打个八五折。陈敌算了算,打折之后这枚戒指正好一千多一点,算是很便宜了。服务员给他们开了票,陈敌去收款台付款,刚转过身来,他就愣在了那里,眼睛一动不动地看着一个女人。郭聪见陈敌站在原地发愣,奇怪地顺着他的目光看了一眼,一个穿着时髦的女人正在隔壁柜台挑选戒指,她的旁边站着一个穿着卡车司机制服的高大男人。郭聪问陈敌:“你认识他们?”陈敌回过神来,慢慢点了点头:“那是红颜!”郭聪哎呀了一声:“那就是她吗？穿得很入时嘛,不像个乡下女人啊!”陈敌笑笑:“她现在跟着原来相好的男人跑卡车!”话音未落,红颜转过身来,她也发现了陈敌,又看看郭聪,愣了一下,然后抬了抬手,跟他俩打招呼。郭聪拉了拉陈敌的胳膊:“我们去和她说句话吧。”陈敌犹豫了一下,在这里见到红颜并不让他感到难堪,难堪的是见到她和黄拾来在一起。他很想躲开,但郭聪态度坚决,只好硬着头皮走过去。他对红颜说了句:“这么巧,在这里遇到你们!”红颜红了脸:“我们送完货,有点时间就到商场来看看。”她说着指指黄拾来,“你们已经见过了。”陈敌朝黄拾来点点头,黄拾来也朝他点点头,态度不冷不热。陈敌拉了拉郭聪的手,对红颜说:“郭聪你也见过,我们正好没事,也来商场玩玩。”红颜笑笑:“刚看到你们买了戒指,你们是不是打算结婚了?”陈敌和郭聪互相看看,相视一笑,陈敌说:“还早呢!”愣了一下,又问红颜,“你们也来挑戒指?”红颜脸色一红:“嗯,黄拾来想给他老婆买一个。”陈敌从红颜的不自然的表情,猜出红颜撒了谎,他也不想去戳破,转脸对郭聪说:“我们去二楼看看吧。”郭聪点点头,对红颜说:“你们要是在小城有什么需要帮忙的,可以给我们打电话!”红颜低头微笑。郭聪挽着陈敌的胳膊,上了去二楼的电梯。下了电梯,郭聪笑着对陈敌说:“红颜心里还装着你!”陈敌一愣:“不可能,你又不是没看见,她已经和老情人黄拾来重归于好了!”郭聪笑笑:“她刚才撒了谎,明明是在给自己挑戒指,却说是给别人买,我猜她是不想让你感到难堪。”陈敌摇摇头:“她恨我都来不及,哪还能替我着想?”郭聪掐了一下陈敌的胳膊:“人说一日夫妻百日恩嘛! 何况你们还有乐乐!”陈敌不说话了。

二十二 四时自成岁

论文写作接近尾声，这意味着我在N大的学习也快结束了。在这里待了三年，对这个校园慢慢有了很大的依恋。刚入学的时候，感觉这个校园也没啥，不就是比小城大学办学历史久了点，校园占地面积大了点，藏书更丰富了点，导师水平更高了点吗？但N大毕竟是N大，这里是东方最美丽的校园，也是全国现当代文学学科排名最靠前的大学，在这里学习的收获，绝不是在其他学校学习所能比的。我在这里读了渴望读到的书，在这里跟着导师学会了如何做论文，在这里感受到了现当代文学的魅力。唯一遗憾的是，我在这所美丽的校园没有遇到一场美丽的恋爱。

“你该谈一场恋爱的！”陈敌每次见到我，都会这样提醒我，“这么好的时光，这么好的校园，你竟然没有正儿八经地谈过一次恋爱！太可惜了！太对不住N大了！难道N大没有美女吗？”不是，这里简直是美女如云。陈敌对我的行为甚至有些愤愤不平：“在小城大学你就当了四年的圣徒，只知道读书读书，终于读成了不食人间烟火的书呆子！你干脆出家算了！没有了女人，你活着究竟还有啥意思？”对于陈敌的诘问，我每次都是一笑了之：“燕雀安知鸿鹄之志哉？你活你的肉身，我活我的精神，两种境界，两种生活，究竟又有何不可?”对于我的反问,陈敌无话可说。他最怕我和他坐而论道,每次和他谈人生谈哲学,他都摆出一副痛苦的样子来,一遍遍说:“我佛慈悲我佛慈悲我佛慈悲,雁南你就饶了我吧!不知道我就是一个俗人吗?你跟一个俗人讨论人生观你不觉得是在对牛弹琴吗?”我大笑,笑完了竖起大拇指,称赞陈敌有自知之明。

这是我第N次和陈敌坐在这家茶馆里聊天。这个茶馆在这里屹立了这么多年,实属不易,也说明老板经营有方。陈敌每次带我出来喝茶,总是愿意到这里来。除了离公司比较近,方便,更重要的是,女老板每次都能给他优惠。作为一个在城里工作的乡下人,陈敌身上一直保留着节约勤俭的本性,他心疼口袋里的每一分钱。“锄禾日当午,汗滴禾下土。谁知盘中餐,粒粒皆辛苦!”从小在农村长大,几乎所有农活都做过的他自然对此深有体会。即便是在谈恋爱的时候,他也不胡乱花钱。我曾经总结过他恋爱的特点,就是从来不做亏本的买卖。不论是郭聪,还是李巧,她们几乎都是在倒贴钱和陈敌谈恋爱。郭聪帮助陈敌度过了大学的前两年,后两年陈敌手头有了积蓄,他也没有大方地给郭聪买过什么东西,除了那枚郭聪主动提出的戒指。李巧这边就更不用说了,到现在为止,陈敌从未给李巧买过任何一件价值不菲的东西,就连他们做爱所使用的避孕套,也都是李巧提供的!尽管陈敌在女人方面花钱抠得很,但每次和我在一起时,却总是主动付钱结账。他身上,有着乡下人普遍具有的哥们义气。

不得不说,每次和陈敌聊天都让我身心愉悦。原因很简单,我们都愿意在对方面前敞开自己。尤其是陈敌,把我当作了最好的倾听者。以前,他总是对我说很痛苦,同时纠缠在郭聪和李巧之间让他身心疲惫。现在,他和我谈得最多的已经不仅仅停留在男女情感层面了,他已经学会了透过现象看本质。他问我:“雁南你知道我痛苦的根本原因吗?”我说:“你不是因为女人吗?”陈敌摇摇头:“她们不是根本原因,她们只是这种根本原因导致的结果而已。”我预感陈敌要讲出一番深刻的人生感悟,赶紧支起耳朵,准备聆听他的长篇大论,谁知陈敌只说了一句话:“我痛苦的根本原因是再也回不去了!”我一愣:“回不去哪里?”陈敌苦笑:“当然是回不到老家,回不到乡下!”我惊讶地说:“你还愿意回去吗?从上大学的那一天起,你不是一直都在挣扎着要走出来吗?现在怎么会有要回去的想法?”陈敌说他也不知道,但最近这个想法特别强烈,回不去只是痛苦的一个方面,另一个方面是他发现自己进不来。我瞪大眼睛:“进不到哪里来?”陈敌左手不断转动着桌子上的紫砂茶杯,幽幽地说道:“在南京待了这么多年,我发现自己根本就没有进入过这个城市,我不过是这个城市的局外人,是一个局外者。”我愣住了,没想到陈敌还能有这样的想法。我在写毕业论文的时候,曾经注意到一个关于我们这代人的精神状况的材料,那个材料认为,我们这一代人从小在农村长大,后来通过考大学在城市里找到了工作,这造成了这一代人的精神分裂状态。对这代人的一个经典的概括就是:身体在城市,精神在乡村,灵魂在路上。现在陈敌居然也有了这样的感悟,真是难得!我看着窗外的车水马龙,这个城市的确不属于我们。我在南京待了三年,对这个城市几乎无感。我知道即便是换一个更大的城市,北京也好,上海也罢,结果有可能都是一样。

“我们是城市的流浪者。”我喃喃自语。

“你说什么?”陈敌没听清楚。

“我们是城市的流浪者。”我重复了一遍。

陈敌点点头:“你说得对！我们就是城市的流浪者。”

我看着陈敌,突发异想:陈敌之所以在大学里如此放纵自己的感情,是不是因为他找不到精神的安定之处？他离开了红颜,所以感觉回不去;他爱上了郭聪和李巧,却又感觉进不来,和她们总是隔了一层什么。或许,这不是陈敌一个人要面对的问题,这是我们一代人都要面对的问题。

“等等,我知道你不爱谈恋爱的原因了!”陈敌抓住我的胳膊,“你老实说,是不是因为害怕?”

我一愣,挣脱开胳膊,问陈敌:“我害怕什么?”

陈敌笑笑:“其实你和我一样,我不断地试图用女人来填充精神的空虚,而你,则采取了对女人逃避的态度,沉湎于所谓的学问之中,你只不过是和我一样,面临着回不去、进不来的尴尬境地!”

我愣住了。不得不说,陈敌说得有点儿道理,这或许正是我的潜意识,连我自己都没有意识到的潜意识。这么多年,我没有找到一个心爱的女人,不是因为身边的女孩不优秀,而是我的审美太离谱。我理想的爱人不是城里人,也不是乡下人,而是这两种人的复合体。在现代社会,这样的女孩或许只有运用化学方法才能合成。

我对陈敌说:“我们的痛苦还在于我们都希望生活在自己的桃花源里,而这个桃花源是不存在的。因为这个桃花源不是纯粹的乡村,也不是纯粹的城市,而是乡村和城市的合体。我们到哪里去找这样的桃花源?”

陈敌点点头:“我每次回老家,待也不是不待也不是,回到城市来,也是如此。在农村想念城市,在城市想念农村。因为无所依附,我们倍感身心焦虑。这就是我痛苦的原因。”

女老板过来给我们续茶,陈敌拉住她问:“王姐,你从小就在这个城市长大,和我们不一样,你说说看,你生活在南京快乐吗?”女老板一愣,然后笑笑,说:“有时候很快乐,有时候也很矛盾。”

“矛盾?为什么?”陈敌问。

女老板甩甩头发:“说不上来,可能是城市太大了吧,感觉自己很渺小,蚂蚁一样。”

陈敌看看我,我笑笑,看来每个人都有自己的痛苦。

陈敌的那些话让我想到了很多东西。表面上看,我和陈敌一个在校园里读书,一个在社会上摸爬滚打,这是两种截然不同的生活。但其实,我和陈敌走的是同一条路。他对生活对人生的思考并不比我少,毕竟,他在小城大学时曾经是很优秀的写作者。

陈敌在小城大学制造的最大新闻是他在大四这一年写出了两本书,并因此成为小有名气的校园作家。对此,我并不感到奇怪。因为我知道这家伙一直没有放弃文学,即便是在身兼数职最为繁忙的时候,他也坚持熬夜写作。在校报上发表的那些新闻采访稿件,陈敌看得并不是很重,这从他把那些文字称作狗屁文章就可以看出来。他真正在意的是那些发自内心的文学性的东西,他最喜欢的是小说和散文。

我们都看过陈敌写的小说,语言相当漂亮。有一个校园评论家还专门写了一篇关于陈敌小说的评论,认为陈敌小说相当部分取材于当前校园大学生活,他也生活在这一语境氛围中,对此生活有着独特的体验。并且陈敌也清醒地认识到一种以否定性的态度向生活提出质疑精神的小说精神,体现着他对现实生活的深邃透视和有力冲撞的精神,在无形中赋予了小说深刻的反省精神。部分大学生生活在空虚、寂寞、无聊中试图抗争,于是也便流行"无聊呀无聊,不在无聊中考研,就在无聊中恋爱"的感慨,校园这一独特情境,成为两性学生间萌生多种畸形恋情的温床。陈敌抓住这种独特思维语境,创作出深刻反映当前大学生孤独、苦闷、变态的心境,以及对此做出消极意义的抗争的作品,在迷茫中敢于正视现实,这也正是陈敌小说得以积极存在的一个理由。他的小说作品正折射了这种畸变的温床,像一盏闪耀的探照灯,猛然间照彻暴露那曾为许多人不敢谈及的阴暗的一隅,许多丑陋不堪的东西在陈敌的探照下一览无余,给我们透视校园并从另一角度了解大学生,提供了一个很好的范本。

陈敌的小说出版以后,还在小城大学引发了一场关于校园创作的大讨论,许多年轻的老师也纷纷加入讨论中来,对陈敌的小说褒扬者有之,批评者有之。陈敌因此在校园里暴得大名。这些名气和他的学生会主席以及记者团团长身份一起形成了强大的资源,使他在小城大学里如鱼得水,上天入地,随心所欲。表面上看来,陈敌风光无限,逍遥自在;但在他的内心,依旧有着常人难以想象的孤独。他可以在现实中放纵自己的身体,却难以排遣灵魂深处的孤单。这促使他一直没有放弃自己的思考。陈敌不止一次地对我说过他喜欢写作和女人的话。除了这两样东西,其他的他都看不上眼。在他的写作生活中,各式各样的女人的确给他带来了不少灵感。陈敌说写作是需要外部刺激的,在他看来,最好的刺激有两种:一是苦难,一个写作者未曾有过苦难是很难写出大作品的,至少他得是一个有苦难意识的人;二是女人,无论是什么样的女人,给他带来快乐也罢,带来伤害也好,这些都会转化为写作资源。

给陈敌带来写作资源的还有他经历的那些艰苦岁月。

回想那些打工岁月,陈敌真是感慨万千。刚入大学的第一个暑假,他去建筑工地做小工,管吃管住,一天给十五元钱。这在现在看,真是少得可怜,但对当时的陈敌来说,已经是不小的数目了。

那次打工的建筑队盖的是一座六层大楼,陈敌去的时候,正在打地基。分配给他的任务是挖沟。城市的地面很坚硬,铁锹碰到地面时震得手虎口发麻。一会儿的工夫,手心里便磨出了好几个血泡。陈敌咬着牙坚持着。旁边的人看到陈敌满脸的虚汗,就对他说,开始的时候就这样,等习惯了就好了。

天太热了,明晃晃的太阳光灼烤着大地。搅拌机发出轰隆轰隆的聒噪声。这声音听上去当然没有校园里的读书声那样悦耳动听。陈敌当时更加体会到,能够安静地坐在窗明几净的教室里读书是一件多么幸福的事情啊!在各种各样的噪音中,他的思绪不知不觉又回到了校园,回到了课堂上,渐渐地竟然忘记了身体的劳累和手心血泡的疼痛。就这样,他的手随着地基的完成而变得麻木和厚实。

工地在城市的边缘,那里到处都是垃圾,杂草丛生。这样的环境简直就是蚊子这些飞虫成长的天然温床。直到现在,陈敌仍然无法忘记建筑工地上那些隔着蚊帐还能咬人的大花蚊子。世界上竟然还有如此凶猛的飞虫！尽管如此,身体上的劳累已经使他顾不得“动物凶猛”了。

楼层一天天地增高,陈敌也渐渐习惯了工地上的一切:早饭前的饥饿、身体的劳累、在野地里大小便的随意、工友间各种各样的玩笑。那时候,他学会了一根接一根地抽劣质香烟,学会了“聆听”工头对同伴的呵斥。也许,正是这些“丰富”的人生细节让他对这个社会和周围的人有了更为真切的体悟。

人是一种能够自我调节、自我适应的动物。熟悉了建筑工的生活之后,陈敌开始寻求能够让自己轻松的方法。除了睡觉前看看书外,有空的时候,他就顺着一条由工地通往城市的小路,去听在露天广场上自娱自乐的城市人唱卡拉 OK。那时,这种娱乐形式很受小城市民的欢迎。那一刻,陈敌暂时把自己从建筑工地的劳累中解放出来,让自己享受这一份旁观的悠闲。就是在那时,他才深刻地体会到乡村的生活离城市是多么遥远,那简直是两个不同的世界;也是在那时,他在内心里更加坚定了走出乡村,在城市生存的念头。

二十三　怡然有余乐

陈敌感觉李巧越来越难以把握了，以前从未有过这种感觉。无论是从身体上还是精神上，原来两个人都是水乳交融、天衣无缝的。现在不行了，精神上李巧好像背负了很大的压力，身体上也不像以前那么挥洒自如了。陈敌一开始以为这一切变化的根子都在于钱进进，后来终于想明白，根本的原因还是在于他们自己。

李巧这个人哪点都好，就是情绪有时候会游移不定。陈敌最烦的就是女人变化无常，虽然他知道女人都是需要男人哄着的，但事实上他并不善于哄女人。恰恰相反，他常常有别人来哄自己的需要。如果他情绪不好，对方情绪也不好，那就完了，此时十有八九会引发一场争吵或者相互赌气的战争。陈敌和李巧现在就常常陷于这种苦恼之中。

在他们不断恶化的关系之间，钱进进是一个催化剂和导火索。他加深了陈敌和李巧关系的裂隙，他的存在可能会随时引爆埋在陈敌和李巧之间的定时炸弹。

李巧时刻警惕并决定彻底清除这颗炸弹，她不能让一个小毛孩子破坏了自己和陈敌的二人世界。她必须为此做点什么，不能被动地等待炸弹被引爆。

这天,李巧下课刚回到办公室,教导主任来找她,让她到校长办公室去一趟。李巧满腹狐疑地去了校长办公室,她不知道校长大人为啥要召见自己,心里惴惴不安。校长姓李,已年近半百,看上去很慈祥,是一个做事十分谨小慎微的人。这样的领导没有多少闯劲,但让人很放心,虽说他不能有足够的号召力去大刀阔斧地做单位的创业改革者,但他可以成为单位的一个很好的守夜人。

看到李巧,李校长脸上堆满了笑容。他招呼李巧在沙发上坐下,起身给她倒了一杯水。这让李巧有些受宠若惊,她毕竟是年轻教师,哪敢受这样的礼遇？李校长满面慈祥地呵呵笑着,表扬李巧教学有方法,是一个难得的好老师。

听校长这么说,李巧暗暗松了一口气。

李校长接着说:“你是个人才,是人才我们就要重点培养。市里有个领导让我问问你,是否愿意到妇联工作,如果愿意,他们马上就把商调函发过来。”

“妇联?”李巧怀疑自己的耳朵出了问题,重复了一遍。

“是啊,好单位。公务员编制,进退自如,而且比较清闲。”李校长依旧笑容满面。

“为什么要让我去?”李巧疑惑不解。

“你比较优秀嘛,市里面要人,我们当然要推荐优秀的人才去。”李校长话说得天衣无缝。

但李巧此时差不多已经猜到了这件事的原因,背后一定有一个巨大的推手在做这件事。这个推手不会是别人,只能是钱进进那个在市委当副秘书长的老爸。但他为什么要这样做呢？她想不明白。

“我要好好想一想。”李巧尽力装出一副高兴的样子来。

“好,你尽快啊,领导催得急。”李校长起身。

“我征求一下家里人的意见就答复您。”李巧站起来往外走。来的时候满腹狐疑,走的时候一头雾水。她提醒自己千万不要被卷进巨大的旋涡。

李巧考虑得第一时间把这事告诉陈敌。她所谓的征求家里人的意见,主要就是陈敌的意见。老爸老妈是不会管她的,她能够调到市里面去,他们高兴还来不及呢。

李巧给陈敌打电话的时候,陈敌正在老总办公室接受领导训话。

因为上个月做石油分配表格时出现了一个小错误,导致公司营业额统计有误。说是训话,其实也是领导关心器重他。陈敌的工作一直做得很好,好得无可挑剔。这一次出现小问题,领导的意思并不是要责怪他,而是为了保护他。领导谆谆教导陈敌,在一个单位工作一定要注意理顺关系,一个小毛病自己不注意,被别人抓到了,在关键时刻往往会有大影响。陈敌点头称是。这时候,手机响了,亏得是振动状态,领导没发觉,挥挥手,让陈敌回去了。

一出领导办公室,陈敌就给李巧打过来。李巧直奔主题把调动的事情说了个大概。陈敌一听就明白了,他不加思考地说:“不去!在学校里待着多舒服!”

李巧沉默。

陈敌意识到自己回答得太快了,根本就没有站在李巧的角度思考问题,这未免有些太自私了。他犹豫了一下说:“这事儿还得靠你自己拿主意,看你是喜欢待在学校里还是喜欢待在机关里,别人说什么都只能仅供参考。”

“不,我这次听你的。你让去我就去,不让去就不去。”李巧说话的语气很坚定。

陈敌愣了,这样最难办。李巧要完全听他的,这意味着他说话要对她负责任,而自己究竟要不要和她结婚还不知道,这主意怎么出?

“还是你自己决定吧。”陈敌说。

“你是不是不想管我了?”李巧撒娇。

“不是。这种人生大事真的需要你自己拿主意。”陈敌给自己找理由。

“那要是换了你,你去不去?”李巧换了个问法。

“如果是我,我可能会去。男的都喜欢做升官发财梦。”

“那我就不去,我是女的嘛。行了,我明白你的意思了。我决定不去了,什么妇联女联,还不如我在学校里老老实实教书呢。”李巧还是一副撒娇的口吻。

陈敌笑了:“今晚过来吃饭吧,我想去刘五羊肉馆吃烧羊肉。”

“好啊。老时间,六点钟。”李巧爽快地答应下来。认识了这么长时间,她已经摸透了陈敌的心思,也理解他说话的暗语,陈敌每次请她吃完饭,都要操练操练。不知道为什么,陈敌最近在这方面的需要越来越少,偶尔的一次也是草草收兵,有时候甚至不战而退。她担心陈敌的身体出了问题,但陈敌每次都说自己太累了。

李巧不明白,一个天天坐办公室的人,有什么可累的。唯一的解释就是他对自己有了厌倦,而把情感的天平倾向到了那个郭聪。如果说这之前她对陈敌脚踏两只船能够容忍,那是因为她想通过这种攻心计来拿下陈敌。她以为自己的宽容能让陈敌尽快放弃郭聪,但事实却是他依旧很在意远在小城的旧情人。而且李巧也知道,陈敌还在和郭聪保持着身体上的关系。李巧想早点把陈敌的心拉回到自己身上。她这一次之所以主动让陈敌为自己拿主意,也是出于这样的考虑。

然而,让陈敌收心并没有那么容易。郭聪毕竟是他大学时就跟他在一起的女孩,和她相比,自己才是后来者。要命的是,现在又平白无故地插进来一个钱进进,这不是雪上加霜吗?她必须彻底打消陈敌这方面的疑虑。

不到六点,李巧就来到了刘五羊肉馆。这家羊肉馆离陈敌的宿舍不远,生意一直不错。陈敌对羊肉有着异乎寻常的喜爱,简直可以说是百吃不厌。“苏北人都喜欢吃羊肉。”陈敌每次都这样说。在小城,每年夏天还举办伏羊节,全城的人都杀羊吃羊,已经形成了伏羊文化。李巧讨厌羊肉的膻味,在认识陈敌之前,对羊肉采取的基本上是敬而远之的态度。自从知道陈敌喜欢吃羊肉以后,李巧忍着膻味训练自己的味蕾,跟着陈敌三番五次地大吃大喝之后,她终于也可以大口吃肉大碗喝酒了。但她还是不明白为何现在的南京人也像苏北人那样,如此喜欢羊肉这个东西。这两年,羊肉馆在南京遍地开花,颇有占领南京的气势。不过看看大街上熙熙攘攘的都是苏北人,这也就不奇怪了。

人多,李巧好不容易在里间找到了两个空位,刚坐下,陈敌就到了。他急乎乎地问李巧:“点菜了吗?”李巧噘噘嘴:“这不刚坐下吗? 刚才连座位都没有。”陈敌拿起菜单,看了一眼,又扔下,对站在一旁的服务员说道:“我们还是要一个羊头!”服务员说声:“好嘞,马上就来!”陈敌吃羊肉很有一套,他最喜欢吃羊头。他对李巧说羊脸上的肉最好吃,还有羊舌头、羊眼,简直是不可多得的美味佳肴。李巧每次看陈敌吃羊头的饕餮样子,就会有一丝恐惧感。她对陈敌说了句:“今天不饿,我就喝点羊肉汤!”陈敌来了句:“那就我自己吃,好几天没吃羊肉了,真馋得慌!”李巧有些不屑地看了看他的样子:“你再这样吃下去,就胖成猪了!”陈敌哈哈笑:“胖了好,你不想让我胖一点吗? 胖了更有力量!”李巧红了脸,小声说:“只见你更喘,没见你有力量!”陈敌不服气,恶狠狠地说:“今晚就试试看!”

啃完一个羊头,陈敌热得满头大汗。他见李巧只喝了几口汤,有些担心地问:“你怎么了? 是不是不舒服?”李巧摇摇头。陈敌笑:“那就是因为工作的事儿?”李巧还是摇摇头:“我们不是说好了吗? 我不去什么妇联!”陈敌拿餐巾纸擦手,边擦边说:“其实你也不是不可以去,马克思教导我们,外因通过内因起作用,只要你态度坚决,环境是其次的。如果你想换个单位换个工作,我也支持你!”李巧看了看陈敌,有些不满地说道:“我知道你喜欢说反话,你嘴上越是说让我去,你心里越不想我去,对不对? 我可不想给你一个离开我的理由!”陈敌嬉皮笑脸地说:“没那么严重! 毕竟我们的感情是经过革命考验的! 哪能让一个小毛孩子给破坏了?”李巧打了一下陈敌的胳膊:“别提这个好不好？烦!”愣了一下,李巧又说,“你吃完了吧？吃完了我们走!”陈敌嘿嘿笑,知道李巧想了,他们已经两周没做过了。他喊服务员结了账,回了宿舍。

不消说,这是一场恶战。吃饱喝足的陈敌劲头很足,力气果然大了不少,砸得床帮砰砰砰直响,李巧舒服得直翻白眼,手指甲深深嵌进了陈敌的手臂,留下了两道深深的抓痕。事毕,陈敌拿毛巾擦汗,责备李巧抓得太狠,渗血了都。李巧还在迷瞪着,意识不清地说了句:“谁让你那么厉害!”

第二天,李巧把自己想继续好好教书的想法给李校长说了。李校长听了也不是很吃惊,他只是笑笑,说:“李巧你可要想好啊,怎么说这都是一次好机会。”

李巧笑:“福祸相依,好事也能变坏事,坏事也能变好事嘛。”

李校长点点头:“那好,我就按照你的意思跟上头汇报了。”

李巧犹豫要不要在领导面前表个态,自己立志于做一个好老师,想了一下,还是算了。自己教学成绩在那里放着呢,你表态不表态,领导心里都有数。

二十四　于何劳智慧

我的论文初稿交给乔老板之后，我就在惴惴不安中过日子了。老板是高手，又对我寄予厚望，肯定会更加严格地审阅我的论文。再说，我听同门说，一般第一稿论文交上去以后，都要挨老板一顿训，不管有没有优点，反正老板看到的都是缺点。我就在这种惴惴不安的心情中等待着乔老板的召唤，简直是惶惶不可终日。一周以后，我接到了乔老板的电话。他第一句话是："雁南，论文是你自己写的吧？没有任何抄袭，对吧？"我说对，这一点可以肯定！他的第二句话是："雁南，你为何不引用我新发表的成果呢？那可是最新的文献！"我支支吾吾道："这段时间光顾写论文了，还没注意看最新的期刊。"乔老板笑笑："就在最新一期的《中国社会科学》，你看看。"愣了一下，他又不急不慢地说了句，"我今年刚刚在《中国社会科学》上发过，所以今年肯定是不可能再发了。你把论文第一部分再改改，我推荐给《文学评论》吧！那本杂志也不错！"我一听这话，差点就蹦起来了。乔老板的意思是他对论文很满意！已经可以在《文学评论》上发表了！《文学评论》可不是也不错，是太不错了！那可是人文学科的权威期刊，谁在上面发一篇文章，那基本上就是本学科的优秀学者了。我没想到乔老板对这篇论文评价这么高，一时忘乎所以起来。

乔老板在挂电话时又说了句:“雁南你把论文再过一遍,看能不能再补充点新材料,字数再扩一扩,一个出版社前段时间让我主编一套学科前沿书系,争取把你的论文也加进去!”我激动地连声说了几个谢谢老师谢谢老师。乔老板就把电话挂了。

我把这个好消息告诉了陈敌。陈敌的第一反应是:“啥?你也要出书了!你终于也要出书了!”我明白他话里的潜台词,他早在大学毕业前就出了书,我现在出书只能是“也”。说“也”还不够,他还加了“终于”,意思是我都读完研究生了,才出书,简直是太落后了!

陈敌能有机会在大学期间出书,一是靠他的勤奋,二是靠他的运气。用他的话来说,自从大学毕业前夕走了狗屎运以后,这运气就一直伴随着他的后半生。

从学生会主席到记者团团长,再到《中学语文》杂志兼职,陈敌的运气越来越好,狗屎运一路走高。

陈敌在杂志社被冒进破格提升为主编助理以后,他在杂志社的地位与日俱增,就连冒进喜欢的小秋都对他礼敬三分,更不要说其他编辑了。当然,陈敌这小子在这方面还是相当有自知之明的。他明白,人家器重也好敬重也罢,都是因为他才华横溢做事卖力,自己也不能因此就不知道天高地厚了。所以,他采取的态度是人家敬他一尺,他敬人家一丈。这样一来,他和杂志社其他成员的关系处得相当融洽。这更加为他个人在杂志社的发展创造了机会。

北京一家文化公司想和杂志社合作,承包一部分版面。为促成此事,文化公司老总亲自出马,想来小城大学和冒进面谈。冒进对此并不是太感兴趣,他知道省新闻出版局有规定,不准将杂志版面私自出卖,他不愿意为此冒这个风险。杂志现在各方面运行得很好,广告费和发行量直线上升,他正考虑取消收取版面费呢,文化公司此时来谈合作,显然有点儿不合时宜。

但冒进总得要应付一下,他不想干什么店大欺客的事儿,何况现在杂志社正处在上升阶段,需要整合各方面的资源。于是,他把这个事全权委托给了陈敌。陈敌让他给自己交个底:“你是主编,你得定个调子,我根据这个调子和对方谈。”冒进想想也是,不给陈敌交个底确实让他不好谈。他想了想,说:“咱们的底线很清楚,尽量往不合作的方向谈,除非对方条件特别优厚。”陈敌明白了冒进的意图,人家都是往好了谈,他却要自己往坏了谈,这个谈判实在是太不难了。他对此胸有成竹。

为了做好这个事儿,陈敌特地上网查了一下这家文化公司的资料,发现公司以做图书为主,兼做论文写作和发表的代理,是一个影响不大的小公司。老总姓胡,南方人,不远千里从北京飞到了小城。胡总很精干,见了陈敌一脸笑容,一看就知道是个特精明的主儿。

陈敌把客人带到了学校附近的一个茶社,冒进主编说了,既然咱不准备和人家合作,接待的规格说得过去就行了。秉承这样的指示精神,陈敌简单点了几个菜,两个人边吃边聊。

胡总说话不啰唆,一坐下就向陈敌阐释公司和杂志合作的前景,他说:“现在各行各业都要评职称,有发表论文需求的人很多,特别是大中小学老师和医院的大夫护士,评职称的压力很大。公司找了不少写论文的枪手,但论文写出来需要找地方发表。贵杂志在这个领域影响日渐扩大,敝公司有意和你们合作。”

陈敌点头,说:“这是个好事儿。你看我们具体怎么合作?”

胡总一听这话,来了精神:“很简单,我们负责写,你们负责发,收益按比例提成,你看怎么样?”

“那具体怎么提成呢?收费在你们那边,你收人家费用我们不清楚,所以必须制定一个标准出来,比如我们按照文章字数或页码。”

胡总点头:“那你们的要求是什么?如果按字数,千字收取多少?”

“千字五百元。”因为不打算谈成,陈敌索性信口开河。

“按页码呢?”

“一个页码一千五百字,七百元吧。”

胡总笑:“太贵了。我之所以不去找北京上海的那些杂志社合作,就是因为他们要价太高,想不到咱们这边也是狮子大开口。”

陈敌脸色微红,解释说:“目前的市场就是这样啊,我们也没办法。”

“听说陈助理还是个在校大学生?”胡总微笑着转移了话题。

陈敌点点头。看来对方对这次合作是做了一些准备的,对杂志社的人员情况比较了解。陈敌不知道他下一步要干什么。

“那将来有没有意愿到北京发展啊?”胡总开始出牌。

“呵呵,还没想那么远。”陈敌谨慎接招。

“至少毕业以后不会再待在这家杂志社吧?”胡总继续跟进。

“这个……不好说……”陈敌在犹豫如何回答,他还真没想过要在这家杂志社待多久。

“嗯。现在是竞争时代,找一份好工作不容易啊。听说你写了不少文章,想不想结集出版啊?现在出版社就喜欢包装年轻人,你是在校大学生,如果有好作品,可以包装包装啊。我们公司专门做这个的,如果你有意愿,我可以促成。”

结集出版?出书?在大学时代就出书?陈敌有些心动了。

“像你们这样的大学,以前恐怕还没哪个在校生出过书吧?”胡总步步为营。

陈敌点点头。

“如果你肯促成我们合作的事,我们公司愿意无偿帮你运作出版著作的事,你看怎么样?”胡总终于亮出了底牌。

原来是这样啊。陈敌看到了对方的底牌,就不再慌张了。平心而论,与对方合作这件事,对杂志社不是没有好处,只要发稿时保证质量,新闻出版局也不会为此找碴。要紧的是控制好这类文章的比例和质量,只要做到这一点,合作是可以的。但冒进主编有言在先,他不好自己做主。他从内心里想出书,这毕竟对他今后的发展非常有利。怎么办?他的大脑快速运转。

“如何合作?你们能接受的版面价位是多少?”陈敌想再摸摸对方的底。

对方显然猜到了陈敌的意图,也明白他想促成此事的意愿。胡总呵呵笑,说:“这样吧,千字三百元,一个页码五百元,如何?”

这等于把刚才的价位减了近一半,差不多相当于杂志现在对外收取的版面费用。

“这个我现在不能答复你。”陈敌字斟句酌，“我要等主编回来和他沟通一下。”

“好！你虽然是个在校大学生，但做事很成熟。你尽快整理你的书稿，我保证在三个月以内把书做出来。”胡总笑着说。

陈敌点点头，说：“谢谢胡总。”

这算不算是一场交易？送走胡总后陈敌一直在想这个问题。最后，他自我安慰地给出了一个答案：不算交易，只能说是善于利用资源。

冒进没想到陈敌会把合作的事谈成，而且对方开出的条件杂志社尚可以接受。为了彻底打消主编的犹豫，陈敌又进一步提出了在和对方合作时严格限制其文章比例以及保证文章质量的想法。冒进勉强答应了。

陈敌并不急于把冒进已经答应合作这个好消息告诉胡总，他想等自己的书运作得差不多了，再和对方最后摊牌。

陈敌有时候是很会耍小聪明的，在写作时也是如此。曾经有位文学大刊的编辑指出过这一点，告诫他在写东西时态度一定要端正，不要耍滑头。但陈敌听不进去金玉良言，依旧我行我素。这导致了他作品的芜杂，质量参差不齐。

文化公司的胡总回到北京以后，给陈敌打来电话，说：“我的助手下个月去南方办事，正好路过小城，你赶紧整理书稿，顺便让她带过来。公司这边已经联系好了出版社，书稿一旦定下来就可以出版。”

陈敌满心欢喜。他没忘记要投桃报李，他告诉胡总，合作的事情已经有了眉目了。

胡总说:“好,我的助手会把合作协议带去,你争取把这事做好。”

陈敌放下电话,就去整理书稿了。书稿基本上是现成的,文章大都在期刊发表过,只不过需要按照各种文体体例重新排排序,做做简单的校对工作。陈敌在整理书稿的过程中,又重温了自己写过的文章,面对这些记录着他生活点滴和人生思考的文字,他感觉自己的大学时代没有虚度。如果这些作品能够顺利出版,他的大学真可谓是名副其实的爱情、事业双丰收!

陈敌没想到胡总的助手是一个绝代佳人。奇怪的倒是冒进主编,他到现在都没提出来让陈敌为小秋让位,大概是考虑到陈敌也快要毕业了吧,如果陈敌不想留在杂志社,到时候自会把总编助理的位置让出来。

第一眼看到那个名为花蝶的女编辑时,陈敌简直被她的风采迷住了。到底是大城市来的女人,长得太有韵味了。脸形没得说,瘦削的瓜子脸,符合绝大部分中国男人的审美标准,五官分布得恰到好处;身材说不上太魔鬼,但足以让你想入非非流鼻血,整个身体该凸的凸,该凹的凹,高高低低错落有致,看了真是赏心悦目。

陈敌这次接待工作做得很认真,原因当然不仅仅是因为花蝶长得漂亮,更主要的还是因为他想出书,第一本书对他来说意义重大,出得好不好关键就在于编辑上不上心。他事先就接待事宜给冒进主编做了汇报,冒进对此当然没有异议。他不知道这次来的是一个美得一塌糊涂的美女编辑,要不然,他可能要提高提高接待规格亲自出马了。

花蝶谈吐优雅,言谈举止间透着大家闺秀风范,这种高贵的气质让陈敌感觉很有压迫感,好像对方要拒己于千里之外似的。好在陈敌还没有到被她迷到神魂颠倒的地步,脑袋还算清醒。他明白花蝶此行的主要目的是促成双方合作成功,她也是有求于他的。因此,他完全没有在她面前憋屈的必要。

陈敌特地把谈话地点选在了小城最优雅安静的清新居茶楼。虽然这里距离学校较远,来回不太方便,但档次最高环境最好。双方一落座,服务员就端上来两杯特制的西湖龙井茶。陈敌又要了两盘香瓜子,两个人边吃边聊。

花蝶简单给陈敌重复了一下此行的两个目的,还是胡总的那两句话,一是商定合作协议,二是来拿书稿。这两件事陈敌都已经办好,但他留了个心眼,知道天下没有白吃的宴席,胡总想给自己出书的目的还是盯在了两家的合作成功上。

陈敌故意做出一副不慌不忙的样子来,说道:"花蝶编辑真是敬业,开口就谈工作,胡总真是有福啊。"

花蝶抿嘴一笑:"没办法,拿老板的薪水嘛,就得为老板做事,咱们都是给人家打工的。"

陈敌笑笑:"书稿我准备好了,你带回去没问题。但合作协议你先留下来,这次还不能签,我们主编说要再考虑考虑,你回去跟胡总说一下,我估计等书出来了,这工作就做好了,到时候再签订协议肯定没问题。"

花蝶是个明白人,当然知道陈敌话里的意思。她嫣然一笑,说:“好,我回去跟胡总汇报。这次能拿到陈助理的书稿,也算是不虚此行。”

这个女人真会说话。陈敌心里说。

按照原计划,花蝶只能在小城待半天时间。陈敌有心留她多待一天,既然冒进主编已经答应可以提高点接待规格,这个钱不花白不花。

“其实小城有几处名胜古迹还是值得看一看的,花编辑要是时间允许,不妨多待一待,我带你去看一看?”陈敌发出邀请。

花蝶犹豫了一下:“谢谢陈助理,今天我还要去办其他的事,票已经订好了,不好改时间。下次再来时,再给你添麻烦吧。”

陈敌已经预想到花蝶会拒绝他的邀请,对方比他老练,知道他葫芦里卖的什么药。以他的能力,对付小城大学的女孩子大概是绰绰有余,但对于花蝶这样的老江湖,他还缺乏足够的信心与魅力。

把花蝶送上车,陈敌突然有一点失落。这感觉有些怪怪的,自己和她并没有建立什么关系,而且只有一面之缘,为啥会有落寞感?奇怪了。男人是不是见到了漂亮女人,想和她发展关系而不能时都会有这种感觉?男人啊,就是这么没出息!

胡总那边动作很快,书不到两个月就出来了。陈敌猜他是和杂志社合作心切,才这么迅速地把他的书赶出来。不过时间紧并没影响质量,书做得很漂亮,当陈敌拿到样书的时候,欣喜之情溢于言表。简朴的封面,透着大方与淡雅,很符合陈敌的审美期待,这个风格也和书的整体内容相称。翻看书页,里面版式设计得也很时尚,流行的大开本。印刷质量也高,用的是轻型环保纸,看起来非常舒服。近300页的书,拿在手里轻若无物,那感觉真是不错。

陈敌把样书带到杂志社,想先给冒进主编送去一本。冒进不在办公室,小秋看到了他手里的书,一把夺过来,满心欢喜地翻来翻去,有些夸张地称赞陈敌:"真厉害呀! 陈助理,出书了啊! 快点签名送给我一本,我要好好拜读珍藏!"

看到漂亮的小秋如此激动,陈敌呵呵笑,很潇洒地在书的扉页签上了自己的大名。这个签名,他之前已经反复练习多次了。

样书给得不多,陈敌想来想去,还是先别乱送了。他大概算了算,学校的领导要送,十个校领导要送十本;宣传部和学工处的主要领导要送,又得六七本;校报编辑部和系里的领导老师要送,十本恐怕不够;学校中文系几个搞文学批评的教授要送,又得十本;班里的几个要好的同学早就预定好了,每人要给一本。这样算起来,五十本样书基本上就没了。

算来算去,陈敌还是给胡总打了个电话,要求再送点样书过来。他想起来有几个媒体的朋友,还要给几十本,他自己做校报记者这么长时间,知道媒体宣传的重要。用学校宣传部长的话说就是三分成绩七分宣传,出了书,不宣传等于白出。

胡总倒也很爽快,答应很快派花蝶把书送过来,而且出书的稿酬也会同时带过来,一共一万块多一点。这个钱,对于还在上大学的陈敌来说,差不多已经是一个天文数字了。

胡总这么够意思,陈敌当然也要讲义气,他第二天就催促主编把双方合作的协议给签了,静候花蝶的到来。

二十五　奇踪隐五百

对于谈恋爱的人来说,分居两地是最头疼的事。如果不是因为两地,陈敌恐怕也不会那么容易就接受了李巧。自从陈敌调到南京以来,郭聪跑南京的火车票都可以凑齐三副扑克牌了。如果铁路部门设置旅客贡献奖,郭聪和陈敌无疑有获奖的实力。总理说要拉动经济,拉动经济靠什么?靠流通嘛。资金要流通,人员要流通,让大家都动起来,就是最好的拉动。陈敌对郭聪说:“我们这是响应总理的号召,是国家政策的最好践行者!”郭聪听了直撇嘴:“我们这是没办法!有办法谁会这样跑来跑去?”

认识李巧之前,一到周末,陈敌就盼着郭聪来。和李巧好上之后,郭聪来不来就无所谓了,她不来陈敌反而更高兴。同时应付两个女人的确让陈敌身心疲惫。他现在才知道脚踏两只船原来是一件相当痛苦的事!问题是,蹬开哪条船陈敌都不舍得,一旦蹬开,他可能就会落水。两个女人,两种风格,两种味道。一个温润如玉,一个坚硬如水;一个小家碧玉,一个大家闺秀;一个含苞待放,一个盛大绽放;一个梨花带雨,一个桃李芬芳;一个欲说还羞,一个干净利落;一个心思缜密,一个大处着眼。这些都是陈敌所喜欢的,哪一个都放不下。他感觉自己就像浩瀚的海洋,别说只有李巧和郭聪这两条船，就是再加上红颜，他也能够让她们互不干扰，自由航行。

就在陈敌沉浸于三千佳丽尽收后宫的想象时，郭聪出事了。

现在但凡像样一点的国有企业，都有自己的食堂甚至招待所。郭聪的单位食堂办得不错，连单位的领导都在这里用餐。考虑到就餐方便，单位还给每个职工办了一张饭卡，并且按月补贴 200 元餐费。

为了能保证午休时间，郭聪中午也尽量在单位吃饭。这天她吃过饭，刚回到宿舍，忽然觉得肚子疼痛难忍，赶紧去厕所，呕吐了半天，还是疼得厉害。她艰难地扶着墙走出厕所，晕倒在门口。

醒来的时候，郭聪发现自己已经躺在医院里了。医生告诉她，她食物中毒刚刚被抢救过来，幸亏送医院及时，再晚一会儿说不定就没的救了。郭聪感觉刚刚被洗过的肠胃还在翻腾，伴随着阵阵绞痛。

一个小时后，医院里陆续送来了许多职工，都是和郭聪同样的症状，食物中毒。很明显，食堂饭菜有问题。保卫部门立即报警，同时封存食堂现场。大师傅们都吓傻了，不知道哪个环节出了问题，一个个大眼瞪小眼，胆小怕事的都吓哭了。

这次中毒事件导致两个职工死亡，中毒者达五十余人，影响十分恶劣，一家南方的报纸做了整版的跟踪报道，标题起得耸人听闻——《国有企业食堂五十名职工中毒相继倒地》。此事上报到省公安厅，引起了高度重视。为了尽快消除影响，警方投入了大量警力。三天后宣告此案告破，事件系有人恶意投毒造成。投毒者为一内退离岗职工,因为不满单位领导让自己提前内退下岗,陡生报复情绪,遂在食堂免费面汤中投掷了老鼠药。

据投毒者坦白,投毒本来是针对领导的,没想到给普通职工造成了这么大的伤害。看来,老鼠药并不都是假冒伪劣产品。

具有讽刺意味的是,由于那天单位领导集体出去招待省里的客人,这次中毒事件没有造成一名领导伤亡。省里来的领导听说此事后,都吓出了一身冷汗,感叹幸亏没有在食堂用餐。

郭聪给陈敌打了个电话,说自己因为食物中毒住进了医院。陈敌一听心急如焚,火速从南京往小城赶。到了医院,看到郭聪已经脱离了生命危险,他这才松了口气。他了解了整个事情的经过以后,脊背直冒冷汗。国有企业都能发生这样恶劣的事情,百姓哪里还有安全感?两年前让郭聪调到南京工作,郭聪父母不愿意,说在小城的国企待着也不错,旱涝保收。陈敌每次想起这事就来气。

郭聪临近毕业,陈敌一直在为她找工作的事着急。小城的工业不是很发达,工作的机会并不是很多。最理想的莫过于考上公务员,最不济也要进事业单位,学校、报社都比较适合郭聪。但郭聪不想当公务员,觉得工作太死板,她的性格不合适。陈敌说那你就去当老师,在学校里也挺舒服。郭聪对此也表示同意,于是就一心往这个方向努力。小城一中有一个进人名额,要求应届毕业,综合素质高,有写作经验者优先。这个招聘条件简直就是为郭聪量身打造的,郭聪兴致勃勃地去报了名,很快就参加了招聘笔试。几天以后,她以笔试第一名的成绩进入面试程序。参加面试的比例是一比五,一共五个人,留用一个。整个面试过程,郭聪感觉良好,加上笔试成绩第一,陈敌以为郭聪到一中教学问题不大。但结果却令陈敌大跌眼镜,郭聪落榜,一中录用的是另一个男生,笔试成绩倒数第一。郭聪一时间难以接受,后来一打听那个男生是教育局副局长的一个亲戚,难怪!求职遭遇不公,郭聪心灰意冷。陈敌托人打听报社情况,无奈报社正在改革,裁人还来不及,更别说要进新人了。

主动出击失败,郭聪只好等待学校每年一次的毕业生招聘大会了。每逢五月,小城大学都会邀请有用人需求的单位到学校来现场招聘,这些单位以民营为主,国有企业也不少,但事业单位不多。郭聪抱着自己的材料看了一圈招聘会,把简历投给了几个还算不错的国企。有一家招聘办公室文案秘书的企业当场就决定和郭聪签合同,郭聪拿不定主意,征求爸妈的意见,爸妈说赶紧签,国有企业不会垮台,旱涝保收!陈敌则主张先别慌签合同,看看是否还有更好的单位。郭聪左右为难,最后决定还是先签了再说,眼看班里大部分同学都找到了工作,自己再犹豫不决,会错失良机。真要是能找到更好的单位,到时候违约赔点钱无所谓,现在有个保底的工作总比没有好,至少可以心安。事实证明,郭聪签了协议是正确的。那之后,她也没有找到更好的工作机会。毕业以后,郭聪就来到了这家国企。没料到的是,陈敌会那么快就调到了总部。更没料到的是,这家企业会发生投毒的恶性事件!

看着面色惨白神情憔悴的郭聪,陈敌心里隐隐作痛。从大二开始结识这个女孩算起,至今已逾八年。八年了,他们之间的感情却还没有什么结果。郭聪为自己付出了那么多,陈敌回头想想真是对不住她。

如果不是因为自己,大学时候的郭聪本来可以有更好的发展,为了陈敌,她放弃了很多;大学毕业时候她有机会去南京,为了和陈敌待在一起,又主动放弃了那个良机,没想到仅仅过了一年,陈敌自己却去了南京。和她的付出比起来,陈敌应该感到无比惭愧!

记得刚确立恋爱关系那会儿,他们发誓要一辈子对对方好。这一点,她做到了;而他,却问心有愧。她为了陈敌一再放弃、放弃、付出、付出,得到的回报却是占有、占有、背叛、背叛。

陈敌真该为此好好反省一下了!

郭聪住院以后,爸妈一直轮流在她身边陪护。对于陈敌来说,这是和他们再次沟通的一个好机会。他尽力表现出自己对郭聪的关心和殷勤,为她洗衣打饭,扶着她去卫生间,能做的他都做了。他的举动很快就赢得了郭聪妈妈的好感,俗话说得好,丈母娘看女婿,怎么看怎么好。她看自己这个未来女婿各方面还说得过去,虽然年龄大了点,结过婚,还有个女儿,但女儿都不在乎,她就更不放在心上了。再说男人大点也好,知道疼人,以后生活长着呢,两个人过日子难免会磕磕碰碰,男的年龄大一点,小夫妻可能会更和谐。

但陈敌的良好表现并没能得到郭聪爸爸的首肯,他还是那句话:想娶女儿可以,必须满足两个条件,即回到小城工作并在小城买房子。

对此,陈敌只好沉默以对。在小城买房子这没问题,这里的房子比南京便宜好几倍呢,他之所以到现在都没在南京买房,就是为此留的一条退路。只是,他现在还没想好要不要调回小城,这毕竟是一件事关他事业前途的大事。

在医院陪护两天,陈敌终于有机会和郭聪一起重温了大学恋人的岁月。这两天,他从郭聪身上发现了以前所一直忽略的东西。那是小城姑娘所特有的善良、温柔和顺从。这些品德是乡下女孩和城市女孩优点的集合。发现了这一点,让陈敌十分兴奋。他所一再寻找的那个女孩,不就是像郭聪这样的吗?回不去的农村,进不去的都市,所幸,陈敌还有一个心心念念的小城姑娘!

医生说郭聪至少需要在医院住一周的时间,陈敌想给单位请个长假一直陪着她。但郭聪不让,她说:"没那个必要,爸妈都在身边,他们会照顾好我的。你还是回南京上你的班吧,我会再和爸爸谈一谈,相信他最终会同意我们在一起的。"陈敌点点头,想给她留点钱,被郭聪拒绝了。她说:"住院的费用全部由单位解决了,自己基本上没花什么钱,留钱干什么?省省吧,回头买房子。"

看着懂事乖巧的郭聪,陈敌想,她将来肯定会是一个好妻子。

二十六 一朝敞神界

陈可在小城工作多年，一直没有谈对象。每次陈敌问起他，他总是闪烁其词。这次，好消息传来，陈可终于要结婚了，女孩叫亚珍，和他是一个单位的同事，都在一个教研室。说起来，两个人谈恋爱的过程颇为神奇。

作为同事，他们一开始都没太注意到对方。兔子不吃窝边草，何况两个人离得这么近。单位有热心的人张罗给他们介绍对象，一开始也都没有想到要把他俩往一起撮合，而是各自张罗各自的。陈可这边见了几个女孩，结果不是他看不中对方，就是对方看不中他，总之是都没有对上眼。亚珍那边，也是如此。两人这样耽误来耽误去，不知不觉间蹉跎了好儿年的岁月。眼看着最好的年华在白白地浪费，热心人都为两个人感到着急、惋惜。

有一次，单位举行一个舞会，两个人都没有舞伴，于是，自然而然就走到了一起。跳舞的时候，亚珍忽然对陈可有了一点点感觉：谁说兔子不吃窝边草？那还得看那草好不好吃以及兔子饥饿的程度！她问陈可："找到心上人没有？"陈可摇摇头："或许是我这个人太麻木了，不适合谈恋爱！我要是有我哥一半的能耐就好了，他在这方面的能力超强！"亚珍笑笑："那有机会真得见见你哥，向他取取经！"陈可就笑，问她："你怎么样了？"亚珍也摇摇头："和你一样，没有对上眼的！”陈可还是笑，用半开玩笑半认真的口吻说：“要不，我们俩处一处吧，我是孤家寡人，你是独守闺房，咱俩地位差不多。”亚珍笑着说：“好啊，处处就处处，有什么了不起！”打这以后，陈可主动给亚珍买过一束花。陈可过生日的时候，亚珍送给陈可一块手表。两个人就这样把关系确立下来了。半年后，陈可就带着亚珍回了一趟家，见了爹娘。爹娘对陈可说：“你们要是确定了，就早点结婚吧！你们又不在家里住，单位有宿舍，等结完婚再买房也不迟！”陈可想了想，说：“我别的不担心，就担心我作为弟弟先结了婚，大哥陈敌却还是一个人，村里人会不会有说法。”爹吼了句：“你哥不早就结婚了吗？他离了那是他的事，村里没人会说你！”愣了一下，爹又说了句，“我回头给他打个电话，说说这个事儿！他就盼着你能早点结婚安顿下来呢！”陈可点点头，和亚珍一商量，亚珍没意见。两个人又一起去了一趟远在东北的亚珍家，未来的丈母娘和丈母爹也都一拍即合，敲定下了大喜的日子。

弟弟陈可结婚头一天，陈敌就回来了。回老家之前，他给我打电话，又问我那个千古难题：李巧和郭聪，到底带哪一个回去合适？我被他这个问题问得有些烦，没好气地说了句：“你觉得能娶哪个就带哪个！”这个回答对于陈敌来说等于没说，他要是知道该娶哪个还用问我？我提醒陈敌：“不论带哪一个回去，都等于是在老家亮了相，也就是说，这意味着你必须要娶她！”陈敌想了半天，说：“那我还是谁都不要带了！”挂上电话，我思索良久，看来，陈敌还是在情感边缘痛苦徘徊。从我的感觉看，郭聪无疑是更加适合陈敌的。李巧尽管比郭聪漂亮，有味道，但她成长的环境与陈敌相差太远，她是一个彻头彻尾的城里人，陈敌和她在一起，并不一定合适。像我和陈敌这样出身农村的人，要想进入城市可不是一天两天的工夫就可以，一个月两个月，一年或者两年，甚至更长时间，可能都不会融入。有人说，出身农村的人要想真正成为城里人，至少需要三代人的努力。如若如此，陈敌能和小城姑娘郭聪在一起，就已经很 Perfect（完美）了。

陈敌最终还是选择了一个人回去。

陈家在村里是大户，本家的人都过来帮忙。因为陈可不在老家住，结完婚就回小城，女方的嫁妆不用往老家拉，省去了不少人力。亚珍娘家远，只好提前住在小城宾馆，新娘也从小城发嫁。这样一来，整个婚娶过程就简单得多。在用车方面也省去不少事，陈可提出不需要讲什么排场，陈敌便帮着陈可联系了两辆奥迪小车，一辆当作婚车，一辆来接亚珍娘家人就可以了。

但席地还是要认真办的，不管其他方面如何简便，席地是无论如何也不能将就的。在苏北鲁南农村，婚礼办得好不好，最重要的一个衡量指标就是席地质量。农村人迷信，认为席地不好，寓意着婚姻可能不幸福。陈敌娶红颜的时候，家里没条件，席地办得一般，结果陈敌和红颜就离了婚。如今陈可大婚，家里条件比陈敌结婚那时候好多了。况且老爹陈和是一个爱面子的人，他可不能在本家和本村人那里没了脸面，一定要把席地办好。为此，他请来了远近闻名的崔家厨子，早早地就把菜单开了出来，头天就让本家的几个小年轻去镇集上备足了食材。他特地嘱咐厨房杀了两只羊，头天就开始炖肉熬汤，羊肉汤一部分留给头天帮忙的人喝，羊肉则用于第二天席地上的大菜清汤羊肉。另一道大菜清炖甲鱼则全部选用上好的食材，专门从市场买来了野生甲鱼。总之，陈和这次铆足了劲儿，一定要把陈可婚礼的席地办得像模像样。

席地的事儿陈敌基本上没操心。婚宴办得好不好，与喜宴用的烟酒关系很大。酒是陈敌托一个朋友直接从洋河酒厂订来的洋河大曲，烟则是他专门从南京带来的上等苏烟。席地用如此价格不菲的烟酒，这在村里是没有过的。村里人都竖起大拇指，称赞席地办得好。来帮忙的人多，陈敌招呼不过来。有几个从小光着屁股长大的小伙伴，刚从深圳打工回来，因为多年未见，陈敌差点认不出他们。几人见了面，互相问候之后，也一时没有什么话说。年纪大的老人，也是如此，打过招呼，之后就再也找不到什么话题了。看着一院子的熙熙攘攘，陈敌恍如置身于农村大集，周围的人仿佛全和自己无关。在恍恍惚惚中，他感到了从未有过的寂寞和隔膜。看看老屋，再看看高声喧哗的人群，这些熟悉的风景虽然还在眼前，但已无法近距离地触摸。这里是世外桃源吗？我已经误入藕花深处了吗？这一切怎么那么熟悉，又如此陌生？

在陈敌发呆之际，接新娘的婚车回来了。几个尚未婚配的本家小青年开始闹起了新娘新郎，非得让新郎陈可背着新娘不可。主事的陈贵在那里大声呵斥道："去去去，急什么急？闹什么闹？等拜完天地入了洞房，有你们闹的时候！"大家轰的一声笑起来。陈贵是村主任，村里红白喜事，大多由他主事。因为红颜的事儿，他和陈和这边结过严重的梁子，陈敌一直坚持不让他过来主事。

但陈和觉得那些事都已经过去了,陈贵也磕头道过歉了,都是同种同族的本家,还是向前看,和为贵吧。陈敌想想也是这个理,就不再坚持。不过,这两天他一直对陈贵不理不睬,毕竟是伤过自己的人,想装作什么都没发生过也不可能。看看时间,已近过午,陈贵招呼着新郎新娘赶紧拜了天地,开始坐席。第一轮大席招待的是新娘娘家人和本家的至亲,等他们吃完,本家的其他人才能入席。陈敌看着那些大吃大喝满嘴流油的人,再看看忙来忙去晕头转向的爹娘,一时间竟然无所适从起来。作为老大,他不能像那些小年轻一样,随便靠近新娘子,闹洞房断然是轮不到他的。更没有人会招呼他去上桌吃大席,陈家办喜事,当然没有客人招呼主人的道理。但此刻的陈敌,丝毫没有一点主人的感觉。恰好相反,他感觉自己不过是这场婚礼的局外人。不,不仅是婚礼,也是这个村庄的局外人。这个他从小就熟悉的村庄,现在无论如何都回不来了。

主持完婚礼,招呼大家入席之后,村主任陈贵就慌慌张张地出去了。陈敌有些奇怪,心说陈贵这是怎么了?作为主事者,他本该一直待在现场的。陈敌看看时间,已经不早了,该去小学校接乐乐了。本来爹主张让乐乐请一天假,在家看新娘子。陈敌没答应,说不值当耽误孩子上课。往常都是娘去学校接乐乐,今天看她忙得够呛,也顾不上了,陈敌正好没事,便背着手去接乐乐了。小学校不算太远,走着去也就十来分钟。从家里到小学校,要经过村主任陈贵家新盖的楼房。这个很气派的三层大楼房位于村子的最南端,紧挨着村里刚修好的那条大路。新房还没有干透,散发着一股石灰味道,要再等上三五个月才能搬过来住。路过这栋楼房的时候,陈敌忍不住朝院子里看了一眼,却看见了一个女人的身影一闪而过,迅速进了里屋。陈敌从女人敏捷的身影判断,那个女人肯定不是陈贵的婆娘,比她年轻十几岁还不止。再联系到刚才陈贵匆匆忙忙从婚礼现场消失,陈敌仿佛明白了什么。看来村里的那些传言并不是捕风捉影,陈贵确实过着让村里男人都羡慕的神仙日子。

陈敌顾不上多想,看看手腕上的表,乐乐已经放学了,他赶紧加快了脚步。远远地,他就看到乐乐站在学校大门口,东张西望。陈敌朝她挥挥手,乐乐高兴地撒开脚丫子跑过来,一头扎进陈敌的怀里。陈敌抱起她,在她脸颊上亲了一口,说:“想爸爸了吗?没想到今天是爸爸来接你吧?”乐乐噘噘嘴巴:“从我上学开始到现在,你一共只接过我三次!”乐乐说话的口气和样子与红颜一模一样。陈敌捏了捏乐乐的小鼻子,说道:“回头爸爸接你到城里去念书,好不好?那样爸爸就能天天去接你了!”乐乐高兴地大声说:“好!”乐乐毕竟大了,陈敌这两年又发了福,抱着乐乐走了没多远,快到陈贵新家门口时,就把她放了下来。乐乐一心要看新娘子,不断催陈敌:“快点快点爸爸你快点,我要去看新婶婶!”陈敌在心里笑,小孩子就是好,无忧无虑,不像成年人,哪一个人都藏着一肚子的秘密。

乐乐只顾往家跑,没注意一个女人正从陈贵新家的院子里走出来,两个人正好撞了个满怀。只听到女人惊讶地叫了声:“乐乐!”乐乐先是惊讶,继而兴奋地喊了两声:“妈妈妈妈,真是妈妈!”陈敌愣住了,红颜到村里来干什么?她为何从陈贵家出来?稍愣片刻,陈敌终于明白了,红颜和陈贵还保持着那种关系！这时,陈贵也走出来,他看到这三人,嘴里支支吾吾了半天,最后满头大汗地挤出一句话:“我去招呼席地了!”他说完就急急忙忙地走开了,边走边不断地抬手擦汗。陈敌一动不动地盯着红颜,红颜抱着乐乐站在原地,低着头,红着脸。僵持了一会儿,红颜放下乐乐,对她说:“乐乐乖,你先回家好不好？我和爸爸说几句话。”乐乐很懂事地点点头,说:“那你一会儿到家里来,去看新婶婶好不好？我在家里等你!”红颜眼圈红了,点点头说:“好,我答应你,一会儿去找你。”乐乐看看陈敌,陈敌说:“乐乐慢点跑,小心别跌倒了!”乐乐有点依依不舍地走开了,边走边不住地回头看。

等乐乐走远了,红颜回转身来,哭着对陈敌说:“我不知道你回来了,也不知道陈可今天结婚,不然,我今天说什么也不会到村里来!”陈敌面无表情地说:“你来村里怕什么？怕见到我,还是怕见到乐乐?!”红颜哭得更凶了,她哭了一会儿,抹抹眼泪,瞅瞅四周,生怕被谁看见了,对陈敌说了句:“咱们到陈贵院子里说话吧,里面没人。”陈敌有些厌恶地说:“到他家里做什么？就在这里说!”红颜为难地摇摇头:“我没脸见人!”说完,她进了陈贵家的院子。陈敌犹豫了一下,也走进去了。红颜冷静下来,说道,“既然咱们离婚了,我也没必要瞒着你了,这事我可以和你说,也可以不和你说。”愣了一下,红颜终于下定决心,说道:“自从陈贵做下了对不住你的事,我们就一直没有断了关系。往常都是他去找我,今天因为我路过这个村,就主动过来了,做梦都没想到会撞见你和乐乐!”陈敌苦笑了一下:“我也是因为陈可结婚,才回来的。”停顿了一下,陈敌有些疑惑地问,“你不是和那个黄拾来好了吗？半年前还在小城金鹰商场看到你们买戒指!”红颜脸色黯淡下来,带着哭音说:“你还不知道吗？黄拾来出车祸死了！三个月前的事了!”陈敌不相信地说:“黄拾来死了?！我怎么一点儿都没听说?”红颜揉揉眼睛:“死了,死得很惨,身体都被货车碾碎了！我也差点没了命！那天,我们从小城送货回来,黄拾来喝了一点酒,我不让他开车他不听,结果在路上迎面撞上一个集装箱大货车,他被甩了出去,被大货车碾了个正着！我算是万幸,只受了点轻伤。现在想想,真有些后怕!”陈敌沉默了一会儿,看来黄拾来死了以后,红颜便断了生意的活路,不然她也不会来找陈贵。陈敌字斟句酌了半天,不知说什么好。红颜这个女人也真是可怜,爱上黄拾来,却不得已嫁给了自己,和自己离了婚吧,和旧情人没好多久,黄拾来又一命归西。唉,这人活着,都是命！都是命呢！陈敌问红颜:“那你打算怎么办?就这样和陈贵保持不清不白的关系？他毕竟是有老婆孩子的人!”红颜咬咬嘴唇:“我知道,但陈贵说他要离婚,离完婚就娶我,他还说盖这个新房子就是为了娶我。”陈敌瞪大眼睛:“你真要嫁给陈贵？他可比你大了十几岁啊!”红颜苦笑:“你看我现在还有的选吗？你不要我,黄拾来死了,谁还能要一个离过婚的女人?”陈敌不说话了。两个人沉默了一会儿,红颜向屋子里走去,边走边对陈敌说:“你进来,进来看看房子!”陈敌摇摇头,说:“我不进去了,家里还在忙着摆席地,我要回去看看。”他嘴上这样说,腿脚却不听使唤,鬼使神差般跟着红颜进了屋。

一楼房子很宽敞,虽然还没有装修完,但里面的格局已经设计得差不多了，宽大的沙发已经摆了进来。红颜看着陈敌，陈敌不好意思看她，说："我到二楼看看。"说着，顺着楼梯上了楼。红颜紧跟着他上来。二楼都是卧室，主卧很大，相当于一楼客厅的面积。陈敌看了一眼那张大床。红颜低声说了句："你还真以为我是让你进来看房子的?!"陈敌有些吃惊地看了看红颜，红颜迎着他的目光说，"今天是你弟弟当新郎的好日子，你就不想也当当新郎?"陈敌不敢相信这样的话会从红颜嘴里说出来，他发现红颜变了。见陈敌沉默不语，红颜又说道："你就不想也报复一下陈贵？我以前是你的女人，他欺负我；现在我是他的女人了，你就不想报仇?"陈敌脑袋一片混乱，他被红颜的逻辑弄糊涂了，也更加感觉如今的红颜已经不是从前的那个女人了！红颜一步一步朝他走过来，嘴唇哆嗦着，口齿不清地吐出几个字："要我，像以前那样要我!"不知怎么，陈敌被红颜这句话打动了，他落下泪来，犹豫着张开双臂，抱住了红颜。

二十七 谆薄既异源

陈敌不知道红颜为何会那样对待自己，更不知道自己为何会迎合红颜。虽说一日夫妻百日恩，但他们已经离了婚，因为互相伤害而离开。按说夫妻的情分已经没有了，他们为何还会如此情不自禁？陈敌一直以为自己再也不会和红颜有任何关系了。但仔细想想，红颜又有什么错呢？她一开始就遭遇到了不公，走到现在这一步，都是生活一步步赶过来的。只是，陈敌从内心里真不希望红颜嫁给陈贵，年龄悬殊是一方面，但这不是最重要的。最重要的是陈贵配不上红颜，他是一个地痞、流氓、酒鬼，不过是披着村干部的外衣。红颜嫁给他，是名副其实一朵鲜花插在牛粪上，陈贵甚至连牛粪都算不上！只能算狗屎！臭狗屎！一想到红颜那么水灵年轻的身体被陈贵那张老脸所碾压，陈敌就恨得牙疼。但他没办法，他不可能再给红颜任何东西，对于他来讲，红颜是一本已经翻完的书，可能他会偶尔再拿起来看看，但也就是看看而已。作为一个离过婚的农村妇女，红颜选择陈贵，或许也是不失为理性、明智的。不管怎么说，陈贵可能是真的对红颜好，不然他也不会去和婆娘离婚。要知道，这对于他，并不是没有风险的。一个村主任，大小也是个干部，在苏北鲁南农村，离婚本来就是一件十分丢丑的事。陈贵作为村主任，为了娶红颜而抛弃自己的婆娘,这肯定要受到村里人的唾弃。糟糠之妻不下堂,这是苏北农村的千年古训,谁也违抗不得。既然陈贵敢冒天下之大不韪,说明他意已决,他确实喜欢红颜。

对于已经无法回头的红颜,陈敌对她的遭遇感到同情和惋惜,但似乎也只是同情和惋惜而已。他知道自己在红颜嫁给陈贵这件事上有责任。在自己和孩子身上,红颜不是没有情分,只是她无法选择,因为选择权牢牢掌握在陈敌手里。从陈贵的新房子里出来,陈敌一直在想:假如红颜让自己重新来过会怎样?自己会不会原谅她?会不会重新接受她?陈敌的答案是否定的。曾经的女人,他不会再要了;这个村庄,他也不会回来了。曾经属于他的一切,已经回不来了。

刚才,他问红颜想不想去家里看看,红颜红着脸摇摇头,说那个家再也回不去了。陈敌说:"你就不想看看乐乐?"红颜说想,但她不能去,只能让乐乐来找她。愣了一会儿,红颜低着头说,她下决心嫁给陈贵,也是为了能时常见到乐乐。陈敌眼睛有些湿润了。红颜咬着嘴唇说:"我只求能时常看到你和乐乐。你回村子时,要是想见我,就和我说,我曾经是你的,以后还是你的,只要你愿意。"陈敌摇摇头:"你要是嫁给陈贵,我们就不要再这样了,这样对谁都不好!"红颜笑笑:"陈贵说了,他不会管我和你们家往来的!他要是那样,我也不会答应嫁给他。"陈敌不相信红颜的话,陈贵那样的人,真能如此对待红颜?他甩甩头,不想再思考这个问题了。

正值青壮年的陈敌,不知怎么忽然有一种力不从心的感觉。他觉得自己再也不可能像大学时代那样,春风得意马蹄疾了。想想进入大四的陈敌在小城大学里真可以说是一个能呼风唤雨的人物，无论要做什么事情，对他来讲，都是可以轻松搞定的。他可以自由出入与学生关系密切的学生处，甚至可以与部门的头头脑脑随意地开个玩笑；他手里掌握着学校最主要的宣传渠道——校报，利用这个资源树立典型拉拢人心；他还能左右学校里唯一一份面向中学语文教育领域的学术杂志，别人想发文章也要求他。对于陈敌来讲，他当时的状态真可谓是达到了最顶峰。普通的大学生是不可能具备这些优势的。

就连感情生活也不例外，陈敌所取得的成就铸就了他自身的魅力，这魅力很能吸引漂亮女孩的注意。他就像一只在墙角精心布下天罗地网的蜘蛛，胸有成竹地等待自愿送上门来的漂亮猎物，只要他愿意，他随时可以和这些猎物交往。这种随心所欲的生活理所当然地会让诸如我这样的大学生产生诸多艳羡之情。如果说大学是一个封建小王朝，陈敌就是这个封建小王朝的皇帝。只不过，他没有选择皇帝般的荒淫生活，在整个大学生活中，除了对个别的女孩下过手，总体上他还算是洁身自好的。毕竟，他和郭聪难得地保持了始终如一的情感。这一点，他比冒进主编做得好。

陈敌临近毕业的时候，冒进主编离婚了。他那个在后勤工作的老婆一开始很不情愿，骂冒进是当代陈世美，是得志便猖狂的白眼狼，手里有了几个钱就不知道自己几斤几两了！承包杂志这些年，冒进的确赚了不少钱，这让他在校园里的底气充足，总是一副趾高气扬的样子。但他老婆不吃他这一套，不管冒进是多么厉害的教授，也不管他腰包里到底有多少钱，她到学院里去闹，要求学校开除冒进,不但让他不能承包杂志,连他上课的权利也要剥夺。学院领导好言相劝,无奈压不住对方的火力。最后,学院领导没有办法地摆摆手:清官难断家务事,何况我们也不是什么了不起的清官!我们只是普通的大学管理者,只管老师的教学、科研,管不了离婚这样的私生活!见大闹学院没什么成效,冒进主编的老婆终于从梦幻中回到了现实,她对冒进说,离婚可以,但要把他手里的所有钱都给她,房子等一切也都是她的!总而言之一句话,冒进要净身出户!对于她的这个要求,冒进连眼睛都不眨一下就答应了。他只说了一句话:只要你能答应和我离婚,我什么条件都答应你!

离婚不久,冒进就和小秋领了结婚证。两个人还一起去了一趟普吉岛,在那里度过了一段比蜜月还蜜月的天堂般的日子。据说,冒进主编从普吉岛回来之后,整个人都变得精神了,也年轻了许多。小秋那朝气勃勃的身体唤醒和激发了他无比的生活激情。

陈敌毕业时,冒进在东门大酒店摆下了一桌好饭,祝贺陈敌毕业,并为他走出校园壮行。那天,冒进邀请了小秋,陈敌带着郭聪,四个人推杯换盏,倾心交谈。冒进主编平时很严谨,但一旦喝了酒,特别是喝高的时候,话就多如滔滔黄河了。他除了称赞陈敌高质量地读完了大学,还特别提到了陈敌为杂志社做出的贡献。他说:"陈敌你知道吗?你通过在杂志社的工作让你在大学里就接触到了社会,为你进入社会打下了基础。别人都以为大学有多么复杂,但和险象环生的社会相比较,大学毕竟还是象牙塔!学校是小小的星球,社会才是浩瀚的宇宙。你这样的人,就适合到社会这所真正的大学去游泳,对于你来说,小城大学这个舞台太小了,你要不开！更不要说我们杂志社了！所以，我支持你走，别留恋这里，这里是小河，你要去的地方是大海！”陈敌也喝了不少，他说话的时候舌头直打转。平时他和冒进说话就好开玩笑，这次在送他的酒桌上，说话更是无所顾忌：“冒主编，你这是讽刺我呢吧？要不就是有什么见不得人的目的，不然你为啥要鼓励我走？是不是想让我给小秋腾位置？”郭聪听陈敌说得有些过分，在桌子底下拿脚踩陈敌。陈敌不理她，气呼呼地说：“郭聪你踩我干吗？我和冒进主编关系好你知道吗？”郭聪点点头：“我知道我知道，你不说我也知道！”陈敌说：“那你知道我们好到什么程度？”郭聪看看冒进，冒进脸上挂着笑，再看看小秋，也是一脸笑容。见他们都没生气，郭聪松了一口气。陈敌继续说：“我们好到了不分彼此的程度，好到了无话不说的程度！你看冒进主编现在很幸福是不？我告诉你他实际上很痛苦！不错，他现在有了小秋，但他失去了什么你们知道吗？他失去了太多！早年对他的不公就不说了，他因此评职称耽误了几年你们知道吗？十年！耽误了十年！他为什么要离婚？因为他想忘记过去的痛苦重新活过！他要寻找属于自己的桃花源！”陈敌把脸转向冒进，“我说得对不对，冒主编？”冒进说了句：“知我者谓我何忧，不知我者谓我何求。”他端起酒杯，对小秋说，“来，我们一起敬陈敌一杯，祝他毕业一切顺利！”

陈敌毕业那一段时间，他曾经待过的好几个部门都先后给他送过行。除了《中学语文》杂志，还有校报、宣传部、学生处，那段日子，他几乎天天有酒场，整天喝得酩酊大醉，不知有汉，无论魏晋。但辅导员李伟也想送送他时，他没有答应。李伟坚持要送，陈敌说没必要。其实他是不想和辅导员再发生任何联系，他做过的那些事儿真心恶心到陈敌了。马莉差点在李伟手里毁了不说，他那个朋友左连更不知道糟蹋了班里多少女生。

陈敌最在意的，还是我们这帮子同学。和其他宿舍一样，我们也搞了一个毕业聚会。

其实，四年大学期间，除了我以外，我们宿舍几个哥们，平时和陈敌的关系处得并不好。倒不是陈敌这个人不好交往，主要是我们宿舍几个人都挺有个性的，陈敌越优秀，他们越不愿意主动接近。在我印象中，一直到毕业喝最后一场散伙酒时，我们几个人才真正交了心。陈敌那天没有任何悬念地喝高了，他其实并不能喝酒，不过是哥们情深，一杯接一杯地往肚子里灌。他中间起身去了好几趟卫生间，我估计他是吐酒去了。大学四年，他做了两年学生会主席和校报记者团团长，我们几个多多少少都曾经从他那里获得过帮助。

我们都应该感谢陈敌。

那天，我们共同举杯，把陈敌灌醉，然后，像抬着英雄一样把他抬回宿舍。我们爱好诗歌的老大还专门为此赋诗一首：

英雄

陈敌，我的哥们儿，

你比校长还要忙，

忙着学生会，

忙着记者团，

忙着学习，
忙着恋爱，
为了大学同居时代，
你很少在宿舍过夜，
那时候，
你是她们的英雄。

今夜，
没有了学生会主席，
没有了记者团团长，
没有了学习，
没有了靓妞，
你,再也不用
东奔西走，
东成西就。
哥们儿,你
好好安息。
现在，
你是我们的英雄。

老大工工整整把这首即兴而成的诗歌抄在方格稿纸上,送给陈敌。陈敌说这是他在大学时代看到的最好的一首诗。这首陈敌所谓的好诗准确地概括了他的大学生活。

"感谢老大。"陈敌说。

"感谢英雄陈敌。"我们说。

然而,我们心目中的英雄现在却遇到了人生中最大的问题。他就那样被悬挂在人生的困境当中,回不去,也进不来。

二十八 旋复还幽蔽

最近一段时间，我没有看到陈敌。自从他参加完弟弟陈可的婚礼回到南京以后，他没有和我联系过一次。我因为要准备毕业论文答辩，也没有主动联系他。不知为什么，我隐隐约约感觉陈敌要出什么事。或许，他和李巧之间该做一个了断了。

李巧拒绝了工作调动，就等于再一次拒绝了钱进进。但这孩子还是不甘心，他要采取进一步的行动。

在陈敌的劝说下，李巧早就不再去给钱进进补课了。钱进进对此很无奈，他原想利用老爸担任副秘书长的关系，把李巧调到政府部门，那样的话，他就可以通过老爸控制李巧了。现在算盘又一次落空，钱进进很苦恼。

钱副秘书长对儿子的如意算盘并不知情，他做梦也不会想到自己心爱的儿子会爱上一个高中老师。钱进进不敢把自己的想法告诉爸爸，那样的话，他只会遭到训斥。钱副秘书长说过，他的儿子，一定要比其他孩子优秀。他给钱进进提的目标就是考上中央音乐学院，钱进进提出的任何要求副秘书长都尽力满足。但如果他知道自己儿子想和高中音乐老师谈恋爱，他会毫不犹豫地予以制止。

钱进进只能孤军作战。他所能采取的行动仅限于给李巧发来各种各样亲热的短信。对于他的挑逗与示爱,李巧从不搭理。

钱进进毫不退缩。

他坚持每天都给李巧发去一条求爱短信,有一条是这样写的:

"我知道你不敢面对我们的爱,我也知道你有男朋友,但我实在是太喜欢你了!你不要以为我是在发高烧说胡话,我是清醒的,我很清楚自己的所作所为。我费尽心机地想接近你,甚至想利用老爸的权力把你调到他的身边,可你不理会这些示爱,我很痛苦。你不要以为十七岁就不会有真爱,我确信对你的感情是永恒的真爱!你可以不搭理我,但你不可以阻止我。我会坚持爱你到永远,到你接受我的那一天!永远爱你不知疲倦的进进。"

看了这条短信,李巧有些头晕目眩。现在的孩子到底都怎么了?他们为何发育得这么着急!每一朵花都有它自己的开放时间,每一个果实都有最合适的成熟时间。人说瓜熟蒂落,这个钱进进还没到开花的时节,却要提前结果实。这难道就是新世纪的特别一代?他们什么都想趁早,趁早生长,趁早开花,趁早结果。他们和这个世界天然地融为一体,他们像一尾尾游弋在城市里的鱼,自由而自在。他们无所顾忌地生长,奋不顾身地追求,你可以嘲笑他们的无知,却不能无视他们的勇敢。这是自由的一代,从未有过妥协,也从未经历过剧变。他们回得去,进得来;出得去,走得远。总之,他们与现实没有任何的隔膜,在他们眼里,这个世界的一切都天然是他们的。李巧不能完全理解这些,但她没有像从前那样立即把短信删掉,而是把它储存在了记事本上。

和我一样,李巧也有些日子没见到陈敌了,他最近总说自己很忙。李巧不知道陈敌在忙什么,她也不想去烦他。和陈敌在一起那么长时间,她了解他。就像钱进进在默默等待她一样,她也在默默等待陈敌。但她不知道自己是否能坚持很久,她或许没有钱进进那样的毅力。他们毕竟不是一代人。但“很久”又是多久?一天两天?一个月两个月?一年两年?不知道。就像不知道钱进进说的“永远”到底是多远一样。

各自等待。

就让我们各自等待吧。

也许等到天荒地老,也许等到下一秒。

谁又能知道呢?

这世界上有些动物喜欢冬眠,它们在秋天储存能量,一进入冬季,就潜伏起来,不吃不喝。其实人也是如此,尤其是恋爱中的人,必须给他们冬眠期时间。没有经过冬眠的恋爱,或许都很难持久。经历过冬眠考验过的感情才能迎来春天。李巧想给陈敌留出足够的时间,耐心等他结束自己的冬眠期,走出洞穴,迎来灿烂阳光。

在陈敌“冬眠”的日子里,李巧把全部精力投入了工作当中。她在课堂上愉快地教学生唱《最炫民族风》,在课后耐心地给学生辅导声乐。每年,全市都会评选、表彰一批三八红旗手。因为一中是全市重点,每年有固定的名额,今年,校长推荐了李巧。这虽然不是多么大的荣誉,但毕竟是李巧参加工作以来获得的第一个市级奖励。她有些小激动地给陈敌打电话,陈敌没接,过了半天才回过来,问李巧啥事。李巧说:“我获得了市里三八红旗手!”陈敌重复一遍:“三八红旗手,这个荣誉咋听上去这么别扭?七八十年代流行的东西吧!”李巧一听陈敌就是在讽刺,很不高兴地说了句:“明天颁奖,你想不想陪我一起去?”陈敌犹豫了半天,说:“我就不去了,等回头给你庆祝!”李巧不情愿地说:“那你就继续冬眠闭关吧!”

第二天上午十点,表彰大会在市委礼堂召开。李巧穿了一件紫色的套装裙,看上去既不失端庄典雅,又能凸显出她高挑傲人的身材。一到礼堂,工作人员就在每一位受到表彰的人胸前佩戴上了一朵鲜艳的大红花。这情景看上去确实有些滑稽感。李巧看着自己胸前的大红花,心说幸亏陈敌没来,不然看到这个还不得笑死?虽然表彰的形式老套,但大会的规格不低,市委书记亲自出席并讲话,市长和市委常委、宣传部部长和市委秘书长等领导为获奖者颁发证书。因为受表彰的人比较多,李巧等了半天,终于该她上台了。给她颁奖的领导叫钱高楼,是刚刚升职的市委秘书长,高高大大的一个中年男人,与其他普遍秃顶的官员不太一样的是,他的头发异常茂盛,厚实得像一片森林一样。当李巧伸出书,从满脸笑容的钱高楼手里接过证书时,秘书长忽然说了句:“原来你就是一中的李巧老师啊!祝贺你获得表彰!”李巧愣了一下,心说没见过这位领导啊,他怎么会知道我?领完证书还要和领导合影,在台下啪啪啪快门声响中,站在李巧旁边的钱高楼又微笑着说了句:“不好意思,李老师在我家里给钱进进辅导了那么多次,我一直都没有时间当面感谢你,等回头请你喝咖啡,你一定给我这样一个机会!”李巧呆住了,原来眼前这个钱高楼就是钱进进的爸爸,那个副秘书长！看来，他刚刚升了官，由副转正了！领导这么客气，李巧有些受宠若惊，连说了几句谢谢领导关心。钱高楼一直在微笑，他以极快的速度悄悄递给李巧一张名片，说："请李老师得空时把手机号发给我，我回头方便时和你联系。"李巧接过那张薄薄的名片，点了点头。

李巧没想到会在这样的场合，以这样的方式见到钱进进的爸爸。以前那么多次到他家里，都没机会见到一面，现在倒是在表彰大会上见到了，想想也真是有点儿滑稽。但让李巧感到疑惑的是，钱高楼为何要当面感谢自己？如果说以前辅导钱进进时都没有这个必要，那么现在就更没有必要了，他为何主动相邀？李巧想来想去，想不清楚。她在考虑要不要告诉他自己的联系方式。告诉他做什么？人家是高高在上的市领导，我不过是一个小小的中学音乐老师，何必要高攀？但不告诉他，又和他有言在先。再者说了，即便是不告诉他，只要他想知道，还能打听不出来自己的手机号？想到这里，李巧掏出手机，把钱高楼的号码存到了电话簿，然后按照他的要求，发去了一条短信。在发短信时，她犹豫了片刻，写下了短短一行字：领导，这是我的手机号。李巧。短信发出去许久，没收到钱高楼的回复。李巧等来等去，心说自己着急什么呢？人家是大领导，处于几乎是最繁忙的关键领导岗位，哪能时时刻刻关注自己的手机？李巧把手机放进了包里。过了一会儿，她想给陈敌打个电话，他既然说要给自己庆祝庆祝，就得说话算话。算起来，他们已经有些日子没一起出来吃饭了。她刚打开手机，就看到了一条短信：今晚六点钟有空吗？请你到新街口左岸喝咖啡，请一定赏光！钱高楼。李巧心怦怦怦直跳，她安定了片刻，脑子高速运转：答不答应？答不答应？答不答应？连问了几个答不答应之后，李巧想既然人家提出来了，不答应也不好，不就是喝咖啡吗？有什么大不了的！她回了钱高楼两个字：好的。想了想，她又在后面加了一个笑脸。不知为什么，回过这个短信之后，李巧就一直处于不安当中。自己还没有安抚好钱进进，现在却又答应和钱高楼喝咖啡，这合适吗？尤其是在陈敌冬眠闭关的时候，自己这么做，不是要冒很大的风险吗？自己为什么就忍不住要答应钱高楼？是因为他是钱进进的爸爸，还是因为他是市委秘书长？李巧想得头疼，干脆不再去想。她现在迫切需要想的是，晚上穿什么衣服。

和很多漂亮的女人一样，李巧衣柜里的衣服很多。认识陈敌之前，她别的嗜好没有，就喜欢逛街买衣服。当然她从来没有胡乱买，都是认准了确实不错，才下手。认识陈敌以后，她更是如此，每买一件衣服都要掂量半天。陈敌总觉得女人的衣服就像吃到肚子里的食物，早晚都要变成大粪，所以，他主张能有几件中意的衣服就可以了，没必要把衣柜装得满满当当。李巧毕竟是学艺术的人，穿衣懂得品位。穿在别人身上明明不过是一件普通的衣服，到了她身上，却总是别有一番风味。现在正是春天，晚上的气温不冷不热，穿裙装最好，但在咖啡馆那样的地方，裙装似乎有些严肃了。李巧看着一柜子衣服，最终选中了那条泛白的牛仔裤。这条牛仔裤是两年前在北京的秀水街买的，当时觉得并不便宜，但穿在身上很舒适，还能凸显出凹凸有致的身材来，李巧便一口气买了两条，一白一蓝。这个季节去咖啡馆，穿牛仔裤正合适。李巧又找出一条蓝衬衫,穿上后只扣三颗纽扣,再把衣角随意挽在一起。两件衣服上身,又雅致又休闲,很合适。

选好了衣服,李巧又试了试这些天她一直在用的蔻驰手包。这个手包是托一个到美国旅游的同事代购的,暗红的颜色,配牛仔裤好像有些不搭。李巧翻出另一个粉色的斜挎包,那是陈敌去上海出差时在阿玛尼专卖店给她买的,花了不少真金白银,是他送给自己的生日礼物。李巧试了试,今晚带这个包正合适。

打理好这一切,李巧又认真地进行了一番梳妆打扮,看看时间,差不多也该出门了。从宿舍到新街口左岸咖啡打车要半个小时,坐地铁快一些,但人太挤,气味浓重,李巧可不想在赴约时搞得一身怪味。出门打了车,外面已是华灯初上,整个南京掩映在明明暗暗的灯火中。车子刚到新街口,李巧收到陈敌发来的短信:今晚我想去你那里。李巧心里咯噔一下,眉头紧皱,犹豫了一会儿,寻找拒绝陈敌的理由。她第一个想到的是大姨妈,但陈敌很清楚自己的大姨妈光临的时间,这样说只会引起他的怀疑。想了半天,她实在想不出来,只好迅速给陈敌回了一句:今晚不方便,明天吧。陈敌回了一个字:哦。李巧想再解释什么,抬起手指却迟迟摁不下去。这时师傅说,左岸咖啡馆到了。李巧收起手机,付了账,匆匆忙忙下了车。进入咖啡馆,她还在想着如何给陈敌一个合理的理由,远远地,看到钱秘书长在向自己招手,李巧走了过去。钱高楼说了句:“李老师今天真漂亮!”李巧笑笑:“钱秘书长好!”钱高楼呵呵了一声,说:“这样的场合,你就不要叫什么秘书长了吧。”李巧笑笑,她还真不知道如何称呼钱高楼,叫他钱老师,人家恐怕不稀罕;

叫他钱先生,似乎也不太适宜。想了半天,李巧笑着说:“还是叫你钱秘书长合适。”钱高楼摆摆手:“你叫我钱哥或者高楼就好了!”钱高楼带着李巧走进一个雅间,服务员送来一个点餐手册,钱高楼拿给李巧:“你来点吧,我刚才陪一个法国客人,喝了一点红酒,已经不怎么想吃东西了,我就再来一杯红酒好了。”李巧看了看菜单,随便点了一个糕点,又来了一杯卡布奇诺。钱高楼说:“再来点法国干红和泰国果盘吧,这里的干红很不错,果盘是空运过来的,很新鲜,你也尝尝。”李巧瞟了一眼干红和果盘的价格,那是一个很大的数字。

雅间环境优雅,外面的声音完全地被隔绝了。钱高楼看着李巧,有其子必有其父。从秘书长的眼睛里,李巧仿佛看到了另一个钱进进,不过,这一个要复杂得多,也成熟得多。钱高楼不说话,李巧有些不自在。幸好服务员摁了铃,送来了红酒和果盘。钱高楼举起酒杯说:“首先祝贺李老师获得三八红旗手荣誉称号!”李巧端起酒杯,笑着说:“感谢钱秘书长给我颁奖,我很荣幸!”李巧抿了一小口,到底是好酒,口感异常醇厚。钱高楼继续说:“一中这几年发展得还不错,市委市政府很重视以一中为龙头的中学教育,我听钱进进说学校抓教学抓得很紧,你们这些园丁,很辛苦啊!”李巧抿嘴一笑:“为人民服务,不辛苦!”钱高楼笑笑:“你们学校应该是为领导服务,那里的学生大部分都是市里和区里领导的孩子吧。”李巧点点头。钱高楼再次和李巧碰杯,说:“钱进进很喜欢你,还曾经想让我把你调到妇联工作,说你在学校里教学有些委屈,但你们校长说你拒绝调动,不知为何?”李巧一时不知如何回答是好,愣了愣,说:“我觉得在一中教学很好啊,整天和孩子们在一起,有一种简单的快乐。”钱高楼微微点头:“那李老师有没有想过从政啊?一中现在缺一个主抓业务的副校长,你既然被推举为三八红旗手,说明群众对你很认可,你要是有兴趣,可以试试双肩挑,一边教学一边从政,更好地为人民服务!”停顿了一下,钱高楼又说,“当然不可能一下子就把你提到副校长的位置,你要先做一下教研室主任之类的工作,过渡一下。”李巧没想到钱高楼会这么说,果然是市领导,说话举重若轻,在一中提拔个教研室主任都要费很大的劲,在钱高楼这里,似乎副校长也就那么回事儿。谁都知道在一中当领导的好处大,这是全市重点中学,来入学的都是领导干部的孩子,普通百姓想上一中不知道要托多少关系,还要花很大一笔钱,美其名曰赞助费。现在逢年过节,哪个学生家长不比着赛着给老师送礼?在一中当个班主任每年都能发一笔小财,更别说副校长了!从李巧的神态,钱高楼已经判断出她对副校长这个职位的兴趣。他不失时机地又举起酒杯:“来,为李老师的远大前程干一杯!”不知是红酒的作用还是略有羞涩,李巧感觉头有些晕,脸开始发烫泛红。钱高楼把果盘推到她面前,李巧吃了一口,一股奇香在嘴中弥漫。几口水果下肚,李巧感觉自己醉得更厉害了,一会儿天旋地转,一会儿飘飘欲仙。不知什么时候,钱高楼坐到了她身边,抚着她的肩膀说:“李老师你好像醉了,我带你找一个地方休息一会儿吧。”李巧意识还算清醒,她说:“麻烦你把我送回宿舍。”钱高楼没有说什么,扶着李巧往外走。李巧迷迷糊糊中上了一辆车,不知何时又躺在一个地方。她以为自己回到了宿舍,呼呼睡去。

不知过了多久,李巧慢慢醒来,她环顾四周,很陌生的环境,像是一家宾馆。她的头还有些疼,想起身去倒一杯水,却发现自己身上什么也没有穿,她这才意识到出了什么问题,下身似乎有点隐隐地疼痛。洗澡间里传来哗哗哗的水声,一会儿钱高楼从里面走出来,身上裹着一条薄毛毯,笑嘻嘻地对李巧说:“你也洗洗吧!”李巧大惊失色,她语无伦次地说道:“刚才……发生了……什么?”钱高楼笑笑:“你喝醉了,我也喝醉了,都不记得了!”李巧痛苦地捂住脸,呜呜呜大哭起来。钱高楼坐到她身边,说:“你放心,我会对你负责的!我答应你的事一定做到,我希望你能和我在一起!”李巧拨浪鼓一样使劲摇了摇头,嘴里喃喃自语:“不,不,不……”钱高楼拨开她紧捂住脸的手,在她的额头亲了两下,说道:“你放心,我会对你好的,你跟了我,在南京,你想要什么我就给你什么!”李巧还是哭,但哭声越来越小。钱高楼把她重新放倒在床上,自己慢慢压住了她的身体。李巧一开始还挣扎了两下,用手拍打着钱高楼的头,但随着钱高楼越来越激烈的动作,她慢慢、慢慢抱住了他的头。

二十九 借问游方士

眼看就要研究生毕业了,我现在面临着人生的一个重大命题——找工作。时下有一句顺口溜说:本科生不如狗,硕士生满街走,博士生抖一抖。不懂行情的人都以为博士找工作好找,岂不知,现在的博士就业也很难,想抖一抖也不容易。对于我来说,最理想的工作莫过于留在高校。与社会上其他职业比较,在大学里教书还是比较单纯的。只要做好自己的事儿,别的就不用管了。不用处理那么复杂的人际关系,也不用殚精竭虑地去争名夺利。虽说如今的大学已经不是一块净土,象牙塔里也充满了江湖气和铜臭气,但从退而求其次的角度来说,这里仍旧是较为理想的精神家园。

这天,陈敌到学校来找我,说想吃学校食堂的大盘鸡了。我笑笑说那他来得正是时候,来晚了就再也吃不到了。我很清楚,如果我不能留在南京工作,这基本上算是我和陈敌“最后的晚餐”了。陈敌准时到。往常他通常都是自己开车过来,今天有些奇怪,不但打了车,还不怕麻烦带了两瓶五粮液。看着他的这个架势,今天要和我一醉方休了。果然,一看到我,陈敌就挥了挥手提袋,说今天不醉不归!我笑笑:“醉了你就睡我宿舍!”我们说着话来到新建好的八食堂的三楼。随着大学扩招,办学规模越来越大,学校原来的七个食堂已经不够用，于是又刚刚建好了第八个综合食堂。新食堂这个学期刚刚开始投入使用，档次还算比较高，连学校对外接待都安排在这里。尤其是三楼，环境和饭菜俱佳，陈敌来过一次就喜欢上了这里的大盘鸡，说有苏北老家的味道，吃不够。这里的饭菜价格也比较高，普通的学生一般都不会到这里来吃饭。所以，现在这个食堂不像其他食堂那样拥挤。我和陈敌随便找了个座位，别的菜没点，就要了两盘大盘鸡，外加一盘花生米和小青豆。陈敌说："老狼今天要吃鸡！老子今天就是奔着这鸡来的，你一盘我一盘，一次吃个够！真他妈过瘾！"我看出陈敌今天似乎有什么心事，但我不想问，我知道只要有事他早晚会主动说出来。倒是我自己，装着一个秘密，不知道该不该告诉他。

陈敌见我若有所思的样子，问我怎么回事，是不是因为找工作的事儿。我摇摇头说，不是。陈敌脑袋一歪，放下手里的筷子，问我到底啥事。我看着陈敌使劲撕扯、咀嚼鸡肉的样子，心说怪不得越来越胖，这么能吃！看他吃饭真解馋的样子，我咽了一口唾沫，说道："这事儿其实和我无关，不过就是有点儿堵得慌而已！"陈敌停止咀嚼，喝了一口五粮液，说："你倒是先说说看，看看咱们俩谁堵得更厉害！"我笑着说："看你的样子就知道有事，要不你先说？"陈敌摇摇头："我还没喝到时候，你先说吧，我保证你说的没我的惨！"我点点头，不慌不忙地说道："我发现导师乔峰睡了我的师妹，或者说是我的师妹睡了我的导师，具体是谁睡了谁我也说不清楚，反正他们睡了。"陈敌来了兴致，两眼放光地说："你详细说说，到底是咋回事儿？"我脸色灰暗："师妹的论文写得一般，担心答辩通不过,就使用了一点非常手段。”陈敌瞪大眼睛:“这可不是什么非常手段的事儿,这是性贿赂!”愣了一下,陈敌又说,“这和当年马莉献身辅导员李伟是一回事儿,性质非常恶劣!”我摇摇头:“马莉和李伟的事儿发生在大学本科,现在我们是在读研究生,研究生比大学时宽松得多,还是不一样的。”陈敌喝了一口酒,说:“我不同意你的观点,学生和辅导员,研究生和导师,不都是师生关系吗?都一个样,很恶劣!”我笑笑:“恶劣?有你在小城大学恶劣?”陈敌摆摆手:“别和我比啊,我那时是大学生身份,我们人生黄金时代,犯点错是可以的。再说我也没犯啥大错误啊,我对郭聪可是从一而终的!和你们导师对待研究生的态度不一样,他肯定是想占一点便宜而已!”我不说话,喝酒。陈敌还想听,我只好继续说道:“我怀疑这个事儿是师妹主动。我那个师妹漂亮是漂亮,但人也显得轻浮,要不是因为这一点,我可能就看上她了。她和我一样,也是硕博连读,成绩很优秀,在男女交往上更‘优秀’,五年的时间,她交了差不多有十个男朋友,平均半年一个。问题是那些男朋友竟然都喜欢她,也就是说,她在一个时期内同时和这些人保持着同居关系!”陈敌呆住了,他有些不相信地说:“这比我们当年可厉害多了!”我笑笑:“基于这位师妹的表现,我猜测她是主动勾引了我老板。问题是老板很清楚她的行为啊,怎么就糊里糊涂地和她睡了呢?”陈敌拿起酒杯,使劲在桌子上顿了顿,说道:“这个时代,哪个猫儿不吃腥?俗话说有花堪折直须折,你老板也是人对不对?是人就有七情六欲对不对?他要是再喝点小酒啥的,还管什么女学生不女学生!”我点点头,承认陈敌说得有道理。陈敌大手一挥:“好了,这事儿你就别想了！不就是你师妹吗？有什么了不起！你和她又没有上过床，她就是被再多的人上也和你无关。来，咱们哥俩再走一个！”我们已经喝完了一瓶五粮液，我看陈敌已经有些醉了，就劝他别喝了。陈敌大着舌头说：“这还有一盘鸡没吃完呢！喝，把这瓶也喝完！”说着，陈敌又拆开了第二瓶五粮液，咕咚咕咚倒满杯，大声说：“来，喝！”此时，整个食堂三楼几乎已经没有人了，我看陈敌要放开了喝酒的架势，知道他用不了多久就会开始倾诉了，他心里装不下什么事儿。

奇怪的是，直到把第二瓶酒也喝完，陈敌还是没有说出这次来找我有什么事儿。这不对啊，他每次来找我都免不了要倾诉一番，这次怎么会这么安静？难道他真没事？酒足饭饱，两盘鸡被我们吃得只剩下一堆骨头。我扶起陈敌，想让他到我宿舍休息。我不得不说，这家伙酒量明显见长，两斤五粮液，我最多喝了半斤，其余的全都被他下了肚。到底是好酒，陈敌喝完一斤半五粮液，竟然安然无恙，还连声说不想去我的宿舍，说那里像狗窝！他拉着我摇摇晃晃地往学校大门口走，满嘴酒气地对我说：“走，我带你去看一个人！那个家伙可厉害，他会算命，我带你去找他算一卦，看你是否能顺利找到工作！”我摇摇头：“你喝得太多了，今天就别去了！再说天也晚了，还是在我这里休息吧。”陈敌说什么也不同意，说不但要他给你算，还要给我算！“我最近遇到了事儿！你知道吗？我遇到了事儿！我这心里啊，拔凉拔凉的！我一定要去找这个哥们去算一算！”我没办法，只好扶着他一起走向停在门口的几辆计程车。从他痛苦不堪的样子来看，他遇到的事儿可能不是小事，要不然，他早就说出来了。或许，这事儿给他造成的痛苦太大，让他不肯轻易地说出来。

我坐在后排座上，扶着昏昏欲睡的陈敌。司机师傅一再提醒，座位前边有垃圾袋，要是吐了千万别吐在车上！我说放心吧，师傅，我们不会吐的。还没说完，陈敌啾啾了两声，我还没反应过来，他就吐了出来，一大摊，全吐在了车座位上，车子里顿时充满一股恶心人的发酵味。司机气得直拿手砸方向盘，呵斥说："我说了别吐在车上！这可是刚买来的新车！而且我最讨厌的就是清理呕吐秽物！"我赶紧解释，说："实在对不起，一会儿到了地方，我给你打扫干净。"司机还在那里嘟嘟囔囔："早知道就不拉你们了！给多少钱也不拉！今天真是倒霉啊！"陈敌吐完以后，清醒多了，他听到司机的话，大着舌头说了句："你他妈别抱怨了！我出双倍价钱！"司机这才不说话了。车里的味道实在难闻，他打开了车窗户。夜晚的南京依旧车水马龙，车子爬上一个大坡时，远方的车流像挂满灯笼的长江水，滔滔不绝。阵阵凉风迎面吹进来，我和陈敌都更加清醒了。陈敌看着窗外，说："快到了，妈的，开得还真快！"

在一个小巷口，陈敌让车子停了下来。此时，他已经完全清醒。他甩给司机两百块，说这钱不止双倍吧，你自己去清理下车子吧！司机看陈敌出手很大方，也就不再说什么，吱溜一声把车子开走了，唯恐避之不及似的。看着车子远去，陈敌骂了句："也是见利忘义、见钱眼开的家伙！"我问陈敌清醒没有。陈敌挥挥手："吐了就好多了！走，我们去找那个算命的哥们！"小巷口没有灯，黑灯瞎火的，说伸手不见五指也不为过，这样摸黑走路，真是难为陈敌了。

他居然还真能找到地方,敲开一个四合小院的门,从里面走出来一个光头小青年。陈敌看到他,说了句:"大仙,还认识我吗?"小青年借着院子里传来的微弱的光,看了看陈敌,说认识认识,咱们在茶楼喝过茶!他让我和陈敌进到院子里来。院子很小,但这在寸土寸金的南京已经是很难得了。我猜测他应该是老南京了,四合院肯定是祖上传下来的,不然,很难会在南京市中心有这样一套房子,这个占地也太奢侈了!我称赞四合院漂亮,被陈敌唤作大仙的小青年摸了摸光头,气哼哼地说道:"狗日的街道居委会正逼着让我拆迁呢!说这里要搞房地产开发,等盖好了,要补偿给我三百平方!我他妈才不搬呢,我这个院子,别说赔我三百平方,就是三千平方也不换!我爹早就说过,这院子再小,那也接着地气哩,那楼房面积再大,那也是悬在空中哩!"陈敌说:"对对对,一定要守住这些老南京的物件!"我们进了屋,大仙看看陈敌,又看看我,问:"你们谁要算?"陈敌说:"都算,你先给雁南看看,这小子今年研究生毕业,正愁找工作呢!"大仙说:"你不用告诉我他是不是研究生,我一看他气象,就知道将来是个人物,我现在得好好给他算一算,巴结巴结他!"他这么说,我和陈敌来了精神,都抬头挺胸,听大仙说话。大仙看了看我手掌,又看了看我面相,问了我的生辰八字。看他这阵势,是结合了麻衣看相和周易走卦的两种形式。大仙摆持了半天,其间拍了数次光头,最后终于说了句:"今年工作,三年后副教授,再三年正教授,再三年系主任,再三年副校长,一点儿问题都没有!"我和陈敌都愣住了,我心有疑虑地问:"你的意思是我要在大学工作?"大仙点点头:"是大学,跑不了!"我又问:"请问是在南京的大学还是其他地方的大学?”大仙说:“你的运势看东南,你要往南走,南边是啥? 上海啊,你要去上海! 南京这地儿还是太小,卧不下你这条大龙!”陈敌在那里扳手指头,嘴里说着:“三三见九,大仙的意思是雁南十年内就要升官发财?”大仙点点头:“绝对没问题! 他这些年吃的苦全都会得到回报!”这话说到我心窝子里了。陈敌听了直撇嘴:“他吃什么苦? 他吃的苦还没有我大学之前的一半多!”大仙摇摇头,看了看陈敌,说:“你的苦还没有到头,以前你吃的是身体上的苦,现在你是心苦! 这个心苦可比以前的辛苦苦得多得多!”大仙这句话把我和陈敌说愣了。我看看陈敌,陈敌的眼睛瞪得如牛眼一样,眼睛里面还透着一股光亮。僵持了一会儿,陈敌笑着说了句:“你说对了,大仙! 我现在就是他妈的心苦! 我的心苦啊,苦透了!”陈敌甩给大仙一百块,说这个是一点心意,也不多,就当是喝啤酒了。大仙开始不要,说这算什么,都是朋友。陈敌坚持。大仙最后说了句:“按照我们这行的规矩,是得收一点意思意思,不然就不准了!”我和陈敌起身告辞,走出大仙的小四合院,顺着来时的小巷往回走。一路上陈敌都在喃喃自语:“看得也太他妈准了,不愧是大仙!”陈敌打开了话匣子,对我说,“跟我回宿舍,我要和你来个彻夜长谈!”我问是不是他想好选择谁了。陈敌摇摇头,说是有人要退出马拉松了。

三十 焉测尘嚣外

在南京这些年，我和陈敌一共有两次彻夜长谈。上一次是在刚来南京那会儿，谈话的内容是郭聪；这一次是我即将研究生毕业要离开南京，所谈的内容是李巧。两次谈话的地点都在陈敌的宿舍，我们像在小城大学宿舍的卧谈那样，他滔滔不绝地说，我则安静地听。

尽管已经吐了一次，陈敌还是有一些醉意。他的宿舍有一张床，还有一个沙发。他让我睡床，自己睡沙发。我坚持睡沙发，调侃说床上有女人的味道，受不了。陈敌笑笑，说："雁南你鼻子还真是尖呢，我昨天确实和李巧在这里折腾过。"我装作恶心状，把他从沙发上拉起来，推搡到了床上。陈敌一躺下，就重重地叹了一口气。我知道这是他要倾诉的前奏。

"这可能是我和李巧的最后一次了。"陈敌把双手枕在脑袋下面，开始了长谈。

"昨天，李巧给我打电话，问我有没有时间，要和我商量点事儿。我预感到出了什么问题，就告诉她老地方见。我晚上一下班就去了茶楼，王姐以为我有客人，给我留了一个雅间。她轻易不给我开雅间的，咱们去过几次，都是在大厅。李巧那天显得有些憔悴，我见到她的第一眼就是感觉她好像换了一个人似的。我们有些日子没见了,见了她老毛病又犯了,忍不住要和她亲热。她一开始不肯,说茶馆是公共场合,不合适！我说这是雅间,门一插,谁也进不来。再说王姐知道你我在里面,也不会来打扰。李巧没办法,勉强答应了。几周没见她,我很想念她的身体。她穿着裙子,省去了许多麻烦。她跪在椅子上,我几乎是单刀直入一路通畅地到达了她的身体内部。”

说到这里,陈敌停顿一下,仿佛在回味。他明显还在醉酒的状态,不然他不会这样。我笑着对他说,你没必要说得这么详细,我对你们的性事不感兴趣,这一页可以跳过去。陈敌没理我,愣了一会儿,继续说:

“那天我们都很疯狂,就像第一次在植物园一样,酣畅淋漓。李巧在这方面确实是一个好手。这可能也是我迷恋她的一个主要原因。她和郭聪不一样,郭聪在这方面有些保守,总放不开,在郭聪面前,我不好放肆。但在李巧这里,我可以为所欲为。李巧身体的每一个部位几乎都是我发挥想象的对象,她的红唇,她的舌头,她的乳房,她的屁股,都有着无与伦比的美。我可以随心所欲地使用它们。但郭聪不行,她好像特别厌恶那些花样,只喜欢那一种最古老的方式。李巧那天似乎也很放肆,她仿佛忘记了这是在茶馆,肆无忌惮地大喊大叫,我捂住她的嘴巴,她更是兴奋,咬我的手指,咬得鲜血直流。我从来没有过那种通透酣畅的感觉,结束的那一刻,我两腿发软,直接跪倒在地上。我们折腾得太厉害,像是世界末日的来临。

“事实上,对于我和李巧之间的感情来说,这还真是一次世界末日。我们平静下来,像从前那样互相审视着对方,安静地喝茶。我知道李巧有事,等着她开口。但她好像有什么疑虑,试着张了几次口,还是没有说出来。终于,她鼓足了勇气,问我:‘你还爱我吗?’我愣了一下,点点头。‘那你还爱郭聪吗?’李巧步步紧逼。我又点点头。李巧哭了,眼泪慢慢从她面颊滑落。我想给她擦眼泪,她头一歪拒绝了。她摇着头说:‘你不能这样,陈敌,你不能这样对我。这对我们都不公平,你必须做出一个选择!’我说你不是告诉我可以等待吗。李巧苦笑,说她已经等了太久了!我预感到她要退出这场马拉松了。问她是什么原因,仅仅是因为我不能做出选择吗。她点点头,又摇摇头,说她不想欺骗我,她遇到了一个男人。我愣住了,说实话我真不想现在就失去李巧,我对她说,我可以容忍这一切,就像她容忍我和郭聪一样。李巧头摇得拨浪鼓一样,连声说,不不不,她忍受不了这样子。我问她,那个男人是谁。她说不能告诉我,总之他们已经发生了所有能发生的关系,她选择和他在一起了。李巧的话让我很难过,但同时也对她有一些感激,毕竟她曾经容忍了我那么多年。既然她现在找到了可以放下我的理由,我又能有什么话可说呢?我很想知道李巧所选择的那个男人到底是谁,但她就是不说,只说了句:或许那不是一个正确的选择,但她已经无路可走。我不想让她为难,她不想说肯定有自己的理由。

“我们安静地在茶馆吃了一点东西,喝了两瓶红酒。李巧不胜酒力,醉得一塌糊涂。我带着她回到了这里,在半醉半醒的状态中,我们又做了一次。半夜,她醒了酒,没和我打招呼,就离开了这里。”

陈敌不说话了。整个世界都安静下来。

“你不想说点什么吗?”陈敌问我。

我苦笑:“说什么?祝贺有人退出了马拉松,还是恭喜你再也不用痛苦下去了?”

陈敌耸耸肩膀:“问题是我并没有因此感到轻松,李巧的离开并没有让我感觉到一点点的快乐,反而更加地痛苦。”

“那说明你还爱着李巧。”我说话一点儿都不客气,“你这样,对郭聪也不公平。”

陈敌点点头:“我知道,这些我都知道。问题是我无法摆脱啊。我想回到郭聪那里,问题是我回得去吗?我想留住李巧,问题是我能留得住吗?这个才是我最大的痛苦!”

我笑着说:“其实这不是你一个人的痛苦,这是一代人的痛苦。我们从小地方走来,来到了城市。我们身上既有对小地方的留恋,又有着对大城市的向往。我们是特殊的一代,三明治也罢,夹心饼干也好,我们注定这一生都是悬空的,我们永远在路上,没有河岸可以依靠,可以停泊。如果说女人是男人的港湾,那我们就是无法停靠港湾的船,身体漂泊是我们的无奈,精神流浪是我们的宿命。”

陈敌目瞪口呆地看着我。显然,我刚才那一番话把他镇住了。他陷入了沉思。

“研究生就是研究生!我就喜欢你们这些知识分子。妈的,什么事儿都能被你们上升到哲学的高度。听你这么一说,我心里忽然敞亮多了,原来不止我一个人在痛苦!”

我笑笑:“你不是一个人在战斗!我们是红星闪闪的一代,红星照我去战斗!”

陈敌大笑。笑完了又哭丧着脸说了句:“可我还是舍不得李巧,怎么办?”

我无语了。

此时,南京已是深夜。城市进入了深度睡眠当中,车水马龙终于归于了平静。很远的地方,隐隐约约地传来洒水车的声音。城市在进行每天一次的新陈代谢,它们白天积累下太多的污秽,需要夜晚来净化。

我对陈敌说:“赶紧睡一会儿吧,你明天还要上班。”

陈敌摇摇头:“你先睡吧,我睡不着。”

我不管陈敌了,转个身,很快就呼呼睡去。

不知什么时候,我突然被一声大叫惊醒,睁开眼睛,看到陈敌坐了起来,满头大汗,两手在空中挥舞,嘴里大声喊着:“别嫁给他,别嫁给他,他是有妇之夫!他是个流氓!”

我说:“陈敌你在说什么呢?是不是做噩梦了?”

陈敌清醒过来,看了看我,说:“我梦到红颜了,她出嫁了,穿得可漂亮呢。她坐着八抬大轿,脸上盖着红布。花轿旁边是唢呐班子,他们起劲地吹着,吹的是《百鸟朝凤》,响彻云霄。我看到陈贵一身马褂长袍,身上斜挎着一条大红绸子,骑在一匹高头大马上,乐滋滋地走在迎亲的队伍最前面。他没完没了地大笑。露出一排大黑牙。我还看到了乐乐,她就站在路边的人群中,眼睛呆滞地看着红颜的大花轿。我看到了她脸上的眼泪,像珠子一样的眼泪,一颗一颗地滚落下来。”陈敌说着说着突然捂着脸大哭起来。

我想安慰他,却一时无话可说。愣了半天,我劝他:“不过是一个梦而已!”陈敌摇摇头:“这都是真的!我知道这都是真的,红颜要嫁给狗娘养的陈贵了!她对我说过她要嫁给他!”

我一时间无话可说了。

愣了一下,我安慰陈敌说:“该离开的早晚都要离开,属于你的早晚都会属于你!你要珍惜留下来陪你的人。对于已经离开的,你要学会放手。你不可能像此前那样,想着这个,念着那个,哪个都不想放弃,哪个都想搂在怀里。”

陈敌看看我,目光呆滞地说了句:“这些我也知道,但就是舍不得放下。让你放弃曾经和你在一起的人,你试试!”

我说不过陈敌,翻个身,又睡了。我此时好像理解了陈敌很久以前就告诉过我的那种痛苦,或许,这是老天对他曾经风流过往的嘲弄?

造化如何弄人,谁又能知道?

三十一 愿言蹑轻风

我没想到,会在我们学校碰到马莉。

大学毕业以后,除了陈敌,我一直没有和其他同学主动有过联系。我这个人有点儿懒,更严重的是,我好像还有一点交往恐惧综合征,最怕往人堆里钻。无论是在小城大学还是在N大,我几乎没有什么朋友可言,和同学以及导师的关系也都很单纯,绝对不会主动深入发展。陈敌不止一次说过,我的好朋友只有一个,那就是书本。只有面对书本,我才能有交流的欲望。在校园里面,我基本上从不主动和任何人聊天、搭讪,更别说主动请人吃饭等其他社交行为了。陈敌说我是一个彻头彻尾的书呆子,他说得很对,我就是一个百无一用的书生。正是这个原因,在即将毕业的这段日子里,当其他人都沉浸在悲伤离别当中的时候,当他们一场接着一场地喝酒吃饭应酬的时候,我却仍然能够很安静地躲在图书馆里,漫无目的地随意乱翻书。读研究生期间,除了专业书籍,我没有时间去看那些所谓的闲书。我们老板在我们刚入学时就说了,在把本专业的书读完之前,不要去读那些没用的书!在他眼里,除了本专业的书可读,其他的都是可读可不读的闲书。而现当代文学这个专业,所涉及的专业书又是那么多,谁又能读得完?由此,我在N大期间,基本上一本闲书没读。趁着毕业前这短短的时间,我终于可以胡乱翻书了。

这天,我抱着金庸的《天龙八部》从图书馆出来,正匆匆忙忙往宿舍走。忽然身后传来一个声音:“雁南?是你吗?”我回头看去,是一个女生,背着一个大大的背包,手上拿着一个采访本。我想不起来她是谁。疑惑地问她:“我是雁南,你是……?”她高兴地跳了一下:“哈,果然是你!我一下子就认出你来了!大学毕业这么多年,你一点儿都没变!”她这么说,我断定她是我的大学同学,但她肯定不是我们班的,我们班女同学就那么几个,我不会认不出来,她是隔壁班的吗?见我在那里发愣,她走过来拍了一下我的肩膀:“嘿,你不认识我了,我是马莉啊!你大学的时候不是常常和陈敌一起吗?我见过你好几次!”我瞪大眼睛:“你是马莉?你的变化可真大!”我简直不敢相信,眼前的这个女生会是大学时的那个风风火火的马莉,她怎么看上去如此文静?好像比大学时还年轻了许多!马莉低下头,红着脸说:“我变化大吗?是不是变得更老了?”我摇摇头,问她怎么到南京来了,现在做什么工作。马莉笑笑,她大学毕业回了老家,在报社工作了几年。去年南京报社招聘记者,她来应聘了,现在负责跑教育新闻这一块。今天到N大来,想暗访一下食堂。我点点头:“那正好,我带你去食堂吧,一起吃个饭,也不耽误你采访。”马莉笑,说:“好啊,正好肚子也饿了!”

我带着马莉来到口碑最好的第八食堂。既然请人吃饭,就得有点讲究,在我们学校,也就八食堂的饭菜能拿出手。我问她喜欢吃什么。她说大学食堂的饭,我都喜欢!她这么一说,我反倒无所适从了,干脆给她拿了一个托盘,让她自己到窗口随便点,这样也有利于她了解我们食堂的情况。点完菜,我们找了个安静的角落,边吃边聊。她告诉我,大学毕业参加工作以后,很快就在父母的逼迫下和报社一位同事结了婚,婚后感情一直不好,也没要小孩。婚姻勉强维持了三年,终于还是离婚了。离婚以后她就想早点离开那个小城,于是就到南京来了。我说:“没想到这几年你经历了这么多!比陈敌还复杂!”马莉笑笑:“陈敌也在南京吗?大学毕业以后就再也没有见过他,他还是那么厉害吗?”我点点头,又摇摇头。马莉说:“你又点头又摇头,到底是什么意思?”我笑着说:“他在石化公司南京总部,工作上和以前一样厉害,感情嘛,不如那时候潇洒。”马莉脸色微红:“你具体说说。”我扒拉完最后一口饭,抹抹嘴唇,说道:“他在南京认识了一个女孩,刚刚分手,正处于痛定思痛的时候。”马莉说:“那他还和郭聪在一起吗?他们不在一个地方,感情很难维持吧?”我说:“他们还在一起!这一点陈敌做得还不错!虽说他一直是外面彩旗飘飘,但家里的红旗一直不倒!”马莉脸色通红,说:“陈敌还是很厉害的!大学的时候我最佩服的人就是他。”愣了一下,马莉又说,“不过你也不错,一直都是学霸,是我们那一届的骄傲,现在都研究生毕业了!”我苦笑:“没办法,我是一个只会学习的废人。”马莉吃完了菜,剩下了半盘子米饭,我看看她,她笑着说:“你们学校的饭菜味道很好,可惜我吃不了那么多!”我笑笑:“那就有劳马记者为我们学校食堂多多美言喽!”马莉看看手表,说:“时间不早了,我该回去了,感谢老同学请我吃饭,回头有时间我要回请你啊!”我摆摆手:“都是老同学,别客气。”我把马莉送到学校门口,她开了一辆最新款的迷你酷派,看样子她在南京过得不错。临上车,她递给我一张名片,说:“有空常联系!”我接过来。她发动车子,突然问了句:“你有陈敌的联系方式吗?大家都在南京,我回头联系一下他,我们一起聚聚。”我犹豫了一下,不知道该不该把陈敌的电话给她,毕竟他们也曾经有过一段伤心太平洋的往事。陈敌现在刚刚从失去李巧的痛苦中解脱出来,眼看他和郭聪就要修成正果,这个时候马莉出现,会不会又让他的情感再起波澜?我略有犹豫地对马莉说:“我回宿舍找找,找到了回头发给你吧。”我挥了挥马莉给我的名片。马莉笑笑,说:“好吧,我等你的短信。”

看着马莉车子远去,我立即给陈敌打电话。铃声响了半天,没有反应。我又打了一遍,直到把他那首《十送红军》的彩铃完整地听完了,他还是没有接。我心说这小子不会出什么事儿了吧?正瞎猜寻着,他回过来了,嗓子有些沙哑地问我:“雁南,有事儿?”我说你是不是又喝酒了,陈敌说没有,昨晚没睡好。我说你猜我刚才碰到谁了,说出来你都不相信!陈敌没吱声,看来他对此并不感兴趣。我只好主动说了句:“我看到马莉了!她刚调到南京报社,到我们学校来采访。她刚才问我要你的联系方式,我没给,想问问你的意见。”陈敌犹豫了片刻,说道:“还是暂时别给了吧!有机会再说!”我说行。刚要挂电话,他忽然来了句:“我刚收到小秋从《中学语文》杂志转来的一封信。”我来了兴致:“这都什么年代了,谁还在写信呢?”陈敌说:“我也没想到,你还记得那个日本女孩吗?叫芳子,在小城大学时我采访过她,那段时间经常给你说过的那个。”我点点头,说:“知道知道,难道是她给你写的信?她那么老远地从日本给你写的?”陈敌提高嗓门说:“是啊,而且写得很长,七八页呢,她中文现在学得很好!她说有机会会再次来中国,希望能再次见到我。”我笑笑:“那你还不赶快发挥你的写作才能,给她回封信?”陈敌略作沉默,说道:“等我从老家回来再说吧,我要带郭聪回一趟老家。”我明白了。挂上电话,我在心里说,陈敌终于想通了。

我刚回到宿舍,就收到陈敌的一个短信,他写道:“你知道什么是小宇宙和大宇宙吗?我的答案肯定和你的不一样。我认为小宇宙就是我们还是婴儿的时候所待的地方——妈妈的子宫。大宇宙就是我们出生以后的世界,包括头顶的星空。对于我们这些可怜的人类而言,所谓桃花源,只存在于我们的婴儿时期,也就是子宫里。从我们降生来到大宇宙的那一刻起,我们就再也不可能找得到真正的桃花源了。”

看完短信,我呆呆地站在那里。我承认,我被陈敌的这个短信震动了。不是因为他变得如何深刻,而是因为他思考问题的角度。看来,他那些所谓的痛苦经历并不完全是一件坏事,至少,他已经开始思考自己的人生了。

我打开电脑,想随便浏览一下新闻网页。突然,研究生 QQ 群里出现了一条消息:大家快看,这是刚流出来的视频,是关于南京市某位市领导的!画面污秽不堪,少儿不宜!我下意识地点开了链接过来的网址,一个视频窗口弹跳出来。视频里一男一女赤裸着身体抱在一起,女的发出刺耳的呻吟声。这一段长达五分钟的视频简直就是黄色录像嘛!更让人难以置信的是,视频还暴露了男女主人公的脸。我忍不住又看了一遍,这一看非同小可,我发现那个有些疯狂的女人很像李巧。我连忙又倒回去看了一遍,确定那就是李巧。我吓出了一身冷汗。谁会录制这样一段视频?谁有那么大的胆子把它放到了网上?视频题目说男的是市委的领导,如果那女的真是李巧的话,这位领导是不是李巧离开陈敌的原因?

我拿起电话,想把这个告诉陈敌。但转念一想,这样会不会使他更难过?我犹豫来犹豫去,不知道如何是好。我知道这样的视频在网上一定会很快传播开来,陈敌早晚会看到。与其这样,不如现在就告诉他,让他有个心理准备。想到这里,我把这个消息发给了他。

陈敌没有给我任何回复。

半夜,陈敌给我转发来一条李巧发给他的短信:

陈敌:

我对不起你!你看到这条短信的时候,我已经离开了这个城市,我也不知道自己会去哪里,但我知道自己必须离开。我选择离开你,并不仅仅因为你不能给我答复,更重要的原因是我遇到了一个男人。他是市委的秘书长,钱进进的爸爸,因为钱进进,他认识了我;在三八红旗手表彰大会上他给我颁奖,我认识了他。在和你分手之前,我和他就同居了。和你分手之后,我突然觉得我和那个秘书长不会长久,就想离开他。但他却偷偷录制下了我和他发生关系时的视频,威胁我只要我离开,就把视频放到网上。我没想到事情会发展到这一步。现在视频已经传到了网上,是钱进进偷偷拿了钱高楼的手机,无意中发现了这段视频，他无法忍受喜欢的人竟然和自己的爸爸在一起，出于对我和钱高楼的报复，而把视频传到了网上。现在，我无路可走了，只能离开。我发誓再也不会回到这个城市了，你和我也许永远不会再见了。那么，我们就不说再见了吧。

我终于明白了，明白了这所有的一切。

三十二 高举 寻吾契

几天后，陈敌回了一趟小城。他要带郭聪回一趟老家，让她见见爹娘。

郭聪满心欢喜地答应了。走之前，她还特地到金鹰商场给乐乐买了一个芭比娃娃。陈敌说那么贵，就别买了。郭聪说女孩子嘛，都喜欢这个，愣了一下又说，给乐乐的玩具就要买好的，那些质量不合格的玩具对小孩子身体不好。她说完又拉着陈敌去了小城的批发商场，在那里买了一大包礼物，有衣服、补品，后备厢装得满满当当。陈敌不让她多买，她不听，说反正有车，好带。

从小城回老家的路还是那个样子，只是多了一些坑坑洼洼。陈敌开着车，嘴里嘟囔着："这条路都修了几十年了，也该重新休整休整了。"

郭聪半开玩笑半认真地说："你知道你大学最重要的收获是什么吗？"

陈敌点点头，又摇摇头，一会儿又点点头。

"你真知道？"郭聪笑。

"我知道，但我不说。"陈敌很狡猾。

"嗯，还是别说了，说错了没好处。"

郭聪看着陈敌，陈敌也转过脸看她，被郭聪呵斥了一句："看我干吗？赶紧看路啊！”

陈敌笑笑。

远远地看见了村子，村口那熟悉的场景还在，依旧是参天老树，老树下面依旧是晒太阳的老人。树长得更茂盛了，他们也变老了。陈敌本来不想下车，但他在人群中看到了爹，他满面愁容地坐在人群中，眼睛似乎正在盯着陈敌。

陈敌把车停好，叮嘱郭聪坐在车里别动，他自己拆了一包小黄苏，向人群走去。郭聪摇下车窗，看见陈敌弯着腰一个老人一个老人地递烟，老人们都站起来。到爹那里，爹没站，脸上还是那副表情。陈敌在他耳边说了句什么，他才露出一丝笑容，站起来，拍拍屁股，跟着陈敌走过来。

郭聪慌神了，她想自己赶紧下车，那可是未来的老公公！她还没打开车门呢，陈敌抢先一步钻进来，说：“你不要动！那么多人看着呢！”这话让郭聪心里很不舒服，看着怎么了，还不许人家看啊。爹瞅瞅车，看了一眼郭聪。郭聪赶紧叫声伯父。不知道他是不是没听到还是没听懂，他也没应声，径直向家里走去了。

郭聪有些尴尬。

陈敌看出她的情绪，说：“爹老糊涂了，你别在意。”

郭聪红着脸说：“看上去不老啊，今年有六十岁？”

“不到也差不多了，年纪越大脾气越怪，自从我跟红颜离了婚，他对我的态度就大不如以前了。”

陈敌发动汽车，慢悠悠地跟在爹的屁股后面。

十年前爷俩靠自己的力量盖起来的三间瓦房基本上还是那个

样子，只是屋檐上长出了零星的茅草，一向讲究门面的爹竟然也懒得去清理了。陈敌奇怪，茅草的生命力真是顽强，那瓦房屋檐上能有多少土？它竟也能生长得不亦乐乎。想起这些年的经历，陈敌感觉自己就像那些长在屋檐上面的茅草，经受住多少风吹日晒才在那么一个巴掌大的地方站稳脚跟。生命自有出路。不错，但有些生命注定要经受许多艰难考验才能找到出路。

陈敌只顾自己在院子外面发呆，郭聪进也不是站也不是，拿胳膊肘子碰碰他的腰，提醒他快把车上的东西拿下来。陈敌笑笑，说："我跟你说过没有，那房子是我和爹两个人一起盖起来的，就我们两个人，那时候没钱雇别人帮忙，我那时跟着爹在建筑工地当小工，我们爷俩合作，盖出了这三间房子，想想真是不容易。"

"盖房子是不是给你娶媳妇的？"郭聪笑着问。

"是，没多久就娶了红颜。"

"洞房花烛夜，让你特别难忘吧！"

郭聪话里面散发着一股浓重醋酸味。

陈敌愣了一下，笑笑："最后不还是离了吗？"

郭聪笑，不想谈论这个话题。

这时候，娘出来招呼他俩。两人进了院子，娘拉住郭聪的手，边往屋里走边闺女长闺女短地拉着家常。

爹仍然虎着脸，蹲在屋角抽旱烟。

陈敌跟他也没什么话可说，到自己屋瞅了瞅，娘已经收拾过了，一切都干干净净的。

在家吃了晌午饭，郭聪想让陈敌带自己去村外农田转转，两人刚出院门,被爹叫住了。他问陈敌:“你俩干什么去?”

陈敌说:“去外面走走。”

“那你们从村东走。”爹还是阴着脸。

“为啥?”陈敌很奇怪。

“红颜又嫁到村里来了!”

“嫁给陈贵了?”

“对。才嫁过来。”

“那陈贵真和老婶子离婚了?”

“离了,一把年纪了,还是离了。村里人都在说这事。红颜比他小了近20岁呢。”

陈敌看看郭聪,郭聪把脸转向别处,装作没听见。

“那我们走东边吧。”陈敌拉上郭聪,向村东走去。

“听到红颜又嫁过来,是不是挺难过?”郭聪笑着问陈敌。

“准确地说不是难过,只是有一点点失落。陈贵是我们村村主任,也是我本家,年纪不小了。当年他俩发生过那种关系,我想这是红颜嫁给他的主要原因吧。”

村东是一片绿油油的麦田。

苏北鲁南地区一年种两季庄稼,收过玉米以后,就播种上小麦。玉米一般用来喂养牲畜或者卖掉,小麦充当一年的主食。

麦苗在寒风中凛然生长着,那绿色是如此惹眼,其旺盛的生命力沁人心脾。陈敌若有所感,指着一望无际的麦苗对郭聪说:“你看,这些麦子生命力多强。”

郭聪点点头,沉默。

茫茫乡野,空无一人。两人在寒风中的麦田站了许久,郭聪感觉有点冷,陈敌拥着她回去了。在回去的路上,郭聪轻轻说:“等我们结婚了就把乐乐接到城里来吧,让她接受更好的教育。”

陈敌一愣,旋即扳过郭聪的脸,用力亲了一下。郭聪笑笑,双手勾住了陈敌的脖颈,闭上了眼睛,微微噘起红唇。陈敌嘴巴迅速贴了上去,两个人情不自禁地拥吻起来,忘了身在何处。过了半天,忽然听到一声咳嗽,两个人这才不好意思地赶紧分开。不远处站着一个女人,是红颜。陈敌愣住了。郭聪也认出了红颜,拉了拉陈敌的手,两个人迎着红颜走过去。红颜低着头,轻声说了句:“我就知道是你们。”陈敌点点头:“我带郭聪回家见见爹娘。”红颜看看郭聪,笑笑说:“你们快结婚了吧?”陈敌回答说:“过了年就办婚礼!”陈敌说完紧紧握住了郭聪的手,郭聪也紧紧握着他。红颜犹豫了一会儿,说:“那恭喜你们了!”愣了愣,红颜又说,“我年后可能会搬到小城去住了,陈贵想在那里买一个小房子,他离了婚,听到村里人的闲话太多,受不了,想不干村主任了,到小城去找个临时工干干。”陈敌和郭聪互相看看,没有说什么。红颜在原地站了一会儿,朝他俩摆了摆手,走了。她转身时,陈敌看到她用衣袖子抹了两下眼睛。

陈敌和郭聪往家走,两个人都沉默不语。快到家时,郭聪说了句:“他们离开这个村子,没了土地,到城里怎么生活?”陈敌笑笑,没说话。

乐乐已经放学了,她手里拿着郭聪带来的那个芭比娃娃,正在院子里玩得入迷,看到郭聪进来,很乖巧地喊了一声阿姨。郭聪伸出手,抱起她,说了句:“乐乐都长这么大了！真沉!”

看着眼前的一切,陈敌在想自己要不要回小城。其实,一辈子待在小城,也不错。